JANET EVANOVICH

Américaine, Janet Evanovich est originaire du New Jersey. Au terme de quatre années d'études en arts plastiques, elle renonce à la peinture et commence à écrire, tout en travaillant comme secrétaire intérimaire.
En 1996, elle publie son premier roman policier, *La prime*, qui est immédiatement salué par la critique et plébiscité par le public. On retrouve son personnage de chasseuse de primes, Stéphanie Plum, dans *Deux fois n'est pas coutume* (1997), *À la une, à la deux, à la mort* (2000), *Quatre ou double* (2001), *Cinq à sexe* (2002), *Six appeal* (2003), *Septième ciel* (2004), *Le grand huit* (2005) et plus récemment, *Flambant neuf* (Payot, 2006). Traduite en une douzaine de langues, la série connaît un succès mondial.
En dehors de Stéphanie Plum, Janet Evanovich a donné naissance à une nouvelle héroïne, Alex Barnaby et a publié sa première aventure en 2006, *Mécano girl*, aux éditions Fleuve Noir.

MÉCANO GIRL

DU MÊME AUTEUR
CHEZ POCKET

1. LA PRIME
2. DEUX FOIS N'EST PAS COUTUME
3. À LA UNE, À LA DEUX, À LA MORT!
4. QUATRE OU DOUBLE
5. CINQ À SEXE
6. SIX APPEAL
7. SEPTIÈME CIEL
8. LE GRAND HUIT

JANET EVANOVICH

MÉCANO GIRL

Traduit de l'anglais
par Marianne Thirioux

FLEUVE NOIR

Cet ouvrage est paru sous le titre
METRO GIRL
Édition originale : HarperCollins Publishers Inc.

ISBN : 978-2-266-16672-0

1

Ce n'est pas parce que je sais faire la vidange d'un type que je tiens forcément à passer le reste de ma vie allongée à contempler son châssis. J'ai déjà donné, merci. D'accord, mon père est propriétaire d'un garage. Et j'avoue que j'ai un don naturel pour réparer les carburateurs. Mais il arrive un moment dans sa vie où une fille a besoin de troquer son bleu de travail de mécano contre une paire de stilettos Manolo Blahnik. Non pas que je puisse m'offrir une flopée de Manolo, mais bon, c'est un de mes objectifs, O.K. ?

Je m'appelle Alexandra Barnaby, et j'ai travaillé dans le garage de mon père, dans le quartier de Canton de Baltimore, quand j'étais lycéenne, puis pendant les vacances d'été quand j'étais étudiante. Ce n'est pas un gros garage pour voitures de luxe, mais il tient bien la route, et mon père a la réputation d'être un garagiste honnête.

Quand j'avais douze ans, mon père m'a appris à me servir d'un chalumeau à acétylène. Après avoir maîtrisé le soudage, il m'a donné des pièces détachées, notre tondeuse à gazon, et je me suis fabriqué un kart. À seize ans, j'ai entrepris de remonter une vieille bagnole, une Chevrolet de dix ans d'âge. Je l'ai transformée en puissant bolide. Et j'ai couru avec dans les courses de stock-cars de la région pendant deux ans.

« Et la voilà, mesdames et messieurs, annonçait le commentateur. Barney Barnaby. Numéro seize, la terreur du comté de Baltimore. Elle rattrape la voiture numéro huit. Elle roule à gauche. Attendez une minute ! Je vois des flammes s'élever de la seize. Il y a beaucoup de fumée. On dirait qu'elle a grillé un autre moteur. Heureusement qu'elle travaille dans le garage de son père ! »

Je savais donc assembler des voitures — et les piloter. Je n'ai simplement jamais compris comment les conduire sans les flinguer.

« Barney, me disait mon père. Je parie que tu bousilles ces moteurs uniquement pour le plaisir de les remonter. »

*In*consciemment, peut-être. Le cerveau est vraiment un drôle d'organe. Ce que je savais, *consciemment* en revanche, c'est que je détestais perdre. Et j'ai perdu plus de courses que je n'en ai gagné. J'ai donc couru deux saisons, puis j'ai tout plaqué.

Mon petit frère, Buffalo Bill, participait aussi à des courses d'automobiles. Il se fichait bien de gagner ou de perdre. Il aimait simplement la vitesse et les carambolages avec les autres coureurs. Bill fut élu Mec le Plus Populaire de sa classe en terminale, et aussi le Moins Apte à Réussir.

Le pari qu'avait fait la classe de Bill sur ses chances de réussite reflétait sa philosophie de vie. *Si le travail était une activité ludique, alors on n'appellerait pas ça du travail.* J'ai toujours été l'enfant sérieuse de la famille et Bill, celui qui savait s'éclater. Voilà deux ans, Bill a dit adieu à Baltimore et bonjour à Miami. Il aimait la chaleur, l'inactivité, le grand large et les filles en bikini.

Voilà deux jours, Bill a disparu de la surface de la terre. Et ce, pendant que je discutais avec lui. Il m'a réveillée en me téléphonant en pleine nuit.

— Barney ! glapit-il au bout du fil. Je dois m'absenter quelque temps de Miami. Dis à maman que tout va bien.

Du coin de l'œil, je regardai l'heure sur ma table de nuit. Deux heures du matin. Pas tard pour Bill qui passait sa vie dans les bars de South Beach. Très tard pour moi qui travaillais de neuf à cinq et me couchais à vingt-deux heures.

— C'est quoi, ce bruit ? lui demandai-je. Je t'entends très mal.

— Moteur de bateau. Écoute, je ne veux pas que tu t'inquiètes si je ne te donne pas de nouvelles. Et si des types se pointent et te racontent qu'ils me cherchent, ne leur dis rien. Hormis Sam Hooker. Dis-lui qu'il peut baiser mon pot d'échappement.

— Des types ? Quels types ? Et comment ça, je ne dois rien leur dire ?

— Faut que j'y aille. Faut que… *oh, non* !

J'entendis une femme hurler dans le fond, et la communication fut coupée.

Il fait froid à Baltimore en janvier. Le vent s'élève du port et réussit à traverser les petites rues pour envahir toute la ville. Nous connaissons quelques tempêtes de neige chaque année, et de la pluie gelée, mais surtout un ciel bas et gris à vous glacer le sang. À l'apogée de cette période, des marmites de chili glougloutent sur les cuisinières, la bière coule à flots, les saucisses sont fourrées dans de petits pains durs, et les beignets deviennent indispensables à notre survie.

En revanche, à Miami, il fait *chaud* en janvier. J'avais pris le vol de midi à BWI[1], arrivant à Miami en milieu d'après-midi. Quand je suis partie de chez moi, j'étais emmitouflée dans un manteau matelassé, une écharpe

1. Baltimore Washington International airport. *(N.d.T.)*

Burberry en cachemire, des bottes doublées de mouton et des mitaines *shearling* résistantes. Parfait pour Baltimore. Pas top pour Miami. En arrivant, je fourrai mon écharpe et mes mitaines dans le sac marin de taille moyenne qui pendait à mon épaule, entortillai mon manteau autour d'une de ses poignées et partis à la recherche de la station de taxis. La sueur inondait mon soutien-gorge Miracle de Victoria's Secret, mes cheveux étaient collés à mon front, et je respirais de l'air semblable à de la soupe chaude.

J'ai trente ans. Taille moyenne, corpulence moyenne. Je n'ai, certes, pas la beauté d'une star de cinéma, mais ça va. À la base, mes cheveux sont châtain terne, mais j'ai commencé à les teindre en blond dès lors que j'ai décidé d'abandonner la mécanique. Actuellement ils sont platine, mi-longs et tout ébouriffés, de sorte que je peux les coiffer à la punk avec du gel dès que l'occasion se présente. J'ai les yeux bleus, une bouche un peu trop grande pour mon visage, mais le nez est parfait, hérité de ma grand-mère Jean.

Quand j'avais neuf ans, mes parents nous ont amenés à Disney World, Bill et moi. Voilà à quoi se résume mon expérience de la Floride en chair et en os. À part ça, ce que je connais de la Floride, ce sont surtout les atroces histoires de bestioles que me racontait Elsie Duchen, l'amie de ma mère. Elsie passe l'hiver à Ocala avec sa fille. Elle jure qu'il y a des cafards gros comme des vaches en Floride. Et elle prétend qu'ils volent. Croyez-moi, si je vois un cafard de la taille d'une vache, je ne réponds plus de rien.

Je donnai l'adresse de Bill au chauffeur de taxi, m'assis bien confortablement et regardai Miami défiler derrière la vitre. Au début, il y avait beaucoup de routes en béton qui s'étendaient dans un méli-mélo de croisements et d'embranchements. Ceux-ci firent place à des autoroutes en spirales qui s'aplanirent pour s'étendre à l'infini. Quelques minutes plus tard, la silhouette de Miami se profila au loin, devant moi, et j'eus le sentiment de me retrouver sur la route du royaume d'Oz. Des palmiers bordaient la chaussée. Le ciel était bleu azur. Les voitures étaient propres. Superexotique pour une fille de Baltimore.

Nous traversâmes le Causeway Bridge, laissâmes Miami derrière nous, direction Miami Beach. J'avais l'estomac noué et j'agrippai mon sac très fort tellement j'avais la trouille. Je me faisais du souci pour Bill, et mon angoisse augmentait à mesure que nous nous rapprochions de son appartement. « Hé, me dis-je, détends-toi ! Lâche donc ton sac. Bill va bien. Il va toujours bien. Comme un chat, il retombe toujours sur ses pattes. D'accord, il ne répond pas au téléphone. Et il n'est pas allé travailler. Aucune raison de paniquer. C'est Buffalo Bill. Ses priorités diffèrent de celles du commun des mortels. »

C'était le genre de type à louper la cérémonie de remise des diplômes parce que, en s'y rendant, il avait trouvé un chat blessé sur le bas-côté. Il l'avait amené chez le vétérinaire et avait attendu que l'opération soit terminée, et le chat, réveillé. Évidemment, il aurait tout de même pu arriver à temps pour la cérémonie, si seulement il n'avait pas éprouvé le besoin de séduire l'assistante du véto dans la salle d'examen numéro trois.

Ce qui me gênait dans son coup de fil de la veille, c'était la femme qui hurlait derrière lui. Bill ne m'avait pas habituée à ce genre de coup de téléphone. Ma mère flipperait comme une folle si elle était au courant ; de fait, sans rien lui dire, j'avais pris l'avion.

Mon plan, en quelque sorte, consistait à entrer dans l'appartement de mon frère afin de m'assurer qu'il ne gisait pas par terre, mort. Si tel n'était pas le cas, et qu'il ne glandait pas devant la télévision, mon prochain arrêt serait la marina. Il se trouvait sur un bateau quand il m'avait appelée. Je songeai qu'il me faudrait retrouver l'embarcation. À part ça, je n'avais pas la moindre idée de la marche à suivre.

Le Causeway Bridge débouchait sur la Cinquième Avenue dans South Beach. La Cinquième comportait trois voies de part et d'autre de la chaussée, séparées par une île herbeuse. Des bureaux bordaient la route des deux côtés. Le chauffeur tourna à droite dans Meridian Avenue avant de se garer le long du trottoir une rue plus loin.

Je me trouvais dans un quartier d'immeubles en stuc à deux étages et de petits pavillons de plain-pied habités par des familles monoparentales. Les terrains étaient petits. La végétation, une jungle. Des voitures étaient garées pare-chocs contre pare-chocs de chaque côté de la rue à deux voies. L'immeuble où vivait Bill était jaune avec des finitions turquoise et rose, et ressemblait pas mal à un motel bon marché. Les fenêtres étaient munies de barreaux de sécurité en fer forgé. En fait, la plupart des immeubles de la rue avaient des fenêtres munies de barreaux. À Baltimore, qui disait barreaux aux fenêtres, disait tags, ordures dans les rues, *crack-houses*[1] incendiées et voitures en panne. Rien de tout cela n'existait dans ce quartier. Celui-ci semblait modeste, mais bien entretenu.

Je réglai le chauffeur et remontai l'allée qui menait à l'entrée de l'appartement en traînant les pieds. De la mousse poussait entre les pavés, l'allée était envahie de buissons en fleurs et de plantes qui grimpaient le long du bâtiment en stuc jaune, et une odeur suave et chimique flottait dans l'air. Insecticide, songeai-je. Je venais probablement d'arriver juste après l'employé chargé de la désinfection. Mieux valait que je sois à l'affût des cafards gros comme des vaches. Des lézards passaient devant moi en frôlant le sol et s'accrochaient aux murs. Je ne voulais pas préjuger de Miami Beach, mais les lézards, ce n'était franchement pas ma tasse de thé.

1. Établissements où a lieu le trafic de crack. *(N.d.T.)*

L'immeuble était divisé en six appartements. Trois à l'étage, trois en bas. Six portes d'entrée au rez-de-chaussée. Bill vivait dans un appartement au bout du couloir, à l'étage. Je n'avais pas la clé. S'il ne répondait pas à la sonnette, j'irais tenter ma chance auprès des voisins.

Je sonnai et regardai la porte. Il y avait des trous récents dans le bois tout autour de la serrure et du verrou fichu. J'essayai la poignée : la porte s'ouvrit d'un coup. *Zut!* Je ne suis pas experte en criminalité mais, à mon avis, ce n'était pas bon signe.

Je restai sur le seuil et regardai à l'intérieur. Un petit hall d'entrée et un escalier menant au reste de l'appartement. Aucun bruit ne me parvenait de l'étage. Pas de télévision, de conversations, de bagarre.

« Hou ! hou ! criai-je. Je monte, je suis armée ! »

C'était un énorme mensonge, pour la bonne cause. Je me figurais qu'au cas où de sales types seraient en train de faire son tiroir d'argenterie, cela les encouragerait à sauter par la fenêtre.

J'attendis l'espace de quelques battements de cœur, puis gravis prudemment l'escalier sur la pointe des pieds. Je ne me suis jamais considérée comme particulièrement courageuse. Hormis ma brève carrière dans la course automobile, je ne fais pas beaucoup de choses risquées ou farfelues. Je n'aime pas les films d'horreur ni les montagnes russes. Je n'ai jamais voulu être flic, pompier ou superhéros. En gros, ma vie consiste à mettre un pied devant l'autre, à avancer sur pilote automatique. Ma famille estime qu'il m'avait fallu bien du courage pour aller à l'université mais, la vérité, c'est que la fac n'avait été qu'un moyen de me sauver du garage. J'adore mon père, toutefois j'étais entourée de voitures et de mecs qui ne connaissaient rien d'autre. Traitez-moi de difficile, mais je ne voulais pas d'histoire d'amour où un camion customisé passerait avant moi.

Une fois parvenue à l'étage, je restai paralysée sur

place. L'escalier donnait sur le séjour et, derrière, je distinguai la petite cuisine. Les deux pièces étaient sens dessus dessous. Les coussins du canapé avaient été jetés à terre. Les livres, enlevés des étagères. Les tiroirs, arrachés des meubles, et leur contenu, éparpillé au sol. Quelqu'un avait mis l'appartement à sac, et ce n'était pas Bill. Je connaissais le genre de bordel que fichait mon frère : vêtements sales par terre, nourriture collée au canapé et tas de canettes de bière vides, partout. Rien à voir avec le spectacle que j'avais sous les yeux.

Je virevoltai sur moi-même et redescendis l'escalier en vitesse. En moins de deux, je me retrouvai sur le trottoir. Je me postai face à l'immeuble de Bill, et le contemplai en essayant d'avaler de l'air. C'était le genre de chose qui se passait dans les films. Pas dans la vie. Du moins, pas dans *ma* vie.

Je tentai de recouvrer mes esprits, écoutant le vrombissement régulier à un pâté de maisons, sur la Cinquième. Il n'y avait aucune activité visible dans l'immeuble en face de moi. Aucun nuage augurant le jour du Jugement dernier qui planait au-dessus de ma tête. Une voiture passait de temps à autre, mais la rue était tranquille. Je portai ma main à mon cœur et sentis qu'il battait de plus en plus vite ; il était sûrement même passé en dessous du niveau d'attaque cardiaque.

Très bien, essayons de comprendre ce qui s'est passé. Des individus ont mis l'appartement de Bill à sac. Heureusement, on dirait qu'ils sont partis. *Malheureusement*, on dirait que Bill est parti, lui aussi. Je devrais probablement y retourner et y jeter un œil.

Dans ma tête, la voix de la raison se mit à me hurler dessus. T'es cinglée ou quoi ? Appelle la police. Un crime a été commis ici. Ne t'en mêle pas.

Puis la voix de la grande sœur responsable se fit entendre. Ne sois pas aussi lâche. Au moins, récapitule. Bill ne fait pas toujours preuve d'intelligence. Souviens-toi, quand il avait « emprunté » la GTO[1] classique d'Andy Wimmer au garage pour partir en virée avec ses potes et qu'il avait fini en prison. Et quand il avait « emprunté » un tonnelet de bière au bar de Joey Kolawski pour sa fête du Super Bowl. Peut-être n'as-tu pas intérêt à prévenir tout de suite la police. Peut-être as-tu intérêt à essayer de deviner d'abord ce qui se passe.

Grands dieux ! s'exclama la voix de la raison.

La ferme ou je te flanque une bonne giroflée, dit la voix de la grande sœur à la voix de la raison.

Le fait est que la voix de la grande sœur a grandi dans un garage à Baltimore.

Je laissai échapper un soupir, remontai mon sac marin sur mon épaule, retournai dans l'appartement d'un pas énergique et gravis l'escalier. Je posai mon sac par terre et examinai la pièce. Quelqu'un cherchait quelque chose, décidai-je. Ils étaient soit pressés, soit en colère. On peut fourrager sans ficher un bordel pareil.

Ce n'était pas un grand appartement. Double séjour/salle à manger, cuisine, salle de bains et chambre. La porte de l'armoire à pharmacie était ouverte, mais ils n'avaient touché à rien. Pas grand-chose d'autre à faire quand on retourne une salle de bains, hein ?

J'entrai dans la chambre à pas de loup et la passai en revue : des vêtements éparpillés partout, le tiroir de la petite table de nuit renversé sur le sol, et des préservatifs, toujours dans leur emballage, jonchant le tapis. *Une tripotée* de préservatifs. Comme si le tiroir entier avait été rempli de capotes. Ouais, c'était bien l'appartement de Bill, songeai-je. Bien que la quantité de préservatifs me semblât fort optimiste, même pour mon frère.

Le téléviseur et le lecteur DVD étaient intacts. Rayer un cambriolage de toxicos en manque de la liste des possibilités.

1. Gran Torismo Omologato : voiture de course. *(N.d.T.)*

Je retournai fouiner dans la cuisine, mais sans rien trouver d'intéressant. Pas de carnet d'adresses. Pas de petits mots trahissant une activité criminelle. Pas de cartes sur lesquelles un voyage serait tracé en orange. Voilà que je commençais à me sentir plus rassurée dans cet appartement. J'étais là depuis un quart d'heure et rien de grave ne s'était passé. Personne n'était accouru dans l'escalier en brandissant un revolver ou un couteau. Je n'avais pas découvert de trace de sang. Je ne courais aucun risque dans cet appart, songeai-je. Il avait déjà été fouillé, pas vrai ? Les méchants n'avaient aucune raison de revenir.

Je me dirigeai alors vers la marina. Bill travaillait sur un bateau que possédait la société Calflex, le *Flex II*, arrimé à Miami Beach. J'avais acheté une carte et un guide touristique à l'aéroport. D'après la carte, je pouvais m'y rendre à pied. Je risquais de me transformer en flaque de sueur si je tentais de m'y rendre ainsi vêtue, et décidai donc de me changer. J'enfilai une jupe courte en coton rose, un top blanc sans manches et des tennis en toile blanche. D'accord, je suis une fausse blonde et j'aime le rose, et alors ? On ne va pas en faire un plat.

Je cherchai rapidement un double des clés tout en examinant le bazar sur le sol de la cuisine. Je voulais laisser mon sac marin chez Bill quand j'irais à la marina. J'espérais que la porte d'entrée fermait toujours à clé. Mais si je la verrouillais, j'aurais besoin d'un double pour rentrer.

En temps normal, les gens gardent un trousseau accroché dans la cuisine ou près de la porte. Ou dans les tiroirs de la cuisine ou de la chambre, parmi un tas de cochonneries bonnes à foutre en l'air. Ou, si vous aviez fréquemment la gueule de bois et une tendance à rester enfermé dehors en sous-vêtements alors que vous étiez sorti récupérer votre journal du matin sous le porche, vous pourriez très bien cacher vos clés dehors.

Je glissai mon sac à main sur mon épaule et descendis l'escalier, veillant à bien laisser la porte ouverte derrière moi. Dans ma famille, on garde un double des clés d'urgence dans une fausse crotte de chien. Mon père trouve ça hilarant et le raconte à tout le monde. La moitié de Baltimore sait donc comment s'y prendre pour nous cambrioler.

Je jetai un petit coup d'œil sous un buisson à droite du porche et, *bingo* ! une fausse crotte de chien. Je récupérai le trousseau qui y était dissimulé. Une clé d'appartement et une clé de voiture. J'essayai la première ; elle entra pile dans la serrure de Bill. Je la verrouillai et suivis le chemin jusqu'au trottoir. J'appuyai sur le bouton de l'espèce de télécommande accrochée à la clé de voiture, dans l'espoir de trouver le véhicule de mon frère parmi les autres stationnés dans la rue. Rien ne se produisit. Je n'avais aucune idée du genre de bagnole que conduisait Bill. Pas de marque sur la clé. Je dirigeai la télécommande vers l'autre bout de la rue et fis chou blanc.

Je marchai donc jusqu'à la marina située quatre pâtés de maisons plus loin. Elle était cachée derrière une rangée d'immeubles commerciaux et de copropriétés, à peine visibles depuis la route. Je traversai un parking où je retentai ma chance. Aucune des voitures ne bipa, aucun phare ne s'alluma. Je coupai par un petit terre-plein de gazon et de fleurs, et tombai sur un large trottoir en béton qui longeait la marina. Des palmiers bordaient les deux côtés de l'allée. Très propre. Très jolie. Des docks en bois avec des cales saillant du canal. Il devait y avoir une dizaine de docks en tout, et la plupart de leurs cales étaient occupées. Hors-bord d'un côté, voiliers de l'autre.

Les énormes grues qui assuraient l'entretien des navires porte-conteneurs déchargeant au port de Miami se dressaient de l'autre côté du canal. Pour avoir étudié la carte, je savais que Fisher Island était proche du littoral, à l'entrée du port. De là où je me trouvais, je distinguais les agglomérats de tours en stuc blanc disséminés sur l'île. Les toits en tuile espagnole orange étincelaient au soleil ; des palmiers et autre verdure variée de Floride obscurcissaient les rez-de-chaussée.

Des portails en métal blanc ponctuaient l'entrée de chaque dock. Les pancartes proclamaient : « INTERDICTION DE FAIRE DU ROLLER, DU SKATEBOARD, DU VÉLO, DE PÊCHER OU DE NAGER. ACCÈS STRICTEMENT RÉSERVÉ AUX PROPRIÉTAIRES OU À LEURS INVITÉS ».

Une petite structure arrondie à deux niveaux était perchée au bout de l'un des docks. Le bâtiment bénéficiait d'une bonne visibilité à l'étage, des stores verts ombrageant de grandes fenêtres. La pancarte sur le portail de ce dock m'apprit qu'il s'agissait de la jetée E, du bureau du maître de cale. Le portail était clos et un ruban jaune délimitait le périmètre de ce qui semblait être la scène d'un crime. Deux flics pataudes se tenaient au bout du dock. Une camionnette de police était garée sur le passage pour piétons en béton devant le portail.

D'ordinaire, ce genre de spectacle générait en moi une curiosité morbide. Pour l'heure, le ruban tendu devant le bureau du maître de cale m'inquiétait. Je cherchais mon frère disparu, que j'avais entendu à bord d'un bateau pour la dernière fois.

J'observai un type sortir du bureau du maître de cale puis se diriger vers le portail. La trentaine, il était vêtu d'un treillis et d'une chemise bleue boutonnée, manches relevées. Il portait une sorte de boîte à outils, et je supposai qu'il faisait partie de la camionnette de flics. Il poussa le portail fermé et nos regards se croisèrent. Puis ses yeux se rivèrent sur ma poitrine et ma jupette rose.

Grâce à mon soutien-gorge Miracle, le col rond de mon petit top laissait entrevoir mon décolleté, encourageant le flic en civil à s'arrêter pour bavarder avec moi.

— Que se passe-t-il par ici ? lui demandai-je.

— Homicide, répondit-il. Ça s'est passé lundi soir. En

fait, mardi vers trois heures du matin. Je suis étonné que vous ne l'ayez pas lu dans la presse. Ça a fait la une de tous les quotidiens, ce matin.

— Je ne lis jamais les journaux. C'est trop déprimant. Guerres, famines, homicides.

On aurait dit qu'il faisait son possible pour ne pas grimacer.

— Qui a été tué ? m'enquis-je.

— Un vigile de nuit.

Dieu merci, pas Bill.

— Je cherche le bateau de la Calflex. J'imagine que vous ne savez pas où il se trouve ?

Son regard se porta sur l'eau puis s'arrêta sur un dock plus loin.

— Tout le monde connaît le bateau de la Calflex, dit-il. C'est celui qui est au bout de la jetée avec l'hélicoptère sur le pont.

C'était donc sur *ce* bateau que travaillait Bill ? C'était le plus grand de la marina. D'un blanc immaculé, il comportait deux ponts qui surplombaient l'eau. Sur le pont supérieur se trouvait un petit hélicoptère bleu et blanc.

Je remerciai l'agent et me dirigeai vers le *Flex II*. J'ignorai le portail et la pancarte interdisant l'accès aux autres personnes qu'aux propriétaires et invités, et me retrouvai sur les planches en bois de la jetée. Un type se tenait à deux cales du *Flex II*, mains sur les hanches, l'air de s'emmerder royalement, fixant une cale vide. Il portait un short kaki et un T-shirt bleu délavé miteux. Il était bien foutu. Musclé sans être trapu. Mon âge. Ses cheveux étaient blonds, décolorés par le soleil, et avaient besoin d'une bonne coupe. Des lunettes de soleil foncées dissimulaient ses yeux. Il se retourna à mon approche et baissa ses lunettes pour mieux me voir.

J'ai grandi dans un garage, entourée d'hommes obsédés par les voitures. J'ai participé à des courses de stock-cars pendant deux ans. Et j'ai régulièrement assisté à des dîners de famille, où toute la conversation tournait autour des statistiques de la Nascar[1]. De fait, je reconnus M. le Blondinet-Décoloré-par-le-Soleil. C'était Sam Hooker. Le type qui devrait baiser le pot d'échappement de Bill, m'avait dit ce dernier. Sam Hooker courait pour la Nascar. Il avait remporté deux courses à Daytona. Et j'imagine qu'il avait gagné une tripotée d'autres championnats, mais je ne prête plus attention à la Nascar. En gros, tout ce que je savais sur Sam Hooker, je le tenais de ces dîners familiaux. C'était un bon vieux Texan, un vrai de vrai. Un homme à hommes. Un homme à femmes. Un superbon coureur automobile. Et un enfoiré. En d'autres termes, selon ma famille, Sam Hooker était le coureur Nascar type. Et ma famille l'adorait. Excepté Bill, apparemment.

Je n'avais pas été surprise d'apprendre que Bill fréquentait Hooker. Bill était le genre de gars qui finissait par connaître *tout le monde*. J'avais plutôt été surprise d'apprendre qu'ils ne pouvaient pas se blairer, en revanche. Buffalo Bill et Hooker Happy Hour étaient faits dans le même moule.

Plus je m'approchais du *Flex II*, plus le navire m'écrasait de sa masse. Il dominait la jetée. Deux autres bateaux étaient presque aussi imposants que le *Flex II*, sans pour autant égaler la beauté de ses contours. Et seul le *Flex II* possédait un hélicoptère. La prochaine fois que j'aurai un milliard de dollars à jeter par les fenêtres, je m'offrirai un bateau comme celui-ci. Et naturellement, il disposerait d'un hélicoptère. Je n'embarquerais pas à son bord. Cette idée seule me fiche une trouille bleue. Mais ça ne m'empêcherait pas d'en avoir un, tellement il en jetait, là, sur le pont supérieur.

Il y avait un petit chariot électrique au bout de la jetée,

1. *National Association of Stock CarAuto Racing* (Association nationale de courses de stock-cars). *(N.d.T.)*

et des gars en déchargeaient des produits et des cartons de nourriture qu'ils stockaient dans la cale. La plupart des types en uniforme bleu marine et blanc étaient jeunes. Un homme plus âgé, également en bleu marine et blanc, restait en retrait et observait les abeilles ouvrières.

Je m'approchai du vieil homme et me présentai. Je ne sais pas pourquoi, mais je décidai sur-le-champ que je pipeauterais un peu.

— Je cherche mon frère, Bill Barnaby, lançai-je. Je crois qu'il travaille sur ce bateau.

— Il y travaillait, m'expliqua l'homme. Mais il a appelé il y a deux jours pour présenter sa démission.

Je fis de mon mieux pour avoir l'air choqué.

— Je ne savais pas. J'arrive tout juste de Baltimore. Je voulais lui faire la surprise. Je suis allée à son appartement mais, comme il n'y était pas, je me suis dit que je pourrais passer le voir au travail.

— Je suis le commissaire du bateau, Stuart Moran. C'est moi qui ai pris l'appel. Bill n'a pas dit grand-chose. Seulement qu'il devait partir dans les plus brefs délais.

— Avait-il des problèmes ?

— Pas à bord. Nous regrettons son départ. Je ne connais rien de sa vie privée.

Je portai mon attention sur le bateau.

— On dirait que vous vous apprêtez à vous en aller.

— Nous n'avons pas de projets immédiats, mais nous tâchons d'être prêts lorsque nous recevrons le signal.

J'estimai que m'entretenir avec l'équipage pourrait être utile, mais ce serait impossible tant que Moran montait la garde. Je m'éloignai du bateau et me cognai dans Sam Hooker.

Il mesurait tout juste un mètre quatre-vingts. Pas une armoire à glace, mais baraqué pour un coureur Nascar et solidement charpenté. Je le heurtai de plein fouet, puis reculai de quelques centimètres.

— Nom de Dieu ! m'écriai-je en reprenant mon souffle.

— Les jolies petites blondes en jupe rose n'ont pas le droit de blasphémer le Seigneur, fit Hooker en enveloppant mon bras de sa main, m'encourageant à marcher avec lui. Tant pis, mais vous irez en enfer pour avoir menti à Moran.

— Comment savez-vous que j'ai menti à Moran ?

— J'écoutais. Vous êtes une très mauvaise menteuse. (Il s'arrêta devant la cale vide.) Vous savez ce qui devrait se trouver là ?

— Un bateau ?

— Mon bateau. Mon Hatteras décapotable de dix-neuf mètres et demi.

— Et ?

— Et il a disparu. Voyez-vous un bateau ici ? Non. Savez-vous qui l'a pris ? Savez-vous où il se trouve ?

Ce type avait une case en moins. Un accident de voiture de trop. Les coureurs Nascar n'étaient pas réputés pour leur super Q.I., pour commencer. Secouez plusieurs fois leur cerveau, il ne restera probablement pas grand-chose.

Je fis mine de regarder ma montre.

— Mince alors, vous avez vu l'heure ? Il faut que j'y aille. J'ai un rendez-vous.

— Votre frère a pris mon foutu bateau, poursuivit Hooker. Et je veux le récupérer. Il me reste exactement deux semaines de vacances avant de me préparer pour la saison, et je tiens à les passer sur mon bateau. Deux semaines. Est-ce trop demander ? *Deux putains de semaines !*

— Qu'est-ce qui vous fait croire que mon frère a pris votre bateau ?

— Il me l'a dit ! (Le visage de Hooker s'empourprait sous son bronzage. Il avait ôté ses lunettes et plissait les yeux.) Et j'imagine qu'il vous l'a dit, aussi. Vous deux devez sûrement être de mèche ; vous devez voler des bateaux pour les revendre au noir.

— Vous êtes bon à enfermer.

— D'accord, j'y suis peut-être allé un peu fort en prétendant que vous les revendez au noir.

— Et vous avez du mal à gérer votre colère.

— On n'arrête pas de me le dire. Je trouve que je suis un type extrêmement raisonnable. La vérité, c'est que je suis né sous un signe conflictuel. Sur la corne du Capricorne et du Sagittaire.

— Ce qui veut dire ?

— Que je suis un blaireau sensible. Que comptez-vous faire ?

C'était un gros baratineur et j'avais vraiment envie de sourire mais, ne tenant pas à l'encourager, je me contenai.

— Suivez-vous la Nascar ? s'enquit-il.

— Non.

Je réajustai mon sac sur mon épaule et me dirigeai vers l'allée en béton.

Hooker me suivit sans se presser.

— Savez-vous qui je suis ?

— Oui.

— Voulez-vous un autographe ?

— Non !

Il me rattrapa et marcha à mes côtés, mains dans les poches.

— Et maintenant, que fait-on ?

— Je veux un journal. Je veux voir ce qu'ils racontent sur le type qui s'est fait assassiner.

Hooker braqua son regard sur le bureau du maître de cale.

— Je peux vous en dire plus que le journal. La victime était un vigile âgé de quarante-cinq ans, un dénommé Victor Sanchez. C'était un brave type, marié, deux enfants. Je le connaissais. Ils ont trouvé son corps lorsqu'il ne s'est pas pointé comme prévu. Quelqu'un lui a tranché la gorge juste devant chez le maître de cale, puis la bagarre s'est poursuivie à l'intérieur. Le bureau n'a pas été complètement vandalisé, mais des journaux de bord et des ordinateurs ont été saccagés. J'imagine que le vigile était coriace.

— Rien de volé ?

— Pas à première vue, non. Mais ils continuent à tout fouiller. (Il se fendit d'un grand sourire.) J'ai obtenu ces informations des flics. Ils adorent les coureurs Nascar. Je suis une célébrité.

Pas trop imbu de lui-même, hein ?

Hooker ignora mon regard consterné.

— Voulez-vous savoir ce que je pense ? Je pense que le vigile a vu quelque chose qu'il n'était pas censé voir. Du style, quelqu'un qui faisait du trafic de drogue. Bon, d'accord, je n'ai pas trouvé cela tout seul. C'est ce que m'ont dit les flics.

J'arrivai sur le chemin au bord de l'eau. La marina s'étendait de chaque côté. Plusieurs tours d'habitation se dressaient au loin. Elles se trouvaient en face de Fisher Island, surplombant l'entrée du port. Je décidai de m'en approcher ; Hooker m'accompagna.

— Y a-t-il vraiment des bateaux qui apportent de la drogue ici ? lui demandai-je.

Hooker haussa les épaules.

— N'importe quoi peut débarquer ici. Drogue, étrangers en situation irrégulière, objets d'art, cigares cubains.

— Je croyais que les gardes-côtes interceptaient ce genre de truc.

— C'est un grand océan.

— Bon, parlez-moi de mon frère.

— Je l'ai rencontré voilà quelques mois. Je me trouvais à Miami pour la dernière course de la saison. J'ai ensuite traîné un moment et j'ai rencontré Bill au Monty's.

— Monty's ?

— C'est un bistrot. Nous venons de passer devant. C'est le bar au toit de chaume et à la piscine. Enfin bref, on a commencé à discuter et j'avais besoin que quelqu'un conduise mon bateau aux Grenadines. Bill avait une semaine de vacances et il s'est porté volontaire.

— Je ne savais pas que Bill était capitaine de bateau.

— Il vient d'avoir son permis. Il s'avère que Bill sait faire un tas de choses… conduire un bateau, voler un bateau.

— Bill ne volerait pas un bateau.

— Regardez les choses en face, poulette. Il a *volé* mon bateau. Il m'a appelé pour me dire qu'il en avait besoin. J'ai répondu : « Pas question. » Je lui ai dit que *j*'en avais besoin. Et maintenant mon bateau a disparu. Qui l'a pris, d'après vous ?

— Ça s'appelle « emprunter ». Et ne m'appelez pas *poulette*.

Le vent s'était levé. Des feuilles de palmier claquaient au-dessus de nos têtes et la mer était agitée.

— Un front froid arrive, déclara Hooker. On est censés avoir de la pluie ce soir. Ç'aurait pas été super pour pêcher, de toute façon. (Il se tourna vers moi.) Pourquoi vous n'aimez pas « poulette » ?

J'arquai un sourcil en guise de réponse.

— Hé, je suis texan. Facilitez-moi les choses. Comment suis-je censé vous appeler ? Je ne connais pas votre prénom. Bill ne parlait que de son frère, Barney.

Je serrai mentalement les dents.

— Bill n'a pas de frère. C'est moi, Barney.

Hooker me gratifia d'un grand sourire.

— Vous êtes Barney ? (Il s'esclaffa et m'ébouriffa les cheveux.) Ça me plaît. Ça fait un peu Mayberry[1] mais, sur vous, c'est sexy.

1. Allusion à la série américaine *The Andy Griffith Show* se déroulant à Mayberry, petite ville tranquille de Caroline du Nord, où le shérif, veuf, passe son temps à élever son fils et à philosopher avec son cousin Barney. *(N.d.T.)*

— Vous plaisantez.

— Non. Vous m'excitez.

Je soupçonnais les coureurs Nascar d'être excités dès leur réveil.

— Je m'appelle Alexandra. Ma famille s'est mise à me surnommer Barney quand j'étais petite et, depuis, c'est resté.

Nous arrivâmes devant l'une des grandes tours. Trente-cinq à quarante étages d'habitation, toutes pourvues de balcons, toutes offrant des vues imprenables. Toutes dépassant largement mon budget. Je penchai la tête en arrière et contemplai l'immeuble.

— Waouh, fis-je. Vous vous imaginez vivre ici ?

— Je *vis* ici. Trente-deuxième étage. Vous voulez monter admirer ma vue ?

— Une autre fois, peut-être. Des endroits où aller. Des choses à faire.

Un peu le vertige. Une méfiance des coureurs Nascar… surtout quand ils sont excités.

Les premières gouttes de pluie tombèrent en faisant flic flac. De grosses gouttes qui trempèrent ma jupe rose et éclaboussèrent mes épaules. Zut alors ! Pas de parapluie. Pas de voiture. Quatre longues rues à parcourir jusqu'à l'appartement de Bill.

— Où est garée votre voiture ? s'enquit Hooker.

— Je n'ai pas de voiture. Je suis venue à pied de chez mon frère.

— Il habite à l'angle de la 4e et de Meridian, pas vrai ?

— Exact.

Je dévisageai Hooker et me demandai si ce n'était pas lui qui avait saccagé l'appartement de Bill.

2

— Je n'aime pas la façon dont vous me regardez, me dit Hooker.

— Je me demandais ce dont vous étiez capable.

Le grand sourire était de retour.

— De presque tout.

D'après ce que je savais de lui, cela était probablement vrai. Il avait commencé à courir sur les pistes de la partie septentrionale du Texas avant de se hisser en haut de l'échelle. Il avait les dents qui rayaient la piste et la réputation d'un pilote intrépide. Mais je n'adhérais pas à cette dernière assertion. Tout le monde connaissait la peur. C'était notre réaction qui faisait toute la différence. Certains détestaient la peur et évitaient l'expérience. Certains la supportaient comme une nécessité. Et d'autres devenaient accros à l'adrénaline. Je pariais que Hooker tombait dans cette dernière catégorie.

Le vent se leva, la pluie nous fouetta obliquement, et nous courûmes vers l'immeuble pour nous protéger.

— Êtes-vous sûre que vous ne voulez pas visiter la casa de Hooker ? me demanda-t-il. Il ne pleut pas dans la casa.

— Je passe. Je dois retourner chez mon frère.

— O.K. Nous retournerons chez lui.

— Il n'y a pas de « nous » qui tienne.

— Faux. Jusqu'à ce que je récupère mon bateau, il y a assurément un *nous* qui tienne. Non pas que je ne vous fasse pas confiance… mais je ne vous fais pas confiance.

Je restai sans voix. Je sentis ma bouche s'ouvrir involontairement en grand et mon nez se froncer.

— Mignon, lança Hooker. J'aime ce froncement de nez.

— Si vous êtes aussi convaincu que mon frère vous a piqué votre bateau, vous devriez peut-être aller le signaler à la police.

— Je l'ai signalé à la police. Je suis arrivé hier et j'ai constaté que mon bateau avait disparu. J'ai essayé d'appeler votre bon à rien de frère, mais, bien sûr, il n'a pas répondu. Je l'ai demandé sur le *Flex II*, or, j'ai appris qu'il avait démissionné. J'ai essayé le maître de cale, mais ils ne conservent aucune archive. Du sang partout. C'est gênant, non ? J'ai appelé la police ce matin et elle a enregistré ma plainte. J'imagine que ça n'ira pas plus loin.

— Peut-être que quelqu'un d'autre a piqué votre bateau. Peut-être que le type qui a tué le gardien de nuit est également responsable de ce vol.

— Peut-être que votre frère a tué le gardien de nuit.

— Peut-être que vous aimeriez avoir le nez cassé.

— Tout à fait ce que j'attends de la part d'une femme prénommée Barney.

Je tournai les talons, traversai l'entrée et sortis par la porte qui donnait sur le parking. Je baissai la tête et avançai péniblement sous la pluie et le vent, en direction de la 4e Rue. Juste comme ça pour voir, je dirigeai la télécommande de la voiture de Bill dans plusieurs directions, mais aucun phare ne s'alluma.

J'entendis un moteur vrombir derrière moi, et vis Hooker longer le bas-côté en Porsche Carrera métallisée.

La vitre côté conducteur s'abaissa.

— Je vous dépose ?

— Je suis trempée. Je vais ruiner vos sièges en cuir.

— Pas de problème. Un coup d'éponge et le cuir séchera. En plus, j'envisage de la vendre pour acheter une Turbo.

Je me précipitai vers le côté passager et ouvris violemment la portière.

— Que pensez-vous gagner à me suivre partout comme ça ?

— Tôt ou tard, votre frère vous contactera. Je veux être là.

— Je vous appellerai.

— Ouais, bien sûr, je vous crois. De toute façon, je n'ai rien de mieux pour m'occuper. J'étais censé faire du bateau cette semaine.

Je voulais me débarrasser de Hooker mais je n'avais pas de plan. En vérité, je n'avais *pas de plan du tout*. Alexandra Barnaby, Miss Détective, séchait. Fais comme si c'était une boîte de vitesses, me dis-je. Tu la démontes. Tu regardes ce qui est cassé. Tu remontes le tout. Va passer son appartement au peigne fin. Bill était avenant. Il n'avait pas le sens du secret très développé. Il a sûrement dû parler à quelqu'un. Tu dois trouver ce quelqu'un. Tu as découvert la clé dans la fausse crotte de chien, pas vrai ? Tu peux découvrir autre chose.

Hooker tourna sur Meridian et se gara juste devant chez Bill.

— Merci de m'avoir déposée, dis-je.

Et je me mis à courir. Enfin, pas exactement à courir, mais disons que j'avançais d'un bon pas. J'espérais entrer dans l'appartement et verrouiller la porte avant que Hooker ne pût jouer des coudes pour me devancer.

À peine avais-je posé un pied sur le trottoir que l'on me tira en arrière par la lanière de mon sac.

— Attendez-moi, dit Hooker.

— Voilà le problème, rétorquai-je. Vous n'êtes pas invité à entrer.

— Voilà le problème quand vous êtes un pilote Nascar, répliqua-t-il. Vous apprenez à ne jamais attendre une invitation.

Une fois arrivée sur le seuil, j'essayai d'ouvrir sans la clé. Si cela avait fonctionné, j'aurais envoyé Hooker en éclaireur. La porte ne s'ouvrit pas, je la déverrouillai et entrai.

— Quelqu'un a pénétré dans cet appartement par effraction, confiai-je à Hooker. Vous voyez, là, ils ont forcé la porte. Elle était ouverte quand je suis passée cet après-midi. Ce n'était pas vous, j'imagine ?

Hooker examina le jambage.

— Je suis passé vers seize heures hier puis repassé ce matin. J'ai sonné, mais je n'ai pas essayé d'ouvrir. J'étais tellement énervé que je n'ai rien vu. Non, ce n'était pas moi. (Il me suivit à l'étage et laissa échapper un sifflement bas en voyant le bordel.) Bill n'est pas vraiment une fée du logis.

— Vous croyez que je devrais appeler la police ?

— Si on a volé quelque chose et que vous avez besoin d'une déclaration pour votre assurance, alors oui. Sinon, je ne vois pas trop à quoi ça servirait. J'imagine mal la police maritime chercher mon Hatteras.

— Je ne sais pas si on a volé quelque chose. C'est la première fois que je viens ici. Le téléviseur et le lecteur DVD n'ont pas bougé.

Hooker pénétra dans la chambre sans se presser et siffla de nouveau.

— C'est une *tripotée* de préservatifs ! constata-t-il. Une quantité à la Nascar !

— Et si vous me lâchiez un peu avec votre Nascar ?

Il retourna dans le séjour.

— Pourquoi n'aimez-vous pas la Nascar ? C'est sympa, la Nascar.

— C'est rasoir, la Nascar. Un tas d'idiots, ne vous sentez pas visé, qui tournent en rond dans une voiture.

— Et quelle est *votre* conception du plaisir ?

— Acheter des chaussures. Dîner dans un bon restaurant. Tous les films avec Johnny Depp.

— Chérie, tout ça, c'est des trucs de fille. Et Depp joue dans de grosses merdes.

Je passai tout au peigne fin, triai le bazar par terre. J'hésitai entre jeter des choses et remettre de l'ordre, mais j'avais le sentiment que je ne devais pas toucher à une scène de crime. Je décidai de remettre de l'ordre parce que je ne voulais pas croire qu'il s'était passé quelque chose d'horrible.

— Vous ne devriez pas toucher à ça, dit Hooker. Il se passe peut-être quelque chose de grave.

— Je suis dans le déni de la réalité, répondis-je. Essayez de me soutenir. Aidez-moi à jeter un œil.

— Que cherchons-nous ?

— Je ne sais pas. Un point de départ. Un carnet d'adresses. Un nom griffonné sur un morceau de papier. Des pochettes d'allumettes qu'il aurait ramassées dans des bars.

— Je n'ai pas besoin de pochettes d'allumettes. Je connais les bars que Bill aimait. Nous sortions boire ensemble.

— Connaissez-vous ses amis ?

— J'ai l'impression que Bill était l'ami de tout le monde.

Une heure plus tard, j'avais tout rangé. Les coussins du canapé étaient retournés à leur place. Les livres, bien alignés sur leurs étagères. Les couteaux, fourchettes et autres cochonneries, ainsi que les préservatifs, étaient revenus dans leurs tiroirs.

— Alors ? demandai-je à Hooker. Avez-vous trouvé quelque chose ?

— Un string en dentelle noire sous le lit. Votre frère est un animal. Et vous ?

— Rien. Mais il m'a appelée et a vidé son frigo. La seule chose qui reste, c'est une canette de Budweiser.

— Barney, ça ne veut pas dire qu'il a vidé son réfrigérateur. Ça veut dire qu'il a dû aller acheter d'autres Bud.

— Ces jours-ci, la plupart des hommes m'appellent Alex.

— Je ne suis pas la plupart des hommes. J'aime bien Barney. Parlez-moi du coup de fil.

— Bill m'a dit qu'il devait quitter Miami quelque temps. Je ne l'entendais presque pas, à cause d'un moteur de bateau. Il m'a dit que si des types se pointaient et me racontaient qu'ils le cherchaient, je ne devrais pas leur parler. Ah, et il m'a chargée de vous dire de baiser votre pot d'échappement. J'ai entendu une femme hurler et l'on a été coupé.

— Waouh ! fit Hooker.

Il était dix-huit heures trente et il commençait à faire sombre. Il pleuvait encore, je n'avais pas de voiture, et tout ce qui me séparait de l'inanition, c'était une canette de Bud. Le pire : j'imaginais que si je l'ouvrais, je devrais la partager avec Hooker.

— Avez-vous des idées ? lui demandai-je.

— Des tas.

— Sur comment retrouver Bill ?

— Non. Je n'ai aucune idée *là-dessus*. Mes idées concernent plus la bouffe et le sexe.

— Pour le sexe, débrouillez-vous tout seul. Quant à vos idées de bouffe, je suis tout ouïe.

Hooker sortit ses clés de voiture de la poche de son pantalon.

— Pour commencer, je pense que l'on devrait s'en payer une bonne tranche.

J'arquai un sourcil.

— Je parlais de dîner, précisa-t-il.

Nous allâmes souper sur Collins Avenue. Nous commandâmes une bière, des hamburgers, des frites, des beignets d'oignon et un gâteau au chocolat en dessert. La carte proposait des plats plus diététiques, mais nous passâmes notre tour.

— Le repas typiquement américain, observa Hooker.

— Avez-vous déjà dîné ici avec Bill ? Croyez-vous que quelqu'un le connaisse ici ?

— Prenez la plus jolie serveuse et je parie que oui.

J'avais une photo avec moi. Une photo de Bill souriant, debout à côté d'un gros poisson sur un gros crochet.

Comme la serveuse déposait l'addition sur la table, j'en profitai pour lui montrer la photo.

— Vous l'avez déjà vu ? lui demandai-je.

— Bien sûr. Tout le monde le connaît. C'est Buffalo Bill.

— Il était censé nous retrouver ici, mentis-je. Est-ce que l'on se serait trompé d'heure et on l'aurait loupé ?

— Non. Ça fait des jours que je ne l'ai pas vu ici, ni en boîte d'ailleurs.

Nous sortîmes du restaurant sous un ciel clair. La pluie avait cessé et la ville séchait sous la buée.

— Vous mentez mieux, fit Hooker lorsque nous eûmes attaché nos ceintures dans sa Porsche. En fait, vous étiez effroyablement convaincante.

Il mit le contact, et la voiture se réveilla dans un grondement. Lorsque vous avez grandi dans un garage, vous apprenez à apprécier la mécanique, et je ressentais une bouffée d'adrénaline dès lors que Hooker faisait s'emballer le moteur de la Porsche. J'ai beau clamer haut et fort ma haine de la Nascar, j'ai tout de même assisté à deux, trois courses. L'an dernier, je suis allée à Richmond. Et il y a deux ans, à Martinsville. Je n'avouerais pour rien au monde ce que j'ai éprouvé lorsque tous ces types ont emballé leur moteur en début de course, mais c'était aussi bon que ce que n'importe quel homme m'avait jamais fait ressentir au pieu. Bien sûr, peut-être n'ai-je tout simplement pas couché avec le bon.

— Et maintenant ? s'enquit Hooker. Voulez-vous montrer cette photo à d'autres personnes ?

La journée avait été longue, exténuante, émaillée d'un tas de moments terrifiants, à commencer par le décollage à l'aéroport de Baltimore. Rien ne s'était passé comme je l'avais espéré. Mes tennis étaient trempées, ma jupe froissée et j'avais besoin d'un bonbon à la menthe pour me rafraîchir l'haleine. Je voulais croire que la journée ne pourrait empirer, mais je savais que le pire était possible.

— Bien sûr, dis-je. Continuons.

Nous roulions sur Collins, en direction du sud. Les immeubles Art déco étaient illuminés et des néons flamboyaient de toutes parts. Il y avait étonnamment peu de monde dans la rue.

— Où est la vie nocturne ? demandai-je. Je m'attendais à voir plus de gens dehors.

— La vie nocturne ne commence pas avant minuit.

Minuit ! Je serai comateuse d'ici là ! Je ne me rappelais pas la dernière fois où j'avais veillé si tard. C'était peut-être au réveillon de la Saint-Sylvestre voilà trois ans. Je sortais avec Eddie Falucci. J'étais beaucoup plus jeune. Je baissai le pare-soleil pour jeter un œil à mes cheveux dans le miroir et poussai un hurlement strident en me voyant.

Hooker fit une embardée sur la droite, mangea le trottoir puis s'arrêta net dans un dérapage.

— *Ulk*, fis-je, projetée contre ma ceinture.

— Qu'est-ce qui s'est passé, bordel ? demanda Hooker.

— Quoi ?

— Ce hurlement !

— C'étaient mes cheveux. Ils m'ont fait peur.

— Vous êtes cinglée ! J'ai failli bousiller la voiture

à cause de vous ! Je croyais qu'il y avait un corps sur la route.

— Je vous ai vu conduire. Vous bousillez tout le temps des bagnoles. Vous n'allez pas me mettre ça sur le dos. Pourquoi ne pas m'avoir dit que mes cheveux étaient en loques ?

Hooker descendit doucement du trottoir et posa ses yeux sur moi.

— J'avais peur qu'ils ne soient *censés* être comme ça.

— Je dois prendre une douche. Me changer. Dormir.

— Où séjournez-vous ?

— Chez Bill.

— Vous plaisantez !

— J'ai inspecté son appartement de fond en comble et il n'y a rien à craindre. Il a déjà été fouillé. Quelles sont les chances que les sales types reviennent ? Quasi nulles, non ? C'est probablement l'appartement le plus sûr de tout South Beach.

J'avais presque réussi à me convaincre.

— Avez-vous des vêtements pour aller en boîte ?

— Non.

— Je peux peut-être arranger cela.

Hooker se gara doucement devant l'immeuble de Bill.

— Je reviendrai à onze heures, me dit-il.

La dernière chose à laquelle je pensais, c'était à Hooker, en train d'essayer de me trouver une robe. Il devait y en avoir une tripotée sous son lit, qui s'accumulaient comme des moutons de poussière. Cela occupait toujours mon esprit lorsque je me réveillai. Mais pas pour longtemps.

J'ouvris les yeux sur un type hyperflippant. Il se tenait au bord du lit et me regardait d'un air hargneux. Difficile de lui donner un âge. Entre trente et trente-cinq ans. Il devait mesurer un mètre quatre-vingt-quinze, et ses muscles monstrueusement surdéveloppés le faisaient davantage ressembler à une créature de science-fiction qu'à un être humain. Il avait un cou épais et la boule à zéro, genre fusilier marin. Une cicatrice blanche irrégulière allait de la naissance de ses cheveux à son sourcil droit, puis de sa joue à sa bouche, pour s'achever au milieu de son menton. Quoi qui ait balafré son visage, ç'avait aussi arraché son œil, car le droit était faux. C'était un énorme globe en verre brillant, plus gros que l'autre, inexplicablement terrifiant. Sa bouche était suturée de sorte que sa lèvre supérieure restait constamment retroussée, dévoilant ses dents.

Je le dévisageai, stupéfaite et horrifiée, l'espace d'une seconde où mon cœur s'arrêta de battre, puis je me mis à hurler.

Il m'attrapa par le devant de mon T-shirt, me fit sortir du lit comme une poupée de chiffon et me secoua.

— Stop, me dit-il. Ferme-la ou je te frappe. (Il me regarda, pendillant au bout de son bras.) Je te frapperai peut-être de toute façon. Rien que pour m'amuser.

Je flippais tellement que ma bouche me sembla paralysée.

— Quechkevousvoulech ? demandai-je.

Il me secoua de nouveau.

— Quoi ?

— Qu'est-ce que vous voulez ?

— Je sais qui tu es. Je sais des tas de choses et je veux ton frère. Il détient quelque chose qui appartient à mon boss. Et mon boss veut le récupérer. Étant donné que nous n'arrivons pas à retrouver ton frère, nous allons te prendre à la place. Voir si on ne peut pas t'échanger contre lui. Et si ton frère refuse de coopérer, c'est pas grave, parce que je t'aurai, *toi*.

— Que détient Bill qui appartient à votre boss ? Qu'est-ce que c'est que cette histoire ?

— Bill détient une femme. Et cette histoire, elle

concerne la peur et tout ce qu'elle peut te faire. Et l'intelligence. Mon boss est très intelligent. Et un jour, il sera très puissant. Plus puissant que maintenant.

— Qui est votre boss ?

— Tu le découvriras bien assez tôt. Et tu as intérêt à coopérer, sinon tu finiras comme le gardien de nuit. Il n'a rien voulu nous dire, et a essayé de nous empêcher de récupérer la liste des occupants dans le bureau du maître de cale. Quel crétin !

— Alors vous l'avez tué ?

— Pas trop de questions. Je vais te reposer, tu sortiras d'ici avec moi, et tu ne me créeras pas de problèmes, compris ?

— Compris, acquiesçai-je.

Puis je lui envoyai un coup de pied bien placé.

Comme il restait planté sans respirer l'espace de quelques battements de cœur, je le frappai de nouveau.

Le second coup fut le bon, car le gros œil de verre du type faillit tomber de son visage. Il lâcha mon T-shirt et tomba à genoux. Il empoigna son entrejambe, vomit puis se vautra face contre terre dans la flaque de gerbe.

Je m'affalai sur les fesses et rampai comme un crabe. Je me relevai, déguerpis de la chambre, traversai le séjour, puis dévalai l'escalier. Une fois dans la rue, j'étais prête à courir sans m'arrêter jusqu'à Baltimore lorsque Hooker gara sa Porsche le long du trottoir.

— Gro-gro-gros type, dis-je. Gro-gro-gros type chez Bill.

Hooker plongea sous le siège, extirpa un revolver et descendit de voiture.

Ce qui ne me rassura pas le moins du monde. Au contraire, ça me fit paniquer davantage.

— Ne vous inquiétez pas pour le revolver, déclara Hooker. Je suis texan. On offre des revolvers en cadeau de baptême. Je savais tirer avant de savoir lire.

— Je n'aime pas les re-revolvers.

— Ouais, mais parfois, on en a besoin. Beaucoup de monde a besoin de tirer sur des vermines au Texas.

— Comme des coyotes ?

— Oui, à la campagne. Dans mon quartier, c'étaient surtout des maris bourrés qui tiraient sur des mecs culs nus qui sautaient par la fenêtre de leur chambre. (Hooker jeta un œil à la porte ouverte puis aux fenêtres.) Parlez-moi de ce gros type.

— Il était gros. Vraiment gros. Comme s'il ne tenait même pas dans sa peau. Comme Hulk, sauf qu'il n'était pas vert. Et il n'avait pas de cou. Et une balafre sur tout un côté du visage jusque dans sa bouche, qui était toute baveuse et qui montrait les dents. Et son œil, son œil… En fait, il n'en avait pas. Juste un. L'autre était faux, mais faux de pacotille. Comme s'il était, genre, trop gros pour son *vrai* œil. Et il ne bougeait pas. Quoi que fît son vrai œil, le gros œil de pacotille me fixait non-stop. Ne cillait pas, ni rien. Il… faisait peur.

— Avait-il un nom ?

— Je l'appellerai Face de Vomi.

— Est-ce que Face de Vomi a dit quelque chose d'intéressant ? Expliqué ce qu'il fichait dans la chambre de Bill ?

— Il a dit que Bill détenait une femme qui appartenait à son boss, et qu'il allait m'échanger. Et que son boss était intelligent, et que c'était une histoire de peur et de ce qu'elle pouvait nous faire.

Un store s'entrouvrit à l'une des fenêtres de l'appartement de Bill. Hooker braqua son revolver sur la fenêtre. Le store se referma puis, juste après, nous entendîmes un gros bruit provenir de l'autre côté de l'immeuble.

« Ouille ! » fit quelqu'un. Puis des pas qui s'éloignaient. *Tchouc, tchouc, tchouc.*

— On dirait qu'il vient de sauter par la fenêtre de Bill, constata Hooker. Et il boîte.

— Je lui ai balancé un coup de pied dans l'entrejambe.

— Ouais, c'est peut-être pour cela qu'il claudique. Voulez-vous toujours aller en boîte ?

J'opinai.

— Je dois retrouver Bill.

Hooker verrouilla la Porsche d'un coup de bip et me lança un bout de tissu chatoyant.

— J'espère que ça ira. C'est le mieux que je pouvais faire en si peu de temps.

— Il est encore chaud.

— Ouais, vous ne voudrez sûrement pas connaître tous les détails.

Je tins la robe par ses minuscules bretelles.

— Il n'y a pas grand-chose.

— Faites-moi confiance, vous n'avez pas intérêt à avoir beaucoup de tissu. Nous sommes à Miami. Ils ne mentent pas quand ils disent que *le moins fait le plus*.

Je suivis Hooker dans l'appartement que nous passâmes prudemment en revue.

— Je suis un peu chamboulée, dis-je.

— Parfaitement compréhensible. Si vous avez besoin d'un coup de main pour mettre la robe...

Ouais, bon, d'accord. Pas chamboulée à ce point.

— C'est dégoûtant, observa-t-il avec une moue méprisante en contemplant le vomi sur le tapis.

— Il a vomi après mon second coup de pied.

Hooker porta instinctivement ses mains devant ses bijoux de famille.

— Je pourrais vomir rien que d'y penser.

Je nous traînai, la robe et moi, dans la salle de bains. Je respirai profondément et tentai de me calmer suffisamment pour tenir le coup. Hooker était là, avec son revolver, et j'étais en sécurité, me dis-je. Change-toi et sors.

Je me déshabillai et troquai mon bikini contre un string. J'enfilai la robe par la tête et la fis descendre en la tirant. Elle était argent métallisé, en spandex. Elle arborait un col en V plongeant, dévoilant à moitié mes nénés, et la jupe arrivait sous mes fesses de cinq petits centimètres. J'appliquai du mascara sur mes cils à la va-vite, fixai mes cheveux à grand renfort de spray, du style mon cerveau avait explosé, et plâtrai excessivement mes lèvres. J'avais apporté deux paires de chaussures… les tennis et des stilettos argent aux talons de dix centimètres. Une paire pour chaque occasion. Je glissai mes pieds dans les sandales et sortis de la salle de bains d'un pas allègre.

— Sacrebleu ! s'exclama Hooker.

— Trop courte ?

— Non. Maintenant c'est *moi* qui suis tout chamboulé.

Hooker avait plaqué ses cheveux en arrière. Il portait un pantalon de lin noir, une chemisette en soie noire ornée de palmiers pourpres fluorescents et des mocassins sans chaussettes. Il affichait une montre Cartier au poignet, et il sentait bon.

— Facile de savoir comment Face de Vomi est entré. La porte est fracturée, observa-t-il. S'il y a quoi que ce soit de valeur ici, vous avez intérêt à le cacher ou à l'emporter.

Je lui donnai la photo de Bill pour qu'il la mette dans sa poche.

— La seule chose de valeur, c'est le téléviseur, et il n'est pas génial.

Je descendis l'escalier derrière lui et nous montâmes dans sa Porsche. Hooker parcourut un pâté de maisons et demi jusqu'à Washington, puis un voiturier se chargea de la garer devant la boîte.

— On aurait pu y aller à pied, dis-je.

— Ça alors, vous n'y connaissez pas grand-chose. Vous devez croire que posséder une Porsche, c'est une question de pouvoir et de clinquant. D'accord, le pouvoir et le clinquant, c'est une chose, mais c'est le voiturier qui fait tout. C'est une question de lèche, de reluquage et d'envie. C'est *l'arrivée* qui compte, baby.

Il faisait de l'humour, mais ce qu'il disait n'était pas dénué de vérité. Une centaine de personnes fourmillaient devant la boîte. Ceux qui n'étaient pas assez minces, assez jeunes, assez riches ou assez célèbres pour figurer sur la liste VIP. Nul n'était arrivé en Porsche. Et nul n'avait donné suffisamment d'argent au voiturier pour compenser leurs imperfections.

Le videur sourit en voyant Hooker et lui fit signe d'avancer. J'imagine qu'être une célébrité de la Nascar présente ses avantages. Son sourire s'élargit lorsqu'il me vit au bras de Hooker. J'imagine qu'avoir des jambes qui vont de mes fesses au sol présente aussi ses avantages.

Il nous fallut un moment pour nous accoutumer à l'obscurité, aux lumières et au rythme du D.J. Les filles qui dansaient sur scène arboraient toutes des plumes. Grosses plumes dans les cheveux, strings en plumes, hauts de bikini en plumes sur de gros seins siliconés. Les plumes étaient pêche, bleu-vert et lavande. Très oiseaux de South Beach.

— Vous vous occupez des hommes, hurla Hooker pour se faire entendre par-dessus la musique en me collant la photo de Bill dans la main. Allez voir les barmen et les videurs. Je m'occupe des femmes. Je vous retrouve à la sortie dans une demi-heure. Si vous voyez Vomi, montez sur une table où tout le monde peut vous voir et mettez-vous à danser.

Si vous voulez discuter avec quelqu'un en boîte, vous devez lui hurler dans les oreilles ou espérer qu'il sait lire sur les lèvres. Je trouvai un tas de types qui connaissaient Bill mais personne ne savait où il se trouvait. Un barman m'offrit un Cosmo. Je me sentis plus détendue après l'avoir lampé d'un coup. Je commençais même à me sentir vaguement courageuse. Je retrouvai Hooker une demi-heure plus tard et nous partîmes ensemble.

— Alors, résultat des courses ? s'enquit-il.

— Un Cosmopolitan.

— Rien d'autre ?

— Rien de rien.

— Je n'ai pas trouvé grand-chose non plus. Je vous raconterai plus tard.

Le voiturier amena la Porsche. Nous partîmes pour une autre boîte, trois pâtés de maisons plus loin. L'expérience fut quasi identique, sauf que, cette fois, les femmes qui dansaient sur scène étaient habillées à la Carmen Miranda[1]. Des tas de fruits sur la tête, des jabots rumba colorés sur leurs strings et des jabots rumba sur leurs hauts de bikini qui soutenaient leurs gros seins siliconés. Je bus un autre Cosmo. Et n'appris rien de plus.

— D'après vous, il est possible que nous soyons suivis ? demandai-je à Hooker. Je n'arrête pas de voir le même type. Quelqu'un d'autre que Face de Vomi. Il est tout en noir. Cheveux lissés en arrière. Il était au restaurant. Et maintenant, en boîte. Et je crois qu'il me regarde.

— Poulette, tout le monde vous regarde.

Nous allâmes dans une troisième boîte et je me tapai mon troisième Cosmo. J'interrogeai deux types sur Bill en hurlant. Puis je dansai avec quelques mecs. J'attaquai mon quatrième Cosmo et me défoulai sur la piste. J'adorais la musique. Et je ne m'inquiétais plus du tout de Face de Vomi. En fait, je me sentais hyperbien.

Dans cette boîte, les femmes qui dansaient sur scène étaient des hommes. Ils étaient tous habillés dans le style jungle, et ils étaient géniaux, sauf que je m'étais habituée à voir des tas de gros seins siliconés et que j'eus donc l'impression qu'il manquait quelque chose.

1. Première artiste brésilienne à s'être imposée sur les scènes d'Europe et d'Amérique, réputée pour ses costumes, accessoires et chaussures extraordinaires et hauts en couleur, Carmen Miranda a incarné l'image de la musique brésilienne des années trente aux années cinquante, et accumulé les succès à la radio, au théâtre et au cinéma. *(N.d.T.)*

Je cessai de penser à l'heure, de penser à retrouver Hooker à la sortie convenue. Une demi-heure avait probablement dû s'écouler mais, pour une raison inexplicable, les chiffres sur ma montre étaient devenus tout flous. En fait, il me vint à l'esprit que je devais être un tout petit peu bourrée.

Hooker plaqua sa main dans le creux de mes reins et m'entraîna hors de la piste de danse.

— Hé, dis-je. Je dansais.

— J'ai remarqué.

Il me conduisit à l'extérieur, dans la nuit chaude. Il donna son ticket et dix dollars au gardien de parking.

— Alors ? fis-je. Qu'est-ce qu'on décide ?

— Ça fait une demi-heure que je vous regarde danser dans cette petite robe ; vous avez probablement intérêt à reformuler votre question.

— On va dans une autre boîte ?

— Non. On rentre. (Il regarda mes chaussures pendant que nous attendions la voiture.) Vous n'avez pas mal aux pieds avec ces chaussures ?

— Heureusement pour moi, ça fait une heure que je ne sens plus mes pieds.

Je me réveillai dans la chambre d'ami de Hooker, inondée par le soleil qui entrait à flots. Je portais toujours la petite robe. J'étais seule. Et quasi sûre de n'avoir rien fait de romantique avant de m'endormir. Hooker avait refusé de me raccompagner chez Bill. D'après lui, ce n'était pas prudent. J'imagine qu'il avait raison mais, chez lui non plus, ce n'était pas prudent.

Je me traînai hors du lit et traversai la chambre pieds nus, à pas feutrés jusqu'à la fenêtre. Je regardai en bas et eus momentanément le vertige. Le sol était *très très très* loin. Eh bien, voilà le problème, je n'aime pas *l'altitude*. Foncer à toute allure sur une piste automobile à cent quatre-vingt-dix kilomètres-heure, enfermée dans du métal sur quatre roues, me semble parfaitement naturel. Gravir trente-deux étages à toute allure dans un ascenseur, pas du tout. Et à l'idée de tomber de trente-deux étages, tout ce qui se trouve dans mes intestins se liquéfie.

Je reculai prudemment, sortis de la chambre, descendis un petit couloir et me retrouvai dans un grand séjour. Tout un mur du salon et de la salle à manger était en verre. Je distinguai un balcon derrière le verre. Et derrière le balcon, le vide. Et une mouette qui volait à reculons.

La cuisine donnait sur la salle à manger. Hooker était paresseusement adossé au bar, une tasse de café à la main.

La cuisine était blanche, ornée de touches bleu cobalt. Le salon et la salle à manger reflétaient les tons bleu et blanc. Très contemporain. Très cher.

— Pourquoi cette mouette vole-t-elle en arrière ? demandai-je à Hooker.

— Le vent. Nous avons un front froid.

Alors je le remarquai. Le tangage de l'immeuble.

S'ensuivit un fracas retentissant et je me tournai vers la fenêtre juste à temps pour voir la mouette rebondir sur le verre et tomber comme une pierre sur le patio.

— Oh ! là, là ! m'écriai-je.

Hooker ne broncha pas.

— Ça arrive tout le temps. Pauvre petite bête.

— On devrait faire quelque chose. Vous croyez que ça va aller ? Si on l'emmenait chez le véto ?

Hooker alla regarder par la vitre.

— Ça ira. Oups. Non, ça ne va pas du tout. (Il tira les rideaux.) Pâtée pour vautour.

— Vous plaisantez ! C'est affreux !

— C'est la chaîne de la vie. Parfaitement naturel.

— Je ne suis pas habituée à me trouver si loin du sol. Ça ne me plaît pas trop d'être si haut.

Alexandra Barnaby, reine de l'euphémisme.

Hooker sirota son café.

— Ça ne vous a pas dérangée hier soir. Hier soir, *tout*

vous plaisait. Vous avez essayé de me forcer à me déshabiller.

— C'est faux !

— O.K., je suis grillé. C'est faux. En fait, j'étais volontaire, mais vous vous étiez déjà endormie, ivre morte.

Je me faufilai dans la cuisine à pas de loup et me servis une tasse de café.

— Pourquoi marchez-vous comme cela ? s'enquit Hooker.

— Être si haut me donne la chair de poule. On ne devrait pas vivre à cette altitude. Je me sens... pas en sécurité.

— Si Dieu n'avait pas voulu que les gens vivent si haut, il n'aurait pas inventé le béton armé.

— Je n'ai pas l'habitude de boire. J'ai l'impression d'avoir la langue collée au palais.

— Continuez à sortir ce genre de cochonneries et vous allez franchement m'exciter.

— Si vous êtes excité, je m'en vais.

— Ça aiderait, si vous ne portiez pas cette robe. (Ses yeux se posèrent sur mes cheveux.) Encore que vos cheveux suffiraient à faire débander la majorité des hommes. Pas moi, évidemment. Mais la *majorité* des hommes.

J'entendis des bruits de battements d'ailes et de bagarre provenir du patio.

— C'est la mouette ? demandai-je.

Hooker entrouvrit les rideaux et jeta un œil au-dehors.

— Pas vraiment.

S'ensuivirent de gros bruits d'oiseaux en colère. Hooker fit un bond en arrière, puis referma les rideaux.

— Bagarre pour de la nourriture, dit-il.

Un bar américain séparait la cuisine de la salle à manger. Quatre tabourets étaient alignés devant. Une photo dans un cadre en argent trônait à l'autre bout du bar. C'était la photo d'un bateau.

— C'est votre bateau ? m'enquis-je en attrapant le cliché pour le voir de plus près.

— *C'était* mon bateau. Le plus beau du monde. Et rapide… pour un bateau de pêche.

— Hier soir, j'ai parlé à un tas de types qui connaissaient Bill et, l'opinion générale, c'est que Bill a décidé de partir à la dernière minute. Apparemment, le *Flex II* venait juste de rentrer d'un voyage aux Bahamas. Bill est allé en boîte le soir de son retour mais, comme il était censé repartir le lendemain matin, il s'est barré tôt. Vers une heure du matin. Et c'est la dernière fois qu'on l'a vu.

— Quand vous a-t-il appelée ?

— Vers deux heures.

— Alors comme ça, il revient d'un voyage aux Bahamas, et sort en boîte jusqu'à une heure du matin. Il m'appelle à deux heures. Et vous, juste après moi. Il est sur un bateau. *Mon* bateau !

— *Peut-être* qu'il est sur votre bateau.

— C'est le seul qui manque sur cette foutue marina. J'ai vérifié. Il vous dit que des mecs vont le chercher. Une femme hurle. Ensuite, plus de nouvelles. Une heure plus tard, quelqu'un tue le gardien de nuit.

Je lui rapportai la conversation que j'avais eue avec Face de Vomi au sujet du gardien de nuit.

— Alors qu'est-ce que tout cela veut dire ? demandai-je à Hooker.

— Sais pas, chérie.

— Je dois retourner chez Bill. J'y ai laissé mon sac de voyage. Je n'avais pas les idées claires.

Hooker attrapa un trousseau de clés sur le bar.

— Je peux vous donner un coup de main. Coureur Nascar à la rescousse. Ensuite nous vous enlèverons cette robe et vous mettrons un short, plus compatible avec la recherche de Bill.

Je le suivis jusqu'à la porte, puis dans une entrée comportant deux ascenseurs. Hooker appuya sur le bouton et me regarda.

— Vous allez bien ? Vous êtes toute blanche.

C'était parce que mon cœur s'arrêtait de battre dès que je voyais des ascenseurs.

— Je vais bien. Un peu la gueule de bois.

Nous pénétrâmes dans la cabine. Hooker appuya sur le bouton « rez-de-chaussée » et les portes se refermèrent. J'inspirai un bon coup et fermai les yeux bien fort. Je ne gémis pas et ne hurlai pas non plus : « Nous allons tomber comme une pierre et mourir ! » De fait, j'étais plutôt fière de moi.

— Pourquoi les yeux fermés ? s'enquit Hooker.

— Je n'aime pas voir les numéros changer.

Il glissa son bras autour de ma taille et me serra contre lui.

— Mignon.

Hooker gara la Porsche juste devant l'immeuble de Bill et nous descendîmes. La porte d'entrée s'ouvrit d'un coup lorsque je la poussai. La clé n'était pas nécessaire. Bel et bien fracturée.

Nous montâmes et nous arrêtâmes net devant le séjour. L'appartement avait été mis à sac. Une fois de plus. Pas vandalisé comme la première fois mais clairement fouillé. Les coussins du canapé étaient légèrement de guingois ; les tiroirs pas complètement refermés. Mon sac marin ne se trouvait pas exactement là où je l'avais laissé.

— Pourquoi quelqu'un fouillerait-il l'appart deux fois ?

— Peut-être avons-nous affaire à deux personnes différentes.

Nous inspectâmes la chambre et la salle de bains. Apparemment rien ne manquait. Le vomi de Face de Vomi avait séché sur le tapis et ne sentait pas superbon.

— Donnez-moi dix minutes pour prendre une douche et me changer, dis-je. Ensuite, je file.

Je pris une douche rapide, séchai mes cheveux et enfilai un short, un T-shirt et des tennis blanches.

Hooker n'étant plus dans l'appartement quand je sortis de la salle de bains, je glissai mon sac marin sur mon épaule et descendis à sa recherche. Je le trouvai en train de discuter avec l'un des voisins de Bill. Futé. Un coureur Nascar avait donc un cerveau. Histoire de ne pas lui faire trop de compliments, je me dis que la motivation aidait. Il tenait véritablement à récupérer son bateau.

La matinée touchait à sa fin sous un ciel d'un bleu magnifique sans aucun nuage en vue. Le vent s'était calmé en un doux frémissement. Les immeubles en stuc clair aux finitions pêche et bleu-vert étincelaient au soleil. Des fleurs bourgeonnaient partout, sur les arbres, les plantes grimpantes, les buissons. Des lézards bruissaient dans les sous-bois. Je me tenais sur mes gardes, cafard oblige.

Hooker abandonna le voisin de Bill lorsqu'il m'aperçut. Il me rejoignit et prit mon sac. Très bien, ça me va. Aucune raison de se laisser emporter par les droits des femmes.

— Je ne voulais pas vous interrompre, dis-je. J'imagine que vous l'interrogiez au sujet de Bill ?

— Ouais. J'ai fait du porte-à-porte. Pour la majorité, il n'y avait personne. J'ai trouvé la loge du gardien et lui ai parlé du verrou fracturé. Je lui ai dit que Bill était en mer, et que vous étiez là, en vacances. Il va s'en occuper. Je lui ai aussi suggéré de faire passer quelqu'un pour shampouiner le tapis. Le type à qui je parlais est à la retraite et il est tout le temps chez lui. Il s'appelle Melvin. Comme sa femme ne veut pas qu'il fume à l'intérieur, il passe pas mal de temps sur le porche de devant. Dit qu'il a du mal à dormir et que, souvent, il vient s'asseoir dehors pour fumer.

Je gratifiai Hooker d'un sourire.

— Et il a vu les types qui sont entrés par effraction dans l'appartement de Bill ?

— Les deux fois.

3

Hooker déposa mon sac dans le coffre de la Porsche.

— D'après Melvin, le premier cambriolage a eu lieu aux alentours de vingt-trois heures, mardi soir. Il a dit qu'il y avait deux types. Il ne les a pas vus entrer. Il les a juste vus partir. Il pensait que c'étaient des amis de Bill. Apparemment, Bill organise des tas de soirées. Grosse surprise, hein ? Il a dit qu'ils étaient montés dans une Town Car noire en partant. À part ça, il n'en savait pas plus.

— Il vous les a décrits ?

— Il faisait sombre. Il n'a pas vu grand-chose. Taille moyenne. Corpulence moyenne. Il a cru qu'ils étaient cubains.

— Et la deuxième fois ?

— Il a dit que c'étaient des Caucasiens. Deux types, encore. Cette fois, l'un est entré et l'autre est resté dehors. Pantalons noirs. Chemisettes noires. Il était quasi sûr qu'ils portaient des uniformes, et comme l'équipage du *Flex* est en bleu marine, je n'écarte pas cette hypothèse. Il a dit qu'un type avait des cheveux lissés en arrière comme un gangster.

— Ça ressemble au mec du restaurant et de la boîte. Vous vous souvenez, je vous ai dit qu'il me regardait ?

— Ça ressemble aussi à la moitié des types de Miami.

Melvin a dit que le gars était rentré tranquillement, comme s'il était attendu.

— Le verrou a été fracturé.

— Melvin l'ignorait. Il a dit qu'il nous avait vus partir. Puis, cinq minutes plus tard, les mecs en noir se sont pointés. Melvin croyait que Bill était chez lui. À mon avis, il se sent mal de ne pas l'avoir signalé.

— Est-ce que Melvin a vu Face de Vomi ?

— Non. Il était chez lui, il regardait la télé.

— Melvin n'est pas super futé.

— Melvin a au moins trois cents ans.

— Apparemment, pas mal de monde est impliqué dans cette histoire.

— Nous avons les mecs qui ont vandalisé l'appartement la première fois. Nous avons Face de Vomi. Et nous avons les types qui ont fouillé l'appartement la deuxième fois.

— Troublant.

— Ouais, mais ne vous inquiétez pas. Je pourrais leur filer une beigne si j'y étais obligé.

— Parce que vous êtes un spécialiste du filage de beignes ?

— Parce que je suis un coureur Nascar !

— Flippant !

— Montez en voiture. Je vous emmène prendre le petit déjeuner au News Café. *Tout le monde* prend le petit déjeuner au News Café.

Cinq minutes plus tard, nous poireautions sur le trottoir devant la terrasse du News Café. Nous attendions une table, et nous n'étions pas les seuls. Un monde fou faisait de même. Nous tournions tous en rond sur le trottoir, bouches bées devant les veinards qui mangeaient, bouches bées devant les gens de l'autre côté de la rue qui faisaient du roller en tongs.

— C'est Ocean Drive, m'expliqua Hooker. Et comme vous pouvez le voir, de l'autre côté de la rue, il y a une petite zone verte avec une piste cyclable, et derrière la zone verte, la plage et l'océan.

— Vous feriez du roller en tongs ?

— Je ne ferais pas de roller en gilet d'armes.

— Que se passe-t-il quand quelqu'un tombe ?

— Je m'approche pour mieux voir. En général, il y a beaucoup de sang.

Hooker se fraya un chemin à travers les tables, s'arrêta de temps à autre pour dire bonjour ou interroger les clients sur Bill. Une fois sa tournée terminée, il revint sur le trottoir.

— Rien, dit-il.

Au bout de dix minutes d'attente, nous obtînmes une table. Hooker commanda des œufs, un tas de pancakes, des saucisses, du jus de fruits et du café. Je pris un muffin au son et un café.

Hooker inonda ses pancakes de sirop puis jeta un œil à mon muffin au son.

— Miam-miam, fit-il.

— S'il y a une chose que je ne peux pas supporter, c'est les Messieurs-je-sais-tout qui ont la peau sur les os.

— Je n'ai pas la peau sur les os. Je suis très très sexy, je suis superbien foutu. C'est les remèdes à l'amour qui ont la peau sur les os.

Un flot régulier de types s'approchaient de Hooker, lui tapaient sur le dos et lui serraient bizarrement la main.

« Hé, man, disaient-ils. Comment va ? Quoi de neuf ? » Et Hooker de répondre : « Ça va bien, man. » Parfois il ajoutait : « Je cherche Buffalo Bill, tu ne l'aurais pas vu ? » Et la réponse était toujours la même : « Pas vu. Qu'est-ce qui se passe ? »

Une voiture de flics de Miami Beach se gara sur le trottoir d'en face, suivie de deux camions et d'un camping-car. Beaucoup de monde en descendit et se mit à décharger du matériel.

Hooker fourra ses pancakes dans sa bouche.

— Deux possibilités, dit-il. Un film avec une scène de volley-ball, ou des photos de mode. On le sait quand les filles sortent du camping-car. Si elles ont de gros nichons, c'est une scène de volley.

— Visiblement, je suis la seule que ça intéresse.

— À cette époque de l'année, ce genre de truc pullule à Ocean Drive. C'est passé de mode. Exactement comme les boîtes de nuit.

— Je n'arrive pas à le croire ! Le coureur Nascar trouve les discothèques gonflantes. Continuez comme ça et vous ruinerez votre image.

— J'essaierai d'être hypersuperficiel aujourd'hui pour compenser.

Je terminais mon muffin et attaquais ma seconde tasse de café lorsque mon portable sonna. Mon regard croisa celui de Hooker dès la première sonnerie : nous espérions tous les deux que c'était Bill. Je sortis le téléphone de mon sac et gémis mentalement en avisant le numéro à l'écran. C'était ma mère.

— Où es-tu ? s'enquit-elle. J'ai appelé chez toi et ça ne répond jamais. Ensuite, j'ai appelé à ton boulot et ils m'ont dit que tu avais pris quelques jours.

— J'avais envie de soleil. J'ai pris l'avion pour Miami pour rendre visite à Bill.

— Tu détestes l'avion.

— Oui, mais je l'ai fait. Et j'y suis. Il fait chaud.

— Comment va ton frère ? Il ne m'appelle jamais.

— Bill n'est pas là. Il est en mer, mais il ne devrait pas tarder à rentrer.

— Quand tu le verras, dis-lui que son ami a appelé hier. Il le cherchait.

— Quel ami ?

— Il n'a pas laissé de nom, mais il avait un accent hispanique. Il a dit que Bill attendait son appel. À propos d'un conflit immobilier. Apparemment, Bill a pris quelque chose qui appartient à cet homme par inadvertance.

Je parlai une minute à ma mère, lui promis de me méfier des cafards, puis raccrochai.

— Vous irez droit en enfer, me dit Hooker. Vous venez de mentir à votre mère, non ?

— Je ne veux pas l'inquiéter.

— Mentir pour une bonne cause. C'est le pire des mensonges. (Il balança de l'argent sur la table et se leva.) Allons à la marina voir si mon bateau a réapparu.

Je suivis Hooker à travers la foule jusqu'à sa Porsche.

— Êtes-vous en train de me dire que vous ne mentez pas une fois de temps en temps pour la bonne cause ?

— Je mens tout le temps. C'est juste que comme j'irai en enfer pour des tas d'autres raisons, mentir ne compte pas.

— Vous n'avez pas appelé ma mère, n'est-ce pas ?

— Non. J'aurais dû le faire ?

— Quelqu'un à l'accent hispanique a appelé pour parler à Bill. Ils ont dit que ça concernait un conflit immobilier.

Hooker se gara devant chez lui et nous gagnâmes la marina à pied. Le ruban délimitant la scène de crime bloquait encore l'entrée du bureau du maître de cale, mais plus celle de la jetée E. Nous passâmes devant celle-ci pour atteindre celle de Hooker. Le *Flex II* était accosté à l'autre bout du dock. Il n'y avait personne sur le pont. L'hélicoptère n'avait pas bougé.

— Un bateau comme celui-ci fait souvent des croisières ? demandai-je à Hooker.

— Les bateaux de sociétés prennent souvent la mer lorsque le temps s'y prête. Les cadres s'en servent pour flagorner des clients et des hommes politiques. C'est toujours une bonne chose d'avoir un politicien dans sa poche.

Nous nous arrêtâmes devant la cale de Hooker. Pas de bateau.

— Merde, fit-il.

C'était plus une pensée qu'une exclamation.

Il y eut un mouvement à bord du *Flex* et nous nous tournâmes tous les deux pour jeter un œil. Deux hommes d'équipage installaient le déjeuner au fond du bateau.

— Quelqu'un à bord, constata Hooker.

Deux jolies jeunes femmes en hauts de bikini et jupes portefeuille firent leur apparition sur le pont. Deux hommes, âgés d'environ soixante-dix ans, les rejoignirent, suivis, quelques instants plus tard, par un gars en uniforme du *Flex*, puis par l'incarnation type du cadre jeune et dynamique, plein d'avenir.

— Reconnaissez-vous quelqu'un ? demandai-je à Hooker.

— Le grand type aux cheveux gris en uniforme, c'est le capitaine. Je ne me rappelle plus son nom, mais il est là depuis toujours. Il était capitaine du *Flex I* puis est passé sur le *Flex II* l'an dernier lorsque le bateau a été lancé.

— Le *Flex I* existe encore ?

— Non. On l'a envoyé à la casse.

— Connaissez-vous les autres ?

— Le chauve à la tête de bouledogue, c'est un sénateur. Le top model pour Tommy Bahama m'a l'air d'un mec de la société. Je ne connais pas les femmes. Divertissement, probablement.

— Et l'homme qui reste ?

— Aucune idée.

L'inconnu était trapu, avec un visage terreux, des cheveux argentés et épais. Il portait un pantalon brun clair et une chemisette à fleurs. Nous nous trouvions loin de lui mais quelque chose dans le langage de son corps et la conformation de sa bouche me fit immédiatement repenser au cafard volant géant.

— Voulez-vous partager vos pensées ? fit Hooker.

— Je pensais à un cafard.

— C'eût été ma deuxième supposition.

— C'est sûrement un type très bien.

Hooker le fixait ouvertement, mains dans les poches, et se balançait sur ses talons.

— Il a l'air du genre de mec à tuer des gens et à les manger au petit déjeuner.

L'homme regarda dans notre direction, Hooker sourit et agita la main.

— Salut ! lança Hooker.

L'homme nous observa sans expression pendant un moment, puis nous tourna le dos et reprit sa conversation avec le sénateur.

— Super, dis-je à Hooker. Maintenant vous avez ennuyé le tueur professionnel.

— J'ai été aimable, c'est tout. L'espace d'un instant, j'ai cru qu'on allait devenir superpotes.

Nous nous éloignâmes du *Flex* et reprîmes le chemin en béton. Il y avait une grande effervescence autour de nous. Un temps parfait, si vous l'aimiez chaud de chez chaud. En ce vendredi midi, d'après les normes de Miami, c'était déjà le week-end, apparemment. Hooker portait des sandales, un jean complètement délavé avec un tas de déchirures et de trous, un T-shirt noir décoloré sans manches, des lunettes de soleil de sport et une casquette vantant les mérites d'une marque de pneus. J'arborais des lunettes de soleil mais pas de chapeau ni d'écran total. J'avais l'impression que je pouvais faire cuire un œuf sur mon crâne, et si je louchais, j'étais convaincue de voir mon nez se couvrir de cloques.

Un type venait à notre rencontre. Il tenait un schnauzer en laisse Burberry, et le chien cabriolait la tête haute, l'œil vigilant sous ses sourcils de schnauzer broussailleux. Le type attira mon attention parce qu'il était tout le contraire de Hooker, avec ses cheveux châtains parfaitement coupés et stylés et son visage rasé de près. Il portait une chemise blanche en tricot à trois boutons sans tache et sans pli, et son short kaki était parfaitement repassé et très bien coupé. Il devait mesurer deux centimètres de moins que Hooker et était presque aussi musclé que lui.

Ma meilleure amie, Marjorie, prétend que l'on peut toujours deviner si un mec est gay à la taille de ses pores. Et, même de loin, je devinai que ce type s'exfoliait.

Lorsque le chien et son maître arrivèrent à notre niveau, l'animal s'arrêta et grogna sur Hooker.

— Je suis sincèrement *désolé*, dit le type. Il est de mauvaise humeur aujourd'hui. Je crois qu'il lui faut un muffin au son.

— Pas de problème, fit Hooker. Vous tenez bien la laisse, hein ?

— Absolument. *Couché, Cujo*, ordonna le type à son chien.

— Il s'appelle Cujo ?

— Non. Pas vraiment. Il s'appelle Brian.

Je souris au type.

— Jude ?

— Oui ?

Il me dévisagea de la tête aux pieds, et lorsqu'il me reconnut, ses yeux s'ouvrirent en grand.

— Barney ? Ça alors ! Je n'y crois pas !

— C'est Jude Corker. Nous étions en primaire et au lycée ensemble, expliquai-je à Hooker. Jude Corker, Sam Hooker. Sam Hooker, Jude Corker.

— Tout le monde m'appelle Judey maintenant, dit-il en tendant la main à Hooker. Barney et moi étions de très bons amis puis, quand nous sommes entrés à la fac, nous nous sommes complètement perdus de vue.

— Depuis combien de temps vis-tu ici ? lui demandai-je.

— Je suis allé à la fac ici et j'ai décidé de rester. J'ai rencontré un mec adorable en troisième année et voilà. Il avait une entreprise ici qui marchait superbien, donc, on ne pouvait pas déménager.

— Et vous êtes toujours ensemble ?

— Nous avons rompu il y a un an. Ce sont des choses

qui arrivent. Mais je suis miamien à présent. Qu'est-ce qui t'amène ?

— Bill habite Miami.

— Non ! Je ne le savais pas ! Je ne l'ai jamais rencontré ! (Il reposa les yeux sur Hooker.) Et qui est cette personne ? Est-ce un amoureux ?

— Associé.

— Joli corps, constata Judey. Mais la casquette, beurk ! Pneus. Dégueu.

Hooker le gratifia d'un sourire. Amical.

— J'imagine que vous n'êtes pas gay ? lui demanda Judey.

— Absolument pas, répondit Hooker. Pas même un tout petit peu.

— Dommage. Le T-shirt sans manches vous va bien.

Hooker continua à sourire. M. Coureur ne se sentait pas menacé par M. Pédale.

— Et que veut dire « associé » alors ? demanda Judey. Parce que, ma belle, je ne lis pas « associé » dans ses yeux. Il te reluque comme si tu étais son déjeuner. Et honte à vous, poursuivit-il en s'adressant à Hooker, vous la laissez sous le soleil sans chapeau. Regardez son petit nez rose et son pauvre cuir chevelu rose. Vous n'arriverez jamais à rien si vous laissez cette jolie petite blonde attraper des coups de soleil.

Hooker ôta sa casquette et me l'enfonça sur la tête.

— Pas *cette* casquette ! s'écria Judey. Celle-ci a sa place dans un garage. Elle a déjà donné, merci ! Allez lui chercher un beau chapeau.

Hooker laissa échapper un soupir.

— Vous serez encore là quand je reviendrai, n'est-ce pas ? me dit-il.

— Où voulez-vous que j'aille ?

— Dieu seul le sait, dit Hooker.

Et il s'en alla d'un pas tranquille.

— Il est canon, constata Judey. Dans le genre brute. Superbien foutu.

— C'est un pilote de la Nascar, et il est texan.

— Oh non ! Ne m'en dis pas plus. C'est un abruti, non ?

Je regardais Hooker au loin.

— En vérité, j'ai connu pire. Pour un abruti, il ne s'en sort pas trop mal.

Je parlai à Judey du coup de fil, du bateau disparu et de l'appartement mis à sac. J'évoquai Face de Vomi, et j'allais lui décrire le second cambriolage lorsque Hooker revint. Il ôta sa casquette de ma tête et la remplaça par une rose arborant « sexy » en strass fantaisie.

— Bien mieux, observa Judey. D'un mauvais goût parfait. Hyper-trashy. Cent pour cent Miami.

— J'imagine que vous ne connaissez pas les membres de l'équipage du *Flex* ? lui demanda Hooker.

— Bien sûr que si. Je connais un jeune homme très bien qui s'appelle Todd. Et comme le bateau est amarré au dock et qu'il n'a l'air d'aller nulle part, Todd doit sûrement être à la plage.

Dix minutes plus tard, nous étions tous entassés dans la Porsche de Hooker. Il l'avait décapotée, et Judey et Brian étaient écrasés sur le minuscule siège arrière.

— Garez-vous sur la 11e, lui conseilla Judey. Todd bronze toujours au niveau de la 11e Rue.

La plage s'élargissait au niveau de la 11e et s'étendait loin dans deux directions. Le sable était blanc et tassé. Des vendeurs ambulants proposaient du café glacé et d'autres trucs dans le genre. Des corps cherchant à attraper le cancer de la peau s'étalaient partout : des gros, des minces, de tous les formats. Certaines femmes faisaient du topless. Les strings étaient à l'ordre du jour. Et la plupart se trouvaient coincés dans bien plus de fesses que je n'avais envie d'en voir.

Le trafic vrombissait en fond sonore, rivalisant avec des

téléphones portables, des lecteurs MP3 et le *shussshhh* des vagues qui se brisaient au loin et déferlaient calmement, tourbillonnant autour de ceux qui s'aventuraient dans l'eau pour barboter et s'éclabousser. Des cargos et des pétroliers mouillaient au large. Un avion à hélice nous survolait, tirant une bannière publicitaire pour une boîte de nuit.

Nous traversâmes la foule d'abdos et de gros lards tout graisseux, Judey en tête, et Brian tirant sur sa laisse, aboyant et montrant les dents aux chiens qui passaient.

— Il est *tellement* impérieux, expliqua Judey. C'est son côté allemand.

— Il y a trop de choses en pâture, ici, dis-je à Hooker. Ça gâche le charme, non ? Ça vous dirait de sortir avec l'une de ces femmes seins nus en string ?

Hooker balaya la plage du regard.

— Je veux sortir avec *toutes*. Non, attendez, pas la grosse avec les poils au menton.

— C'est un homme.

— Je ne veux pas sortir avec lui.

— Bon sang, dit Judey. Moi non plus, je ne veux pas sortir avec lui.

— C'est comme si on était dans une boulangerie, reprit Hooker. Vous regardez les beignets et vous avez envie de les manger. Avouez-le, dès que vous entrez dans une boulangerie, vous avez faim, pas vrai ?

— Ce n'est pas la même chose.

— Pour un homme, si. Cette plage n'est qu'une boulangerie géante.

— Quelle éloquence ! lança Judey à Hooker.

— C'est parce que je suis un coureur Nascar, répondit Hooker. (Il balança un bras autour de mes épaules et m'attira contre lui.) Cette conversation n'augmente pas vraiment mes chances de vous taper dans l'œil, pas vrai ?

— Le voilà, dit Judey. C'est Todd. C'est le truc succulent sur la serviette de bain bleue. Et il a mis son string rouge. Vous ne le trouvez pas mignon ? C'est bien un Monsieur Frétillant-du-Slip !

Todd, étendu sur une serviette de plage, se faisait griller sur le sable, à mi-chemin du bord de l'eau. Il semblait avoir à peine vingt ans. Et Judey avait raison… Todd était succulent. Il se leva quand il nous vit, de sorte que nous pûmes mieux apprécier sa succulence. Son corps était musclé et doré, et son string rouge soulignait un cul fantastique et un tas de choses pleines de bosses au-devant. Je m'efforçai d'adopter la pensée positive à propos du concept de la boulangerie, mais les bagels dans son maillot de bain ne m'aidaient pas beaucoup.

Lorsque Todd se baissa pour caresser Brian, je m'empressai de noter mentalement de ne *jamais* me pencher en string. Brian, qui n'avait pas la même vue que moi, trouvait cela parfait. En fait, le chien remuait la queue et vibrait de bonheur.

Judey nous présenta à Todd et lui expliqua que Bill avait disparu.

— Disparu ? fit Todd. Comment ça ?

— Parti. Pouf, volatilisé, répondit Judey.

— On nous a dit qu'il avait démissionné.

— Oui. Mais ensuite il a disparu. Et on a fouillé son appartement. Deux fois ! ajouta Judey.

— Je ne sais pas quoi dire. Il n'avait pas l'air impliqué dans un truc louche. Une minute, il était là, et juste après il était parti. J'ai regretté qu'il s'en aille. C'était un mec bien.

Brian gambadait autour de nous, attendant qu'on le caresse encore. Il faisait voler du sable avec ses griffes de schnauzer, et le sable collait aux jambes huilées et parfaitement épilées de Todd.

— As-tu travaillé avec lui lors de son dernier voyage ? demandai-je à Todd, m'efforçant de ne pas fixer la fronde en forme de banane toute bosselée.

— Ouais. On est partis cinq jours.

— Il ne s'est rien passé d'inhabituel ?

— Non. C'était la routine sauf que la sortie a été abrégée. Nous étions censés partir en mer pour une semaine entière. Un vice-président et un mec de la sécurité de la Calflex étaient à bord. Deux femmes de South Beach. Et quatre cadres d'une boîte d'informatique.

— Sais-tu pourquoi la sortie a été abrégée ?

— Non, mais cela arrive. D'habitude, c'est parce que la Calflex a besoin du bateau pour divertir quelqu'un de plus important. La combine, c'est que le type de la Calflex prétend être malade et nous retournons au port. Nous déchargeons la cargaison, embarquons la nouvelle VIP et repartons. Cette fois, c'était un peu bizarre parce qu'on nous a dit que nous reprendrions la mer le lendemain, mais ça a été annulé. Et depuis, le bateau est resté au dock. Mais je m'en fiche. Je suis payé pour aller à la plage.

Comme Brian n'attirait pas notre attention à force de gambades, il ajouta un aboiement. *Ouarf, ouarf, ouarf.*

Judey tira sur sa laisse Burberry.

— Stop ! dit-il à Brian. Tiens-toi bien.

Ouarf, ouarf, ouarf, ouarf.

— Je l'ai obtenu dans la répartition des biens quand on s'est séparés, expliqua Judey. J'aurais mieux fait de prendre la Porsche Boxster.

Todd regarda ses jambes.

— Je vais devoir nettoyer ce sable. Ça va ruiner mon bronzage.

Nous allâmes au bord de l'eau et attendîmes pendant que Todd plongeait dans les déferlantes. Un rouleau le prit jusqu'à mi-cuisses.

— Hiiiiiii ! *Froid !* cria-t-il d'une voix perçante en faisant des bonds, battant des bras et nous éclaboussant, ses machintrucs rebondissant dans la poche en soie rouge.

Brian tirait sur sa laisse, haletait et s'étranglait pour essayer de rejoindre Todd. Judey était occupé à tenter de maîtriser son chien. Et Hooker et moi étions magnétisés : les machinbidules rebondissants nous hypnotisaient.

— Nom de Dieu ! s'exclama Hooker.

— Vous comprenez pourquoi la théorie de la boulangerie me posait problème.

Todd cessa enfin de sauter dans tous les sens et nous recouvrâmes tous nos esprits.

— Il y avait des gens à bord du *Flex* aujourd'hui pour déjeuner, dis-je à Todd. L'un d'eux était un sénateur.

— Bulger. Il est souvent là. Ne prend pas la mer avec nous d'habitude. Vient juste faire du social. Il est pote avec Luis Salzar. Salzar devait être là, lui aussi.

Nous étions de retour à la serviette de plage et Todd se sécha les jambes avant de se remettre de l'huile solaire.

— Est-ce que Salzar est trapu, avec plein de cheveux gris ? Ressemble à un tueur professionnel ? lui demandai-je.

— Ouais. C'est Salzar. Je déteste quand il est à bord. Le navire est verrouillé.

— Verrouillé ?

— Le pont principal est interdit à tous ceux qui ne font pas partie de l'équipage personnel de Salzar. Il a son propre steward, deux gardes du corps et deux hommes pour son hélicoptère. En plus, le capitaine et le commissaire du bord sont des hommes de l'équipage, donc ils y ont accès. Et parfois, Salzar amène un ou deux membres de sa famille. Et je ne veux pas forcément dire « parents » quand je parle de famille. C'est comme partir en croisière avec Al Capone. Toujours des tas de revolvers. Les conversations s'arrêtent lorsqu'un non-membre de la famille entre dans une pièce. Ça fait carrément flipper.

— Salzar est un homme d'affaires cubain, nous précisa Judey, à Hooker et à moi. Il est mêlé à un tas d'affaires. Il vit à Miami, mais d'après la rumeur il est mucho ami avec Fidel.

— Ouais, acquiesça Todd. Nous avons amené Salzar à Cuba en avion un soir pour jouer au poker.

Nous dévisageâmes tous Todd.

— Pas vraiment pour jouer au poker, reprit Todd. C'est juste la blague que l'on fait sur le bateau. Lorsque Salzar prend la mer avec nous, nous accostons à Shell Island Resort aux Bahamas. Et, au plus fort de la nuit, l'hélicoptère décolle mystérieusement pour revenir aux premières lueurs de l'aube le lendemain.

— Tu crois qu'il amène Salzar à Cuba ? N'est-ce pas illégal ? m'enquis-je.

Todd haussa les épaules.

— Des tas de gens vont à Cuba ces jours-ci. Pas des Américains, mais tous les autres.

— Je croyais que l'on surveillait les vols.

— On surveille les trafics de drogue et les boat people. Quoi qu'il en soit, j'imagine qu'un hélicoptère pourrait voler à basse altitude, sous radar. Ce n'est que pure conjecture, de toute façon. Comme je vous l'ai dit, le deuxième pont est interdit lorsque Salzar est là. Les petits membres d'équipage, comme moi, n'ont pas accès aux plans de vol. En fait, parfois, nous ne savons même pas où nous sommes. Si vous tenez à garder votre job sur ce bateau, vous faites de beaux sourires, ne posez pas de questions et ne fourrez pas votre nez dans ce qui ne vous regarde pas.

— Ça n'est pas le genre de Bill, dis-je.

Todd se fendit d'un grand sourire.

— Non. Bill n'était pas du genre à la fermer. Bill était comme Brian. À fourrer son nez partout, à remuer la queue et à faire voler du sable partout.

— Salzar faisait-il partie du dernier voyage ?

— Voilà un moment qu'il n'avait pas pris la mer avec nous. Peut-être deux ou trois semaines. Je dirais qu'en moyenne, il voyage une fois par mois. Parfois son équipage part sans lui. Parfois le deuxième pont est fermé juste pour sa bande. (Todd se tourna vers Hooker.) Vous êtes à quelques cales du *Flex*, non ? Le nom de votre bateau, c'est *Joyeux Hooker* ?

— Ouais, le bateau a disparu avec Buffalo Bill.

— C'est un bateau assez grand. Bill aurait eu du mal à le voler puis à le faire démarrer tout seul.

— Nous pensons qu'il y avait une fille avec lui, dit Hooker. Vous n'avez aucune idée de qui ça pourrait être ?

— Oui, en limitant la liste à deux ou trois cents femmes.

— Personne en particulier ? demandai-je.

— Elles étaient toutes particulières, dit Todd. La dernière fois que j'ai parlé à Bill, il sortait en boîte. Il a probablement ramené quelqu'un chez lui.

— Quelqu'un qui saurait manœuvrer un bateau, ajouta Hooker.

— Quelqu'un qui aime bien les petits coups rapides, précisa Judey. S'ils sont partis de la boîte à une heure, et qu'ils ont volé le bateau une heure plus tard, ils n'ont pas eu beaucoup de temps pour les préliminaires.

— Peut-être que Bill s'est enfui avec la femme de quelqu'un et que le mari furieux lui court après, suggéra Todd.

Une supposition tout à fait logique, mais l'histoire du bateau me tracassait.

— Je ne pige pas l'histoire du vol du bateau, dis-je. Bill fuit quelqu'un. Disons que c'est le mari. Pourquoi Bill prendrait-il un bateau ? Si vous vouliez vous enfuir rapidement, vous prendriez une voiture. Si vous alliez loin, vous prendriez l'avion. Un bateau me paraît très restrictif. Et le piquer me paraît extrême. Et l'appartement saccagé ?

Sans parler de Face de Vomi et de son discours sur la peur.

Personne n'avait de réponse.

— Peut-être que le bateau était le moyen de s'enfuir le plus rapide, finit par dire Hooker. Ou peut-être était-ce son seul moyen de s'enfuir. Peut-être que Bill n'est pas rentré chez lui. Il était censé repartir en mer le lendemain matin. Il est peut-être retourné au *Flex*, il s'est passé quelque chose et il a dû se barrer.

— Nous étions censés mettre les voiles tôt. Presque tout le monde est resté sur le bateau, expliqua Todd. Je suis sorti dîner avec des amis et j'étais de retour sur le bateau à vingt-deux heures.

— J'ai un bidiesel. Combinés, les deux diesels me donnent 15 150 chevaux, expliqua Hooker. Vous n'avez pas entendu le *Joyeux Hooker* démarrer ?

— Vous n'entendez pas grand-chose depuis les logements de l'équipage mis à part le générateur. Je pourrais me renseigner autour de moi, en revanche. Peut-être que l'un des autres types a entendu quelque chose. (Les yeux de Todd s'ouvrirent en grand.) Hé, attendez une minute. Le *Joyeux Hooker* n'était pas à sa cale habituelle. Le branchement électrique avait un problème et ils ont dû l'amarrer au bout de la jetée F. Bill l'a déplacé. Il avait vos clés. Il était inscrit en tant que capitaine, avec le maître de cale.

— J'ai fouillé le moindre mètre carré de la marina et je n'ai pas vu mon bateau, répondit Hooker. Pourquoi le maître de cale ne m'a-t-il pas dit que mon bateau avait été déplacé ?

— C'était le bazar lorsqu'ils ont découvert le gardien. Tout le monde ne pensait plus qu'au meurtre. Ensuite, le bureau était dans un désordre épouvantable et les dossiers ont été saccagés. Je suppose que la bagarre a dû être sanglante. Si ça se trouve, plus personne ne se souvenait de votre bateau.

— Une dernière chose, demandai-je à Todd. As-tu déjà vu un type énorme avec une balafre sur le côté droit du visage ? Un œil de verre ?

— On dirait Hugo. Connais pas son nom de famille. C'est l'un des hommes de main de Salzar. Voyage avec nous parfois.

Hooker engagea sa Porsche sur le parking du Monty's. Le trajet n'avait duré que dix minutes, mais il m'avait semblé une éternité. Manifestement, Bill avait piqué une femme qui appartenait à Salzar. Je ne savais que penser. Etait-ce sa fille ? Sa petite amie ? Son chef cuisinier personnel ?

Hooker et moi descendîmes. Je pris Brian. Et Hooker aida Judey à s'extirper de la pseudo-banquette arrière.

— Dans quel genre de truc tu bosses ? demandai-je à Judey.

— Décoration intérieure. Et je suis très demandé. Calvin et moi nous en sortions bien… jusqu'à ce qu'il me plaque. L'enfoiré. (Judey me prit la laisse de Brian des mains.) Et toi ? Qu'est-ce que tu fais de beau ?

— Je travaille pour Salyer Insurance Group. Habitation multirisques. Je suis à la tête de six responsables de l'évaluation des dommages.

Pas le boulot le plus glamour au monde, mais il payait le loyer. Et payer le loyer était important, vu que je ne faisais pas de miracles dans le rayon « trouver-un-mari ». Malheureusement ce n'était pas non plus un boulot très clément. Salyer Insurance Group ne serait pas content si je ne venais pas travailler lundi.

— Tu as toujours été une tête, fit Judey. (Il se tourna vers Hooker.) Quand on était gosses, Barney remportait tous les concours d'orthographe à l'école. J'étais hypernul, mais Barney avait toujours un superbulletin scolaire.

— Tu étais doué, dis-je à Judey. Tu avais un problème de concentration, c'est tout.

— J'étais en pleine crise d'identité.

— Pour l'instant, je suis en pleine crise de faim, dis-je. J'ai besoin de déjeuner.

— Il y a un merveilleux traiteur à côté du Monty's,

proposa Judey. Ils préparent des biscuits aux épices que Brian adore.

Le chien dressa l'oreille.

— C'est lui, le surdoué, ajouta Judey. Il connaît le mot « biscuits aux épices ».

Hooker eut l'air perplexe et je devinais qu'il n'était pas fana des schnauzers. Il me paraissait davantage du style bouledogue anglais, le genre de type à faire boire de la bière à son chien. Je l'imaginais bien assis devant sa télévision, en sous-vêtements, en train de se bourrer la gueule avec son clebs.

— Vous souriez, me lança Hooker. Pourquoi ?

Estimant que ce n'était pas une bonne idée de lui dire que je souriais en l'imaginant en sous-vêtements, je lui sortis un bobard.

— C'est Brian, mentis-je. Vous ne le trouvez pas mignon ?

— Ce n'est pas un sourire « je-trouve-ce-chien-mignon », rétorqua Hooker. Je reconnais ce sourire quand je le vois, et ce n'en est pas un.

— Me traitez-vous de menteuse ?

— Ouais.

— Oh, oh ! fit Judey. Aurions-nous une querelle d'amoureux ?

— Nous ne sommes pas amoureux, dis-je à Judey.

Hooker m'entraîna en direction du traiteur.

— Pas encore, ajouta-t-il.

4

Le traiteur, situé au deuxième niveau sur le bord de la rue, tenait plus de Williams-Sonoma que de 7-Eleven[1]. Au-dessus de nos têtes, un tableau noir faisait de la pub pour de grosses crevettes fraîches et des légumes grillés. De petites tables rondes étaient coincées entre les présentoirs en chrome poli qui proposaient les denrées « gourmet » au menu.

Je passai tranquillement devant les vitrines en verre nickel remplies de salades, de pâtes, de cigares roulés à la main, de pain frais, de soupes, de chips, des fameuses crevettes, de fruits et de tapenades compliquées. J'examinai les Häagen-Dazs, le cheesecake et les petits paquets d'Oreos. Puis j'optai pour un petit pain à la dinde et une bouteille d'eau. Judey prit la même chose, plus un cookie aux flocons d'avoine et aux raisins secs pour lui, et un biscuit sec aux épices pour Brian. Hooker choisit un rosbif avec du fromage et du coleslaw sur un pain à part,

1. L'enseigne Williams-Sonoma vend des produits pour la maison et de l'alimentation, tandis que 7-Eleven propose de tout : alimentation, portables, montres, petits déjeuners, lunchs, boissons à emporter, etc. *(N.d.T.)*

un sachet de chips, un Pepsi et trois cookies géants aux pépites de chocolat.

Nous nous assîmes dehors à l'une des tables de pique-nique en béton à volutes et à carreaux bleus pour déjeuner. Quand nous eûmes terminé, nous suivîmes Hooker sur toutes les jetées et les arpentâmes, à la recherche de son bateau, mais sans l'ombre d'un résultat.

Aucun n'appartenait à Hooker, qui semblait cogiter dur et broyer du noir. Judey n'avait pas l'air de cogiter du tout. Et moi, tout ce à quoi je pensais, c'était au biscuit sec aux épices de Brian ; je regrettais de ne pas en avoir pris un. Enfin, je cessai de me contraindre et laissai les garçons assis au soleil tandis que je retournais chez le traiteur en courant. Je m'achetai un biscuit et, sur un coup de tête, le journal, dans l'espoir de trouver plus d'informations sur le meurtre de la marina.

Je rejoignis Hooker et Judey, et feuilletai le journal en mangeant mon gâteau. Rien de nouveau sur le meurtre. Je jetai un œil à la rubrique cinéma et lus les bandes dessinées.

J'allais poser le journal lorsqu'une photo et un titre m'attirèrent l'œil. La photo était celle d'une jolie jeune femme, aux cheveux bruns ondulés, aux yeux noirs et aux longs cils foncés. Elle souriait à l'objectif, l'air quelque peu mystérieux. D'après le titre, Maria Raffles, vingt-sept ans, avait disparu après une sortie en boîte avec sa colocataire lundi soir. Elle avait décidé de partir tôt et était rentrée toute seule chez elle. On craignait un acte criminel. Son appartement avait été fracturé et violemment mis à sac. Maria est née à Cuba, mais avait réussi à entrer en Floride voilà quatre ans. Plongeuse et matelot chevronné, elle travaillait aussi dans une usine de cigares de Miami.

L'article expliquait ensuite la politique du service d'immigration, qui autorisait les ressortissants cubains à rester dans ce pays s'ils touchaient le sol américain et non s'ils étaient interceptés en mer.

Je tenais le journal, les yeux écarquillés et la bouche grande ouverte.

— Laissez-moi deviner, fit Hooker. Ben et Jerry viennent de sortir un nouveau parfum.

Je lus l'article à Hooker et à Judey.

— Par Dieu, Watson, fit Hooker, je crois que vous avez trouvé quelque chose.

— Pas sûr, dit Judey. C'est Miami. Il y a probablement des tas de femmes qui disparaissent après être allées en boîte.

— Ne me gâche pas ma joie, lançai-je à Judey. Je n'ai rien d'autre. Je suis dans l'impasse dans le rayon « comment-retrouver-Bill ».

— Oui, mais quel est le rapport entre cette femme et Salzar ?

— Je ne sais pas. Ils sont tous les deux Cubains. Il pourrait y avoir un lien.

— Tu devrais peut-être aller à la police, suggéra Judey. (Il compléta ma suggestion par une grimace.) Je retire ce que j'ai dit. Où avais-je la tête ? C'est de Buffalo Bill dont nous parlons.

— Dans le passé, la police n'a pas totalement approuvé l'attitude décontractée de Bill envers la loi, expliquai-je à Hooker.

— C'est un mec génial, ajouta Judey, mais il est bien connu pour coincer son cerveau dans sa fermeture Éclair.

Ce qui nous amena tous deux à regarder Hooker, que nous soupçonnions de se trouver face au même dilemme.

— Un coureur Nascar sait très bien qu'il vaut mieux porter une braguette à boutons, lança Hooker.

Judey et moi sourîmes. Coureur Nascar était beau joueur.

— Je crois qu'on devrait suivre cette piste, dit Judey.

Le journal ne donne pas l'adresse de Maria, donc commençons par l'usine de cigares. Il n'y en a pas tant que ça. Elles se trouvent à Little Havana, autour de la 17e et de Calle Ocho.

Hooker emprunta le Causeway Bridge pour sortir de Miami Beach et entrer dans Miami. Il zigzagua légèrement, traversa la Miami River puis s'engagea dans la 8e Rue sud-ouest. Nous nous trouvions à présent dans un quartier où les publicités s'imprimaient tant en espagnol qu'en anglais. *Sopa de pescado, camerones, congelados.* Nous suivions une rue large aux immeubles bas, avec des façades de style centre commercial. Des palmiers rabougris saillaient de temps à autre des trottoirs en béton. Si la Porsche était banale à South Beach, nous constituions l'exception à Little Havana. Nous étions au pays de la berline familiale. C'était le milieu de l'après-midi et il faisait chaud et lourd. L'air me collait au visage et s'accrochait à mes cheveux, aussi lourd et visqueux que le milk-shake de McDonald's. Vous deviez vous accrocher pour l'aspirer.

Hooker avança allégrement sur la 17e et se gara au bord du trottoir.

— Nous y sommes, dit-il. Usine de cigares numéro un.

Je viens de Baltimore. Les usines sont immenses et bruyantes. Elles sont situées dans des zones industrielles et sont bondées de types casqués. Elles fabriquent des pièces de machines, des tuyaux en céramique, du fil pour conduit, de la tôle fondue. Cela ne m'avait absolument pas préparée à l'usine de cigares.

Celle-ci s'étendait sur un demi-pâté de maisons, de grandes baies vitrées permettant de voir ce qui se passait à l'intérieur. Un petit magasin de détail occupait une extrémité de la fabrique. Et, à l'autre extrémité, six femmes étaient assises à des tables individuelles. Des barils remplis de feuilles de tabac étaient disposés à côté des tables. Une femme choisissait une feuille puis la roulait en cigare. Un homme, debout près d'elles, les surveillait. Ils fumaient tous le cigare. Ils levèrent les yeux et sourirent en s'apercevant que nous les observions. C'était une invitation silencieuse. Venez donc acheter un cigare.

— Je vous attends ici, dit Judey. Brian est très sensible à la fumée.

Hooker entra d'un pas nonchalant et admira les feuilles de tabac. Il acheta un cigare avant d'interroger l'une des femmes sur Maria Raffles.

Non, dit-elle solennellement. Maria ne travaillait pas ici. C'était une petite communauté. Elles étaient au courant de sa disparition. La femme pensait que Maria travaillait à la National Cigar Factory sur la 15e.

Nous grimpâmes dans la Porsche et Hooker nous conduisit à la National Cigar Factory. Là encore, un petit magasin de détail. Et, à côté, des femmes roulaient des cigares en vitrine. Il y avait six tables, mais seulement cinq femmes.

Je suivis Hooker dans la boutique et reculai d'un pas lorsque l'une des femmes se leva d'un bond et hurla en avisant Hooker.

— Oh ! là, là ! cria-t-elle d'une voix perçante. Je vous connais. Vous êtes… Comment vous appelez-vous déjà !

— Sam Hooker ? dit-il.

— Ouais ! C'est ça. Vous êtes Sam Hooker. Je suis une énorme fan. *Énorme*. Je vous ai vu à la télévision quand vous avez eu cet accident à Loudin. Je me suis mise à pleurer. J'étais tellement inquiète.

— On m'a poussé dans le mur, expliqua Hooker.

— Je l'ai vu aussi, lui dis-je. Vous faisiez du ski acrobatique et vous méritiez d'avoir un accident.

— Je croyais que vous ne regardiez pas la Nascar ? me lança Hooker.

— Ma *famille* regarde la Nascar. J'étais chez moi en train de dîner à l'œil, et l'on m'a obligée à regarder.

Bon, d'accord, c'est vrai, parfois j'aime bien regarder la Nascar.

— Qui est-ce ? s'enquit la femme.

— Je ne sais pas, répondit Hooker. Elle m'a suivi partout toute la journée.

Je lui donnai un coup à l'épaule qui le fit reculer de quelques mètres.

Hooker fit « aïe », mais me gratifia d'un grand sourire.

— Alexandra Barnaby, dis-je en tendant la main. Je cherche Maria Raffles.

— Rosa Florez.

Rosa faisait ma taille, mais en plus ronde. De gros seins ronds. Des yeux marron et ronds. Des joues rondes qui rougissaient. Un cul rond à la Jennifer Lopez. Un petit bourrelet de graisse mou lui encerclait la taille. Elle avait une peau cubaine pâle, et une masse de cheveux bruns ondulés coupés court. Difficile de lui donner un âge. La quarantaine, probablement.

Elle portait un T-shirt blanc en tricot col en V qui laissait entrevoir une belle partie de son décolleté, et un jean roulé à la cheville. Si vous coinciez vingt-cinq *cents* dans le décolleté de Rosa et la retourniez, tête à l'envers, les vingt-cinq *cents* ne bougeraient pas. Elle arborait des chaussures à talons de dix centimètres en plastique clair, ouvertes aux orteils, qui claquaient quand elle marchait. Elle portait un minimum de maquillage et un maximum de parfum fleuri.

— Maria n'est pas là, nous expliqua Rosa. Elle a été absente toute la semaine. Je dois vous dire que je suis vraiment inquiète. Ça ne lui ressemble pas de ne pas venir travailler. Ni d'appeler personne. Nous étions de très bonnes amies. Elle m'aurait prévenue de son départ.

— Étiez-vous en boîte avec elle ?

— Non. Je ne fréquente pas ces endroits. Je reste surtout à Miami. Maria n'avait pas non plus l'habitude d'y aller. C'est une Cubaine, vous savez. Elle restait toujours dans le quartier. Puis un jour, il y a deux mois, elle a décidé qu'elle voulait aller sur la marina à South Beach. Quand elle était à Cuba, elle vivait dans une petite ville au bord de l'eau. Elle disait que la plongée et le bateau lui manquaient depuis qu'elle était arrivée. (Rosa baissa la voix.) Je pense qu'elle cherchait aussi à quitter l'usine de cigares. Elle s'était dit qu'elle pourrait peut-être rencontrer quelqu'un et trouver un bon boulot sur un bateau. Je crois que c'est pour cela qu'elle s'est mise à sortir en boîte. Elle était jolie. Elle pouvait entrer gratuitement et repérer les hommes riches avec des bateaux. Et elle était folle de plongée. Regardait toujours les cartes marines. Parlait toujours de plongée.

— N'a-t-elle jamais mentionné Luis Salzar ?

— Pas dans mes souvenirs. Ou peut-être juste comme ça en passant, dans la conversation. Tout le monde connaît Salzar à Little Havana.

Rosa regarda la Porsche garée derrière nous.

— C'est votre voiture ? demanda-t-elle à Hooker.

— Ouaip.

— C'est une Porsche, non ?

— Ouaip.

— Alors que se passe-t-il ? demanda Rosa. Pourquoi cherchez-vous Maria ?

— Mon frère a disparu et nous pensons que Maria et lui pourraient être ensemble.

— Sur mon bateau, ajouta Hooker.

— Que feraient-ils sur votre bateau ? s'enquit Rosa.

— Ils l'ont volé, dit-il.

Je serrai les lèvres.

— Emprunté, rectifiai-je.

Rosa apprécia.

— Sérieux ?

— L'article dans le journal ne donnait pas son adresse, remarquai-je.

— Je la connais ! s'écria Rosa. Je pourrais vous montrer. Je pourrais y aller avec vous en Porsche. J'ai toujours rêvé de faire un tour en Porsche.

Je regardai les autres femmes, toutes plus âgées que Rosa, et leurs rondeurs étaient devenues carrées. Elles avaient toutes cessé le travail et nous regardaient ouvertement, attendant la suite des événements.

— Et votre boulot ? demandai-je.

— La journée est presque finie, répondit Rosa. Je pourrais partir une demi-heure plus tôt.

— Vous partez une demi-heure plus tôt et vous êtes licenciée, fit le seul homme, le contremaître.

— Fume, c'est du belge ! lui lança Rosa.

Les femmes éclatèrent de rire et produisirent des bruits de succion à l'intention du contremaître.

— Rosa Louisa Francesca Florez, vous avez une mauvaise influence, dit l'homme.

— C'est vrai, concéda Rosa. Je suis une garce.

Elle attrapa son sac à main sur la table et fourra son cigare dans sa bouche.

— O.K., on y va.

Nous passâmes tous la porte et restâmes sur le trottoir à côté de la Porsche. Judey était déjà assis sur la banquette arrière, serrant Brian contre sa poitrine.

— Flash info, lança Hooker. Nous n'allons pas tous tenir.

— Qui est l'homo avec le rat poilu ? demanda Rosa.

— C'est Judey, lui expliquai-je. Comment savez-vous qu'il est homo ?

— Regardez son teint, dit-elle. Il s'exfolie. Je tuerais pour avoir une peau comme la sienne. Et il a deux sourcils.

Hooker leva la main pour toucher les siens.

— Moi aussi, j'ai deux sourcils, non ?

— Je ne descends pas, déclara Judey. J'étais là le premier.

Rosa nous bouscula, Hooker et moi, enjamba la voiture, et grimpa sur la banquette arrière.

— Poussez juste votre petit cul gay et nous tiendrons tous, dit-elle à Judey.

— Y a pas de place, déclara Judey. Vous allez écrabouiller mon Brian.

— Votre Brian ?

— Mon chien !

— Oh, bon sang ! fit-elle. Je croyais que vous parliez de votre machin. Vous savez, les mecs donnent toujours un nom à leur machin.

— Je n'ai jamais donné de nom à mon machin, rétorqua Hooker. Je me sens exclu.

— C'est important de donner le bon nom, poursuivit Rosa en tentant d'installer son arrière-train sur la banquette. Ils ont tous leur propre personnalité.

Judey tâchait de se faire tout petit sur la banquette arrière.

— Il devrait avoir un lien avec la Nascar.

Je jetai un œil à Hooker.

— Speedy ?

— Parfois, répondit Hooker.

Rosa se retrouva coincée au fond, une jambe pendillant en dehors de la voiture et un pied sur le tableau de bord.

— Je suis prête, dit-elle. Amenez-moi à South Beach.

Maria vivait à deux rues de chez Bill sur Jefferson dans un immeuble similaire mais plus grand. Stuc brun clair. Six étages. Petits balcons dans chaque appartement. Un petit hall d'entrée avec deux ascenseurs. Pas complètement délabré mais tout à fait capable d'abriter le cafard-vache. Les sempiternels lézards déguerpirent quand nous approchâmes de la porte d'entrée.

— Maria a une colocataire, expliqua Rosa en appuyant

sur le bouton du deuxième étage. C'est une serveuse. Elle travaille le soir, elle devrait être chez elle et se préparer à aller bosser.

Il y avait six appartements à l'étage. Maria habitait au 2B. Rosa appuya sur la sonnette, la chaîne glissa à l'intérieur et la porte s'ouvrit.

La colocataire de Maria était jeune. Vingt ans, peut-être, avec de longs cheveux blonds et raides et des lèvres tellement gonflées au collagène que je reculai d'un pas au cas où elles exploseraient. Tout chez elle était minuscule : la taille, le nez, sauf les nichons qui dépassaient d'un minuscule T-shirt blanc lui aussi. Elle était jolie, dans un genre générique douloureusement refait de partout.

— Rosa ! s'exclama-t-elle. Oh non, ce ne sont pas de mauvaises nouvelles, hein ? Ne me dis pas qu'on l'a retrouvée morte. Elle va bien, hein ?

— Personne n'a de nouvelles, répondit Rosa.

— Tant mieux. C'est vrai quoi, au moins elle n'est pas morte ou estropiée. C'est vrai quoi, on le saurait.

— Ce sont des amis à moi, poursuivit Rosa. Nous la cherchons tous. Et voici Barbie, conclut-elle en guise de présentation.

Barbie. Judey, Hooker et moi restâmes momentanément sans voix.

Les yeux de Barbie s'ouvrirent en grand lorsqu'elle avisa Brian.

— Regardez ce toutou trop mimi ! Et salut, beau gosse, dit-elle à Hooker.

— C'est moi, le beau gosse, rectifia Judey.

— Oui, mais ton teint est impeccable, tu es parfaitement épilé et tu as deux sourcils. Gay, gay, gay.

Hooker toucha de nouveau ses sourcils.

— Cette histoire de sourcils commence franchement à m'inquiéter.

— Nous espérions que tu aurais des idées, pour Maria,

lança Rosa à Barbie. Étais-tu en boîte avec elle le soir où elle a disparu ?

— Ouais, si on veut. On y est allées ensemble et ensuite on s'est séparées. Tu sais ce que c'est. Je perce dans le mannequinat, alors j'essaie de faire mon trou.

— Sais-tu si elle a rencontré quelqu'un ?

— Sais pas. Je l'ai perdue de vue. Elle m'a appelée sur mon portable pour me dire qu'elle rentrait. Aux environs de minuit. On venait juste d'arriver.

— Et avant ? demandai-je. A-t-elle parlé de partir ? Était-elle bouleversée ? Avait-elle peur ? Était-elle surexcitée ?

— Non, non, non. Et ouais, si on veut. Elle bossait sur un projet. Un truc de plongée. Je n'y connais rien en plongée. *Ohé*. M'en fiche d'ailleurs. *Gonflant*. Mais Maria était à fond là-dedans. Elle avait un tas de cartes de mer dans sa chambre.

— Des cartes marines ? la reprit Hooker.

— Ouais, c'est ça, des cartes marines. Mais on les a volées. Ou peut-être qu'elle les a emportées. Ou que quelqu'un a enlevé Maria et les cartes. L'appartement a été saccagé le soir de sa disparition et, d'après ce que j'ai vu, les seules choses qui manquent sont les cartes dans sa chambre. Et je sais que c'est hyperbizarre mais, deux jours après, l'appartement a été fracturé et saccagé une deuxième fois. Si c'est pas une chance de merde…

— Ça vous dérange si on y jette un œil ?

— Faites-vous plaisir. Je suis serveuse, jusqu'à ma grosse percée dans le mannequinat. Ne regardez pas le bazar. J'ai essayé de remettre de l'ordre la première fois, mais je n'ai pas pris la peine de tout nettoyer la deuxième.

Barbie disparut dans sa chambre. Nous entrâmes en groupe dans celle de Maria.

— Quel bazar ! constata Rosa. Maria serait folle si elle voyait ça. Elle était très organisée. C'est pour cela qu'elle se débrouillait si bien en cigares. Elle était vraiment adroite de ses mains.

— Vous ne vous ferez pas vraiment virer, n'est-ce pas ? lui demandai-je.

— Nan. Ils sont déjà mal sans Maria. Et il n'y a pas tant de monde qui sait rouler un cigare. Les jeunes, pour la plupart, ne veulent pas apprendre. Préfèrent travailler chez Burger King. Lorsque ma génération partira à la retraite, ils fermeront probablement les usines.

Je passai le désordre au peigne fin, cherchant quelque chose d'intéressant, n'importe quoi, permettant de faire le lien entre Maria et Bill. Rosa faisait de même. Judey, Hooker et Brian s'occupaient du reste de l'appartement.

Judey arriva dans la chambre en dansant et agita un petit carnet de cuir sous mon nez.

— J'ai trouvé son carnet d'adresses, dit-il. Je suis le détective en chef. Je suis le Magnum de South Beach. (Et il me tendit le carnet dans un grand geste.) J'ai aussi trouvé des sachets de chips et des boîtes de crackers dans le micro-ondes. Et tu sais ce que *cela* veut dire.

Je n'en avais aucune idée.

— Quoi ? m'enquis-je.

— Cafards, dit Rosa. Ils ont des cafards gros comme un chat ici, c'est évident. Ils conservent leurs chips dans le micro-ondes pour que les cafards ne les attaquent pas.

Merde alors.

— Est-ce qu'ils volent ?

— Je ne les ai jamais vus voler, répondit Rosa. Mais ça ne m'étonnerait pas. Nous parlons de gros cafards mutants.

Hooker arriva sans se presser.

— Que se passe-t-il ?

— Judey a trouvé un carnet d'adresses. Rosa et moi, rien.

Hooker balaya la pièce du regard et porta son attention sur le petit bureau.

— Elle a un ordinateur portable. Voyons sur quels sites Internet elle surfe. (Il alluma le portable et examina les icônes en bas de l'écran.) Pas AOL. Apparemment elle utilise Explorer comme navigateur.

Il alla en haut de l'écran et cliqua pour se connecter. Une fois la connexion établie, il cliqua sur l'icône Explorer et la page d'accueil s'afficha. Plusieurs choix s'offrirent à lui au bord de la page. Il choisit historique et une chronologie des sites qu'avait visités Maria apparut.

— Waouh ! fis-je. Je suis impressionnée.

— Y a pas de quoi. J'ai beaucoup de temps libre entre deux courses et je m'occupe en surfant. Sur ce coup-là, j'ai eu de la veine. Maria utilise le même navigateur que moi et donc je sais où aller. (Hooker se mit à parcourir les dates.) Bon, je m'emporte un peu. Elle cherchait des trucs louches. Elle a commencé par l'histoire cubaine. Pour être plus précis, la crise des missiles de Kennedy. À partir de là, elle s'est rendue sur des sites détaillant les munitions soviétiques apportées sur l'île. Elle cherchait des ogives nucléaires. Puis elle est allée sur des sites exposant les agents chimiques dans le détail.

— Peut-être que quelqu'un d'autre s'est servi de son ordinateur, suggéra Rosa. Sa colocataire.

Nous dévisageâmes tous Rosa.

— Vous avez raison, dit-elle. Où avais-je donc la tête ?

— Elle potassait aussi l'or à fond, poursuivit Hooker. Des trucs de poids et mesures.

— Rien d'autre ?

— Rien d'intéressant. Comme vous pouvez le voir, le reste est plus classique. Surtout eBay et la météo.

Hooker éteignit l'ordinateur et nous sortîmes en bande de la chambre de Maria. Nous criâmes au revoir à Barbie et nous en allâmes. Nous entrâmes en silence dans l'ascenseur et descendîmes au rez-de-chaussée. Personne ne parla jusqu'à ce que nous soyons sortis de l'immeuble, sur le trottoir, près de la Porsche.

Judey avait porté Brian tout le long du trajet. Dès qu'il le reposa, le chien leva la patte et pissa sur le pneu arrière droit de la Porsche.

— Comme tu es mignon ! roucoula Judey à Brian. Il devait faire pipi et il s'est retenu tout ce temps !

— Tu sais qu'il y a des endroits où on *mange* les chiens, dit Rosa.

Je feuilletai le carnet d'adresses.

— Le nom de Bill n'y figure pas, constatai-je.

Nous nous trouvions au coin de la rue et juste comme ça, pour voir, je sortis les clés de Bill de mon sac à main et dirigeai le truc qui déverrouillait automatiquement les portières en bas de la rue. Rien. Je me retournai et essayai en face. Une Mini Cooper rouge et blanc, deux voitures plus loin, bipa.

— Recommence, me dit Hooker.

Je dirigeai le truc sur la Mini et obtins la même réponse. Les phares de la Mini s'allumèrent et elle bipa.

— Je ne comprends pas, fit Rosa. Qu'est-ce que c'est que cette voiture ?

— C'est celle de Bill, dis-je.

Typique de la part de Bill de conduire une Mini Cooper.

Nous nous dirigeâmes vers le véhicule et regardâmes à l'intérieur.

— Pas de taches de sang, constata Hooker.

— C'est *dégueuuuulaaasse* ! s'écria Judey.

Rosa fit le signe de croix.

— On dirait que Bill et Maria étaient ensemble le soir où ils ont disparu, dis-je.

— Maria était surexcitée à cause d'un projet de plongée et ses cartes ont disparu. En plus, le bateau de Hooker s'est volatilisé. J'imagine donc que Buffalo Bill et

Maria sont partis à la chasse au trésor englouti, dit Judey. Mystère résolu.

— Ça doit être une sacrée chasse au trésor, alors ! lança Hooker. Ils ont tous les deux plaqué leur boulot. Deux groupes de personnes différents les cherchent. Et Salzar fait partie de l'un de ces groupes. Un gardien de nuit a été assassiné à la marina. Ils ont « emprunté » mon bateau. Et Maria recherchait de l'or et des ogives nucléaires.

— Je ne savais pas qu'un gardien de nuit avait été tué, fit Rosa. Et pourquoi Salzar est-il impliqué ?

— Ça m'étonne que vous n'ayez pas lu cette histoire dans la presse, dit Judey. Elle a fait tous les gros titres.

— Je vis dans un quartier où un meurtre, ce n'est pas ce que l'on peut appeler un scoop. J'imagine que j'ai occulté le meurtre du monsieur de la marina qui était dans la presse. J'étais probablement trop pressée de voir ce que faisait Snoopy.

— Lundi soir, mon frère et Maria sont allés en boîte et apparemment ils sont repartis ensemble, ont pris le bateau de Hooker et disparu. Ce soir-là, le gardien de nuit de la marina a été poignardé à mort devant le bureau du maître de cale. Et hier soir, un des employés de Salzar est entré par effraction dans l'appartement de Bill et a essayé de me kidnapper.

Rosa secoua la tête, une seule fois.

— Je n'aime pas ça. Maria est mêlée à quelque chose de grave. Une si gentille fille, elle aussi.

— J'aimerais en savoir plus sur son projet de plongée, dis-je. Maria a dû en parler à quelqu'un.

— Peut-être à sa famille, suggéra Rosa. Elle n'en a pas beaucoup. Juste une cousine. Elle n'a jamais connu son père. Elle n'en parle pas, mais je crois qu'il s'est fait tuer ou qu'il est en prison. Elle nourrit une haine pour Castro. Sa mère est morte voilà quatre ans. C'est à ce moment-là que Maria a quitté Cuba.

— Pas de frères et sœurs ?

— Non. Sa mama ne s'est jamais remariée.

— Connaissez-vous sa cousine ?

— Felicia Ibarra. Elle vit à deux rues de chez moi. Je la connais par Maria et parfois je la croise à des fêtes pour la naissance de bébés, des trucs comme ça. Elle doit probablement travailler en ce moment. Les Ibarra sont propriétaires de l'étal de fruits sur la 4e.

— Juste ciel ! s'exclama Judey. Regardez l'heure ! Je dois y aller. J'ai un dîner galant ce soir. Je déteste devoir lâcher l'enquête, mais ce type avec qui j'ai rendez-vous connaît quelqu'un au Joe's Stone Crab. Et vous savez comme c'est dur d'entrer chez Joe's !

— Tu veux qu'on te dépose chez toi ? lui proposai-je.

— Non. J'habite à une rue d'ici. (Il sortit une carte de son portefeuille et y griffonna un numéro.) C'est mon portable. Mon adresse figure également sur la carte. Appelle-moi si tu as besoin d'aide. Je demanderai à Todd de fureter sur le *Flex*.

Je donnai mon numéro de portable à Judey.

— Génial de t'avoir revu, lui dis-je.

Judey me serra dans ses bras, et Brian et lui s'en allèrent.

J'ouvris la portière conducteur de la Mini et Hooker m'attrapa par le dos de mon T-shirt.

— Qu'est-ce que tu fais, au juste ? demanda-t-il.

— Je vais sur l'étal de fruits sur la 4e.

— Toute seule ?

— Bien sûr.

— Je ne crois pas.

— En fait, j'allais amener Rosa avec moi.

— Tu te souviens de moi ? Je suis le mec qui t'a trimballée partout !

— Oui, mais maintenant j'ai une voiture.

— Et tu allais me laisser là ?

— Ouais.

Hooker sourit.

— Tu me taquines. C'est un signe d'affection, tu sais.

En fait, je ne le taquinais pas.

— Et moi alors ? dit Rosa à Hooker. Je pourrais *vraiment* te montrer un signe d'affection. Je suis divorcée. Je suis désespérée.

— Tout le monde en voiture, annonçai-je. Voyons ce que ce petit bonhomme peut faire.

Quand je m'installai au volant, j'eus l'impression de me trouver dans une voiture de sport dont la croissance avait cessé à l'enfance. La Mini avait des sièges-baquets et un intérieur de cuir noir. Plus confortable qu'elle n'y paraissait, elle offrait une super visibilité. Je mis le contact et appuyai sur le champignon. Le véhicule fit un bond en avant.

Chez moi, je conduis une Ford Escape. Par rapport à l'Escape, la Mini a la pêche de patins à roulettes turbocompressés.

Je tournai au coin à toute allure et pris à gauche sans freiner.

Rosa avait les deux mains collées au tableau de bord.

— Nom de Dieu ! s'écria-t-elle.

Hooker glissa de la banquette arrière, se redressa et attrapa la ceinture.

— C'est un rêve, sa façon de prendre les virages ! leur dis-je.

— Ouais, fit Hooker, mais ta conduite est un cauchemar. J'imagine que tu ne voudrais pas lâcher les rênes et me les confier ?

— Pas de risque.

Je pris le Causeway Bridge pour entrer dans Miami, réussissant haut la main à me couler dans le trafic, savourant la nervosité de la voiture. Elle avait tout d'un colibri : planait à un feu, repartait à toute allure et filait dans les bouchons en faisant des queues de poisson.

En réalité, j'adore conduire et je me serais probablement plus épanouie en gagnant ma vie au volant d'un camion qu'en travaillant pour une compagnie d'assurances. Mais on ne dépense pas tout ce temps et cet argent à se payer des études à l'université pour conduire un camion, pas vrai ?

Little Havana était très animée à cette heure-là. En ce vendredi après-midi, les gens rentraient chez eux après le travail, faisaient des courses et se préparaient pour le week-end. Je suivis les instructions de Rosa jusqu'à l'étal de fruits et m'engageai sur le terrain. Je garai la Mini et entendis Hooker râler depuis la banquette arrière.

— Oui ? m'enquis-je.

— Tu es folle à lier.

— Tu n'es pas habitué à être passager.

— Exact, reconnut-il en descendant de voiture. Mais tu es tout de même dingue.

Et ça aussi, c'était probablement exact. De réputation, j'ai toujours été la sœur sensible et intelligente. Mais ce n'était que par comparaison avec mon frère.

L'étal était bondé de clients qui achetaient des denrées, de la polenta frite et du porc fumé et épicé à emporter. Rosa trouva la cousine de Maria et nous l'amena.

Felicia Ibarra était coulée dans le même moule que Rosa. Un peu plus petite. Aussi ronde. Chaussures différentes. Ibarra portait des sabots en bois. Probablement par égard pour les fruits écrasés qui jonchaient le trottoir autour de l'étal. Ibarra était plus vieille. La soixantaine, peut-être. Et Ibarra avait un accent cubain très prononcé. Clairement : pas née aux États-Unis.

— Rosa me dit que vous cherchez Maria Raffles, lança Felicia. Il faut que je vous dise que je suis inquiète. Elle se traîne des tas de casseroles. Et maintenant elle a disparu. J'ai peur que ce soient de nouveaux problèmes ; je lui souhaite bien de la chance.

Et Felicia Ibarra se signa.

— Quel genre de problèmes ? demandai-je.

— Des ennuis, c'est tout. Certaines familles sont porteuses de problèmes. Cela arrive. Elles ont une malédiction. Ou une obsession. Ou juste de la malchance.

— Et la famille de Maria ?

Felicia secoua la tête.

— Elle a des problèmes avec Cuba. Parfois ça peut mal se passer sur l'île. Et ce que je sais, ce ne sont que des rumeurs. Pas de la part de Maria. Elle ne dit jamais rien. Mais je l'ai appris de ma cousine qui l'a appris de sa sœur, la mère de Maria, qu'elle repose en paix. J'ai su que le grand-père de Maria avait lui aussi des problèmes. Enrique Raffles. Il était pêcheur. Dans une petite île à l'ouest de La Havane. Nuevo Cabo. Il possédait un bateau et de temps en temps il s'en servait pour d'autres choses. Parfois, un bateau arrivait de Russie et la cargaison restait secrète. Le grand-père de Maria n'était pas doué pour voir la vérité, ainsi il allait sur le gros bateau et les laissait charger des choses dans la cale du petit bateau, qui seraient débarquées. Il le faisait la nuit, quand il n'y avait pas de lune. Et il rapportait aussi de la marchandise aux marins russes.

— Le grand-père de Maria était un contrebandier ? demanda Rosa.

— Oui. Et il travaillait avec un autre type car le bateau était trop grand pour un seul homme. Mais je ne connais pas ce type.

« Puis un soir les hommes sont partis chercher une cargaison spéciale et le petit bateau de pêche a sombré en heurtant un récif. Seul l'autre homme a pu gagner le rivage.

« Le père de Maria, Juan, avait quatorze ans lorsque cela s'est passé. Il a juré d'enterrer son père et a commencé à plonger, à chercher le bateau. Beaucoup de monde l'a aidé, mais personne ne l'a retrouvé.

« Juan s'est marié et il a continué à plonger, même pendant la grossesse de sa femme. C'était à cause de son serment d'enterrer son père. Puis un soir, un mois avant la naissance de Maria, la police a arrêté Juan. On ne l'a plus jamais revu. Lorsque la famille est venue aider à la naissance de Maria, ils ont trouvé une tombe toute neuve dans la petite arrière-cour et une croix où étaient gravées les lettres *E.R.* Et tout le monde a compris que Juan avait retrouvé son père.

« Certains racontent qu'il y avait de l'or sur le bateau, la nuit où il a coulé. De l'or qui appartenait à Castro. Et c'est pour cela que Juan a été emmené. Parce que Castro voulait son bien. Mais il y a aussi d'autres rumeurs sur une arme très dangereuse. Quelque chose de nouveau que les Russes envoyaient à Cuba. La mère de Maria ne s'est jamais remariée. Elle est restée dans le petit village, espérant toujours que Juan reviendrait. Elle est morte il y a quatre ans. C'est alors que Maria s'est échappée de l'île et est arrivée illégalement ici, à Miami, dans son petit bateau.

— Quelle tragédie ! dit Rosa. Je ne savais pas.

— Elle a été marquée par l'histoire de sa famille. Comme l'empreinte du pouce sur le front. Comment vous dites dans ce pays… la destinée ? Elle était appelée à plonger. Comme son père. À chercher toujours l'épave du bateau.

5

Je raccompagnai Rosa chez elle, et Hooker à sa voiture. Je me garai derrière la Porsche et nous restâmes assis en silence quelques minutes. Tous deux pensions à Maria.

— Bordel de merde ! finit par dire Hooker dans un soupir.

J'acquiesçai d'un hochement de tête.

— Ton frère est impliqué dans une grosse embrouille.

— On n'en est pas sûr.

— Tu es inquiète.

— Ouais.

— N'aie pas peur. Coureur Nascar est là pour t'aider.

Hooker était un chic type, décidai-je, mais ce n'était pas James Bond. J'avais besoin de James Bond.

Hooker me regarda à travers ses lunettes de soleil foncées.

— Ne sous-estime pas un coureur Nascar.

— Est-ce que le coureur Nascar sait où nous allons maintenant ?

— Ouais. Le coureur Nascar pense que nous devrions aller au Monty's. Prendre un sandwich. Boire une bière. Traîner. Le coureur Nascar a d'autres idées, mais il va attendre de t'avoir fait boire une bière avant de partager ces idées avec toi.

— Tu veux me suivre ?

— *Tu* me suis. Nous utiliserons le garage de mon immeuble. Il sera impossible de trouver une place de parking au Monty's à cette heure-ci.

— O.K., acquiesçai-je. Je te suis.

En fait, le problème, c'est que ce n'était pas la première fois que je recevais un appel de Bill en plein milieu de la nuit. En général, il était en rade quelque part et avait besoin qu'on le ramène chez lui. La plupart du temps, une femme était impliquée. Par deux fois, j'ai dû payer sa caution pour le faire sortir de prison. Aucun de ces incidents n'était grave. Ayant échoué à joindre Bill après son dernier coup de fil, j'ai angoissé suffisamment pour sauter dans un avion, mais, à vrai dire, sans stresser pas plus que ça. Je me disais que c'était comme d'habitude. Je croyais que je retrouverais Bill, le sortirais d'une situation foireuse et rentrerais chez moi. En découvrant son appartement pillé, je pensai à un mari ou à un fiancé courroucé. Après le meurtre à la marina, je tentai de me convaincre que ce n'était qu'une coïncidence sans signification. Face de Vomi a déboulé pour me kidnapper, et là, mon niveau d'inquiétude augmenta d'à peu près deux cents pour cent.

Maintenant, je me disais que Bill avait fini par se fourrer dans quelque chose de grave, en mettant son nez dans des affaires qui ne le regardaient absolument pas. Il avait volé un bateau et était parti avec une femme qui plongeait pour Dieu savait quoi.

Une douleur tenailla mon estomac, douleur qu'aucune pizza n'apaiserait. J'avais peur de ne pas pouvoir remettre de l'ordre dans ce bazar, peur qu'il ne soit trop énorme et que j'arrive peut-être trop tard.

Je regardai la Porsche tourner sur le parking couvert devant moi et reconnus intérieurement que j'étais ravie que Hooker soit à mes côtés. Ça n'avait rien à voir avec le fait qu'il soit un coureur Nascar. Le facteur rassurant, c'était juste sympa de ne pas être seule et de ne pas avoir peur.

Hooker et moi nous garâmes et allâmes au Monty's à pied. Le soleil commençait à décliner et une autre journée s'achevait sans nouvelles de Bill.

Hooker passa un bras sur mes épaules.

— Tu ne vas pas pleurer, n'est-ce pas ? me demanda-t-il.

— Non, dis-je. Et toi ?

— Un coureur Nascar ne pleure pas.

— Qu'allons-nous faire au Monty's ?

— Nous allons manger. Et pendant ce temps, nous jetterons un œil aux bateaux. Qui sait, peut-être que Bill va revenir tranquillement ?

Nous nous installâmes au bar et regardâmes les bateaux, tout en observant les gens ainsi que la jetée du *Flex*. Il ne se passait pas grand-chose. Pas de politicien de Floride ou d'homme d'affaires cubain en vue. Je commandai un Pepsi light et un club sandwich à la dinde. Hooker prit une bière, un cheeseburger, des frites, une salade de pommes de terre et un cheesecake en dessert, sans compter les chips qui accompagnaient mon sandwich.

— Où tu mets tout ça ? lui demandai-je. Tu manges pour trois. Si j'avalais cette quantité, je pèserais trois cents kilos.

— C'est une question de métabolisme, m'expliqua Hooker. Je fais du sport, donc j'ai des muscles. Les muscles brûlent les calories.

— J'ai des muscles.

— Tu fais du sport ?

— Je prends l'escalator pour m'asseoir sur les sièges maculés de saignements de nez aux matches des Orioles, puis je fais des bonds et je hurle à pleins poumons une fois de temps en temps quand ils marquent.

— Épuisant.

— C'est clair.

Le carnet d'adresses de Maria se trouvait sur la table. Je l'avais déjà feuilleté deux fois et rien d'important n'en était ressorti. Évidemment, il aurait fallu qu'une annotation me frappât, qu'un nom me semblât important ou qu'il y eût écrit *Riccardo Mattes, tueur à gages de la mafia cubaine*, pour que je percute. Comme je n'avais rien de mieux à faire, je parcourus de nouveau son répertoire. *Delores Daily, Francine DeVincent, Divetown…*

Une petite lumière éclaira mon esprit.

— J'ai quelque chose ! dis-je. Maria était obsédée par la plongée. Maintenant, elle a disparu ainsi que ses cartes marines et ton bateau. De quoi d'autre aurait-t-elle eu besoin ?

— D'un équipement de plongée, répondit Hooker.

— Y en a-t-il un sur ton bateau ?

— Non, j'ai essayé de plonger il y a deux ans mais ce n'était pas mon truc.

— Sa coloc n'a pas parlé d'équipement de plongée. Et c'est sans doute encombrant, non ? Elle l'aurait vu.

— Je ne suis pas un spécialiste mais, quand j'ai essayé, j'avais un caisson sous pression, un gilet stabilisateur, un détendeur, des palmes, une lampe, une boussole, un tas de manomètres.

— Alors, où est son équipement ?

Hooker sortit de sa poche un papier plié tout poisseux et composa un numéro sur son portable.

— Qu'est-ce que c'est ? lui demandai-je.

— Le numéro de téléphone de la coloc.

— Tu as son numéro ?

— Hé, elle me l'a donné. Elle me l'a donné de force.

Je roulai les yeux.

— Je n'y peux rien. Je suis un étalon d'amour ardent, déclara Hooker. Les femmes m'aiment. La majorité, en tout cas. À part toi. J'ai *un tas* de numéros de téléphone. Parfois, elles les écrivent sur leurs sous-vêtements.

— Waouh.

— C'est pas si nul que ça. C'est une variante de l'histoire de la boulangerie.

Il eut la coloc en ligne, flirta en guise de préliminaires, puis l'interrogea sur l'équipement de plongée.

— Maria a un équipement de plongée, m'informa Hooker en rangeant son téléphone dans sa poche. Il se trouvait dans un débarras de l'immeuble. Et il y est encore car sa coloc entrepose son vélo dans le débarras. Elle s'en est servi, ce matin, et elle se rappelle l'avoir vu.

— Alors peut-être qu'elle n'est pas partie plonger.

— Ou peut-être que Maria et Bill savaient que quelqu'un les traquait, et qu'ils n'ont eu le temps que de prendre les cartes marines. Un équipement de plongée, ça s'achète.

Je vis le regard de Hooker se river derrière mon épaule, et je me retournai face à un homme qui nous souriait. Il était bien habillé, en chemise et pantalon noirs. Des cheveux lissés en arrière. Un visage parfaitement bronzé. Des dents plus blanches que blanches et bien rangées. Un vernis, songeai-je. J'étais quasi sûre qu'il s'agissait du type du restaurant et de la boîte. Et peut-être était-ce le gars que Melvin avait vu sortir de l'appartement de Bill.

— Sam Hooker, dit-il. Je suis un de vos fans. C'est un grand plaisir.

— Enchanté, fit Hooker.

— Et c'est Mlle Barnaby, sauf erreur de ma part ?

Les as du volant de la Nascar se font tout le temps reconnaître. Les responsables de l'évaluation des dommages, rarement. En fait, personne ne nous reconnaît *jamais*. Bon, d'accord, j'étais mignonne, mais rien à voir avec Julia Roberts. Me faire aborder par un parfait inconnu qui connaissait mon nom — et qui peut-être m'avait suivie — était donc déconcertant.

— Je vous connais ? fis-je.

— Non, dit-il. Et mon nom n'est pas important. Ce

qui l'est, c'est que vous fassiez attention parce que j'adore regarder Hooker faire des courses de stock-cars, et je ne supporterais pas que cela se termine.

— Et ? dit Hooker.

— Et je vais devoir prendre des dispositions si vous continuez à chercher Maria Raffles. Mon employeur la cherche, lui aussi, et vous brouillez les pistes.

— Mon frère…

— Votre frère a pris une mauvaise décision et vous ne pouvez rien faire pour l'aider. Rentrez chez vous. Retournez travailler. Oubliez Bill.

— Qui est votre patron ? s'enquit Hooker.

Le type en noir esquiva la question avec un petit sourire dépourvu d'humour.

— C'est de moi que vous devez vous inquiéter. C'est moi qui appuierai sur la détente.

— Ou qui tiendra le couteau ? ajouta Hooker.

Il secoua légèrement la tête.

— Ce n'était pas mon boulot. C'était maladroit. En temps normal, je ne donne pas d'avertissement comme celui-ci mais, comme je vous l'ai dit, j'adore vous regarder courir en stock-car. Suivez mon conseil. Tous les deux. Rentrez chez vous.

Il tourna les talons et disparut.

Hooker et moi l'observâmes s'éloigner, passer devant la piscine, puis disparaître dans les ténèbres de la salle de bistrot.

— Il était plutôt sinistre, observa Hooker.

— Je t'avais *dit* qu'un type en noir aux cheveux bruns lissés en arrière me suivait ! Peut-être devrions-nous aller raconter cela à la police.

— Je croyais que l'implication de ton frère te tracassait.

— C'était avant que l'on menace de nous tuer.

Bob Balfour nous retrouva chez Bill. Balfour était un flic de Miami en civil. Âgé d'à peine trente ans, il me faisait penser à un golden retriever. Il avait des yeux noisette de retriever, une tignasse blond-roux de retriever, et une personnalité agréable de retriever. On pouvait lui parler et le regarder sans détour mais, à choisir, j'aurais préféré un flic me faisant penser à un doberman. J'avais appelé la police dans l'espoir qu'elle m'envoie un flic qui sache débusquer un rat et le faire sortir vite fait de sa cachette.

Balfour passa l'appartement de Bill en revue et prit des notes dans son petit calepin de flic. Il m'écouta attentivement lui parler du type en noir et parut légèrement incrédule lorsque je mentionnai Face de Vomi. Il nota le nom du voisin de Bill en vue d'un éventuel interrogatoire.

Je lui parlai des sites explosifs sur lesquels surfait Maria. Il le rajouta dans ses notes et me demanda si je pensais qu'elle était une terroriste. Je lui répondis que non.

Il m'informa que Bill ferait dorénavant partie du fichier des personnes disparues. Il me conseilla de l'appeler si l'on me menaçait de nouveau, puis me suggéra de suivre le conseil du tueur à gages et de rentrer chez moi. Il demanda à Hooker ce qu'il pensait des plaques de restriction que la Nascar imposait aux voitures. Et il s'en alla.

— Peu satisfaisant, dis-je.

— Les flics sont comme ça. Ils ont leur propre façon de bosser.

— Mystérieuse.

— Ouais. Tu vas rentrer chez toi ?

— Non. Je vais continuer à m'agiter sans rien faire d'efficace pour trouver Bill. Allons jeter un œil aux magasins de plongée.

Nous retournâmes chez Hooker en voiture et attendîmes devant la rangée d'ascenseurs. Hooker appuya sur le bouton d'appel, et je refusai de faire craquer mes articulations, de m'évanouir ou d'éclater en sanglots. Ce n'est qu'un ascenseur à la noix, pour l'amour du ciel, me répétai-je.

Hooker me regarda en se fendant d'un grand sourire.

— Tu détestes vraiment les ascenseurs. Tu n'as pas bronché lorsque ce type a menacé de nous tuer, mais cet engin te donne des sueurs froides.

Les portes s'ouvrirent, Hooker monta dedans et me tint la porte.

Je me répétais : « Entre dans l'ascenseur », mais mes pieds refusaient de bouger.

Hooker m'attrapa par le bras et me tira dans la cabine. Il appuya sur le bouton du trente-deuxième étage, et je gémis involontairement. Les portes se fermèrent, il m'attira contre lui et m'embrassa. Sa langue toucha la mienne et je crois que je gémis de nouveau. Puis les portes de l'ascenseur s'ouvrirent.

— Tu veux encore monter et descendre ? me demanda Hooker.

— Non !

Je quittai l'ascenseur d'un bond.

Il passa un bras sur mes épaules et me conduisit dans son appartement.

— As-tu d'autres peurs irrationnelles ? Serpents ? araignées ? singes ? peur de manger une pizza ? peur de faire l'amour à des pilotes Nascar ?

— La peur du coureur Nascar et celle du singe sont quelque peu redondantes.

Hooker déverrouilla sa porte, entra et regarda à droite et à gauche.

— Tout a l'air O.K., dit-il. Je redoutais de découvrir qu'il avait été saccagé. Tous les endroits où nous nous rendons ces derniers temps ont été fouillés au moins deux fois. (Il s'empara d'un annuaire et chercha la page des magasins de plongée.) Tu vas appeler. Les gens sont plus disposés à donner des informations aux femmes. Et en plus, tu sais de mieux en mieux mentir.

— Que suis-je censée dire ?

— Dis-leur que ta coloc t'a demandé de venir chercher un détendeur, mais que tu n'y connais rien en plongée et qu'elle ne t'a pas précisé quel modèle. Demande-leur s'ils la connaissent et s'ils se rappellent ce qu'elle a acheté.

Il y avait deux magasins de plongée à South Beach, quelques-uns à Miami et un à Coral Gables. Je les appelai tous. Divetown, la boutique figurant dans le carnet d'adresses de Maria, se souvenait d'elle mais ne l'avait pas vue depuis des semaines. Les autres n'en avaient jamais entendu parler.

— Peut-être que nous chipotons trop, déclara Hooker. S'ils fuyaient quelqu'un, ils se seraient peut-être arrêtés en route. Dans les Keys, par exemple.

Mon deuxième essai fut plus fructueux. Scuba Dooda à Key West. Maria et Bill s'y étaient rendus mercredi.

— Gardez-moi un détendeur, dis-je. Je viendrai le chercher demain.

Un quart d'heure plus tard, nous étions au garage, à nous disputer à propos de voitures et de conduite.

— On devrait prendre la Mini, dis-je. Le tueur aux cheveux lissés en arrière connaît probablement ta voiture.

— Bien, concéda Hooker. Mais je conduis.

— Pas question. C'est la voiture de mon frère. *Je* conduis.

— Ouais, mais c'est moi l'homme.

— Qu'est-ce que ça a donc à voir dans l'histoire ?

— Je ne sais pas. C'est tout ce que j'ai trouvé comme argument. Allez, donne-moi une chance, laisse-moi prendre le volant ! Je n'ai jamais conduit ce genre de petits trucs. En plus, je connais les routes.

Le fait qu'il connaisse les routes lui fit gagner deux points.

— O.K. Mais n'imagine pas que tu vas toujours conduire.

Hooker emprunta le pont à la sortie de South Beach. Je gardai les yeux rivés sur la route derrière nous pour m'assurer que nous n'étions pas suivis. Difficile à faire quand vous vous trouvez dans l'enchevêtrement multivoies des routes qui traversent la ville. Facile à faire une fois que vous êtes sortis de Miami et de son agglomération, et que le trafic s'éclaircit.

La Floride est plate, plate, plate. D'après ce que je voyais, le point culminant de cet État pouvait très bien être un site d'enfouissement des déchets. On ne remarque pas le manque de relief tant que l'on se trouve dans une ville comme Miami. Les palmiers plantés, les immeubles tape-à-l'œil, les voies navigables, les gens magnifiques, les voitures hors de prix, et les influences internationales ajoutent un certain intérêt au panorama urbain. Quand on quitte la ville et que la Route 1 descend vers le sud, vers Florida City et Key Largo, le manque d'intérêt du paysage devient douloureusement visible. La végétation naturelle est rabougrie, et les villes du comté de Dade au sud sont petites et quelconques, se démarquant à peine du flot impitoyable de centres commerciaux bordant la route.

Le moteur de la Mini vrombissait dans ma tête et le béton qui avançait vers moi m'hypnotisait. Heureusement que Hooker conduisait car j'avais bien du mal à garder les yeux ouverts. En l'occurrence, Hooker était imperturbable dans les bouchons et infatigable en dehors des agglomérations. Ce n'est pas une grande surprise dans la mesure où il est, après tout, un coureur Nascar.

Je devins plus vigilante lorsque nous parvînmes au pont de Key Largo. La Floride n'a jamais présenté grand intérêt à mes yeux… à l'exception des Keys. Ces dernières évoquaient des images d'Ernest Hemingway. Et l'écosystème, unique, m'emportait aussi loin du centre-ville de Baltimore que je pouvais raisonnablement l'espérer. Je sais tout ça parce que je regarde Travel Channel.

Nous traversâmes Largo et nous rasâmes des ponts à

quelques centimètres au-dessus de l'eau, sautillant de Key en Key. Plantation Key, Islamorada, Fiesta Key. Le soleil se couchait, et le ciel était délavé d'une teinte flamant rose anormalement fluorescente, qu'interrompaient des entailles de nuages magenta. Les bords de la route étaient encombrés de cabanes proposant des fritures, de bureaux immobiliers, de Froggy's Gym, de chaînes de restaurants, de boutiques de cadeaux spécialisées dans les bibelots à base de coquillages importés de Taïwan, de stations-service et de commerces de proximité perdus parmi de petits centres commerciaux.

Nous passâmes par Marathon, enfilâmes le Seven Mile Bridge, traversâmes Little Torch Key. Il faisait nuit quand nous arrivâmes à Key West. C'était le week-end, et l'endroit était bondé de touristes qui embouteillaient les trottoirs et les rues. Un festival d'hommes en surpoids, en chaussettes et sandales marron et shorts baggy kaki. Un étalage de femmes obèses, accoutrées de T-shirts faisant de la pub pour tel ou tel bar, pour des boutiques d'hameçons, pour leur statut de grand-mère, pour de la crème glacée, des motos, Key West ou pour de la bière. Les restaurants étaient illuminés, leurs tables envahissaient les trottoirs. Des magasins proposaient de l'art local et tout Jimmy Buffet, des vendeurs ambulants fourguaient leurs T-shirts à la criée tandis que des sosies d'Ernest Hemingway s'offraient à tous les coins de rue. Pour dix dollars, vous pouviez avoir votre photo avec le célèbre écrivain.

— Je pensais que ça ferait un peu plus… île, dis-je.

— Chérie, *c'est* une île. Si Ernest était encore vivant, il vivrait à South Beach et ferait la tournée des boîtes.

— Je ne vois pas beaucoup d'hôtels. Est-ce que l'on pourra trouver une chambre ?

— Je connais un type, Richard Vana, qui a une maison ici. Nous pourrons crécher chez lui cette nuit.

Hooker tourna dans une rue latérale, loin de la cohue touristique. Deux pâtés de maisons plus loin, il s'arrêta dans une allée environnée de petites maisons victoriennes soignées et de pavillons insulaires clos par des plantations. Perdus dans l'obscurité, ceux-là se trouvaient en retrait de la petite rue, tapis derrière de minuscules jardins emplis d'arbres et de buissons exotiques en fleurs.

Je pris mon sac et suivis Hooker dans la maison. C'était un pavillon de plain-pied. Difficile de distinguer la couleur dans l'obscurité mais il semblait jaune aux finitions blanches. L'air embaumait les roses et le jasmin qui florissait dans la nuit. Aucune lumière à l'intérieur de la maison.

— On dirait que ton ami n'est pas chez lui, lançai-je à Hooker.

— Il n'est jamais là. Deux semaines par an. Je l'ai appelé avant de partir de Miami pour lui demander si nous pourrions utiliser sa maison. (Hooker passa la main sur le jambage de porte et en extirpa une clé.) L'un des avantages d'être un pilote Nascar. Tu rencontres des tas de personnes intéressantes. Ce type a un bateau que je peux emprunter… si nous en avons besoin.

Hooker ouvrit la porte et alluma la lumière dans l'entrée.

La maison n'était pas grande mais confortable. Le mobilier était en rotin rembourré. Les couleurs, écarlate, jaune et blanc, les sols en merisier.

— Il y a deux chambres d'amis en bas du couloir à droite, me dit Hooker. Choisis celle que tu veux. Elles sont pratiquement identiques. (Il posa son sac, se rendit dans la cuisine et passa la tête dans le réfrigérateur.) Nous avons de la Corona, du champagne Cristal et du Coca light. Je vais prendre une Corona. Et toi ?

— Corona. On dirait que tu es chez toi, ici.

— Ouais. Je passe probablement plus de temps ici que Rich. J'aime les Keys.

— Tu les préfères à South Beach ?

Il but une longue gorgée de Corona.

— Non. J'imagine que ça dépend de mon humeur. Si j'avais une maison ici, ce ne serait pas à Key West mais plutôt sur l'une des Keys plus calmes, au nord. J'aime la pêche. Je ne raffole pas des hordes de touristes. Il y a un tas de fans de la Nascar ici, et une fois que l'on me reconnaît dans la rue, je dois m'attendre à une émeute. Je n'attire pas beaucoup l'attention à South Beach. Je suis tout en bas de la liste de la traque aux célébrités.

— Richard Vana, ce nom me dit quelque chose.

Hooker s'affala sur le canapé devant la télévision et l'alluma avec la télécommande.

— C'est un joueur de base-ball. Houston.

Mon téléphone portable couina, et j'éprouvai une terreur momentanée, hésitant à répondre de crainte que ce ne fût ma mère. Mais je me dis que ce pouvait aussi être Bill et je ne tenais pas à manquer son appel.

En l'occurrence, ce n'était ni ma mère ni Bill. Il s'agissait de Rosa.

— Où êtes-vous ? me demanda-t-elle. Il faut que je vous voie. Je suis retournée parler à Felicia. Et nous avons interrogé les voisins. Et ils nous ont conseillé d'aller voir Armond le fou. Armond est arrivé dans ce pays quand ils ont ouvert les prisons à Cuba et envoyé ces gens ici, à Miami. Il prétend avoir été détenu avec le père de Maria et que Juan lui parlait parfois de plongée. Puis il m'a montré sur une carte où Juan aimait plonger.

— Tu peux me le dire ?

— Je n'ai pas de nom. Les noms ne sont pas les mêmes. Mais j'ai une petite carte qu'Armond nous a dessinée. Il faut que je vous la donne.

— Hooker et moi sommes à Key West.

— Que fichez-vous à Key West ? Tant pis. Nous vous apporterons la carte. Nous partirons tôt demain matin. Veillez à garder vos portables allumés. Je vous appellerai en arrivant.

Et Rosa raccrocha.

Je sortis du lit et filai tout droit dans la cuisine où Hooker avait préparé le café. Il portait un short de surf tout froissé et un T-shirt publicitaire pour une huile de graissage. Ses cheveux étaient ébouriffés, et ses pieds nus. Il faisait très couleur locale. Et je détestais devoir le reconnaître, mais il était aussi très sexy… dans un genre débraillé, désastre-de-la-mode.

— On a du café et de la crème, dit-il. La seule autre nourriture dans la maison, c'est du pop-corn à mettre au micro-ondes. En général, quand je suis là, je prends des pois à la sauce épicée et des dragées à l'arachide au petit déjeuner, mais nous les avons mangés hier soir.

Je me servis une tasse de café et ajoutai deux sachets de crème.

— D'après toi, le type aux cheveux lissés en arrière était réel ?

— Ouais. Il était réel. Je crois que le gardien de nuit est vraiment mort. Je crois que Maria Raffles est vraiment à côté de ses pompes. Et je crois que ton frère est encore plus crétin que moi, en matière de femmes.

— C'est tout ?

— Je crois que Maria et ton frère essaient de faire sortir quelque chose des eaux cubaines.

— Garde ça pour toi. Je ne veux pas en entendre parler. Les Américains ne sont pas censés aller à Cuba. Cuba est fermée aux citoyens américains.

— Des tas de gens croient que nous renouerons des relations avec Cuba dans un futur proche. Et que ce sera une catastrophe économique pour le Sud de la Floride. L'île ne se trouve qu'à deux cent soixante-cinq kilomètres de Miami. Cent quarante-cinq de Key West. Elle pourrait nous voler beaucoup de touristes et la fabrication de dollars. Je connais un gars qui négocie des terres en vue d'une construction future.

— N'est-ce pas risqué ?

— Bien sûr que si, mais tu mesures le risque par rapport au retour sur investissement.

— Je pensais qu'il était impossible qu'un Américain fasse ce genre d'affaires.

— Apparemment il existe des moyens, à condition de connaître les bonnes personnes.

J'emportai mon café sous ma douche et, une demi-heure plus tard, Hooker et moi nous trouvions sur le point de partir. Les rues étaient bien moins bondées. Il n'était pas tout à fait huit heures et si les magasins étaient fermés, quelques bars servaient le petit déjeuner. Nous prîmes des burritos à emporter que nous mangeâmes en nous dirigeant vers les docks. Un navire de croisière géant était en mer. Dans quelques heures, il déverserait des milliers de personnes dans Key West. Personnellement, je ne trouvais pas ça si grave de dérouter certains navires de croisière vers Cuba.

— J'imagine que ce n'est pas vraiment des vacances pour toi, dis-je à Hooker.

— J'ai connu pire. Je suis à Key West avec une jolie fille. Jusque-là, tu n'as pas encore accepté de coucher avec moi, mais je garde espoir. Je participe à une espèce de chasse au trésor. Et le burrito du petit déjeuner était excellent.

— Mon fantasme, c'est de nous balader sur les docks et de tomber par hasard sur ton bateau et sur Bill et Maria.

— C'est un fantasme décent. Tu veux entendre le mien ?

— *Non !*

— Il concerne des scènes d'amour torride entre gorilles.

— Non, pas possible !

Hooker se fendit d'un sourire rayonnant.

— Je ne voulais pas te décevoir.

Nous arpentâmes toute la marina sans trouver le bateau de Hooker. Nous montrâmes la photo de Bill à deux, trois personnes, mais en vain. Nous nous arrêtâmes au bureau du maître de cale et là, coup de bol : le bateau était arrivé mardi et resté une nuit. Bill avait payé l'emplacement avec une carte de crédit que Hooker avait laissée à bord.

Ce dernier appela sa banque pour savoir s'il y avait eu d'autres frais ou retraits de liquide. Négatif.

— Et maintenant ? demandai-je.

— Maintenant, on espère que la carte de Rosa vaudra quelque chose.

Nous nous trouvions au bout du parking de la marina, hésitant entre prendre un *latte* et un sachet de beignets, lorsque mon portable sonna.

— Nous sommes là, fit Rosa. Nous venons de traverser le pont qui mène sur l'île.

— Dis-lui de nous retrouver sur le parking de la marina, dit Hooker. Oh, oh !

— Quoi « oh, oh ! » ?

— Tu vois cette famille, près de l'arrêt du tram ? Je n'aime pas la façon dont elle me regarde.

— Elle pense probablement que tu as besoin d'un total relookage branché. Ou peut-être qu'elle *me* regarde. Elle doit me trouver adorable, avec ma casquette rose.

— Tu ne sais pas ce que c'est. Ça peut devenir hyperflippant. Sans que tu t'en rendes compte, des gens te sautent dessus de partout. Je ne suis pas du tout protégé ici.

— Ne t'inquiète pas. Je serai ton garde du corps.

Hooker arborait toujours son T-shirt d'huile de graissage et son short froissé. Il portait des lunettes de soleil, des tennis miteuses sans chaussettes et la casquette vantant les mérites d'une marque de pneu. Il tourna le dos à la famille et baissa la tête.

— Dis-moi quand ils seront partis. J'aime mes fans. Je le jure, vraiment, mais parfois, ils me fichent une trouille bleue.

— Ils ne partent pas, lui dis-je. Ils se dirigent tout doucement vers nous. Ça a l'air d'une famille sympa. Deux petits garçons. Et la mère et le père sont bien habillés.

— Ils sont tous sympas. C'est juste que si tu les mets ensemble, ils deviennent hystériques.

— Eh bien, peut-être que si tu ne portais pas de casquette faisant de la pub pour des pneus, et de T-shirt, pour une huile de graissage…

— Mes sponsors m'offrent ces merdes. Je suis censé les porter. Et, de toute façon, j'ai un milliard de T-shirts et de casquettes comme cela. Que suis-je supposé en faire si je ne les mets pas ?

— C'est *lui* ! hurla la mère. C'est Sam Hooker !

Les deux gamins se ruèrent sur Hooker. Celui-ci se retourna et leur sourit. M. le Coureur-Charmeur.

— Hé, comment ça va ? fit Hooker aux gamins. Vous aimez les voitures, les gars ?

La mère brandissait un stylo et le père, une casquette à la main.

— Pourriez-vous signer ma casquette ? demanda-t-il à Hooker.

D'autres personnes trottèrent vers Hooker qui leur souriait et signait tout ce qu'elles lui tendaient.

— Tu vois, lui dis-je. C'est marrant, non ? Regarde comme tu rends tous ces gens heureux.

— Tu ne joues pas ton rôle de garde du corps, rétorqua-t-il. Tu dois les faire reculer un peu pour qu'ils ne m'écrabouillent pas. Je ne peux pas signer si j'ai les bras collés au torse.

Je regardai autour de moi. Il avait raison. Ils l'écrasaient, poussés par des gens derrière. Car il y eut brusquement *beaucoup* de monde qui tentait de l'approcher. Ils agitaient des chapeaux, des serviettes en papier et des T-shirts en hurlant : « Hooker, hé, Hooker, signez ça ! Signez ça ! »

Je me tenais près de lui, mais, quelque part, des coups

de coude me refoulèrent. En un rien de temps, je fus propulsée si loin que je perdis Hooker de vue. Je cherchais une ouverture pour retourner dans la mêlée lorsque Felicia et Rosa se pointèrent.

— C'est quoi, toute cette agitation ? s'enquit Rosa.

— Hooker est là-bas. Séance d'autographes, expliquai-je. J'étais censée maîtriser la foule, mais je me suis fait éjecter. Je m'inquiète pour lui. Je viens de voir une femme s'enfuir avec un morceau de son T-shirt à la main.

— Nous allons libérer Hooker de ces hystériques, sinon il ne sera plus qu'une tache de graisse sur le trottoir, déclara Rosa. Il y a des gens qui arrivent de partout.

— Je ne sais pas quoi faire. J'ai essayé de leur hurler dessus, mais ils se sont moqués de moi.

Rosa balança son sac sur son épaule.

— Laissez-moi passer. Je vais m'en occuper. (Elle se pencha et hurla à la foule.) Oh, mon Dieu, c'est Britney Spears ! *Britney Spears !*

Les gens les plus à l'extérieur de la cohue se retournèrent pour regarder. Un murmure parcourut la foule en délire.

— Maintenant ils sont vulnérables, dit Rosa. On a intérêt à foncer dans le tas.

Rosa se lança la première, tête baissée. Elle écarta des gens et continua à avancer.

— Britney Spears est là-bas, au fond, répéta-t-elle. Vous avez vu Britney ?

Felicia suivit Rosa. Et je suivis Felicia.

Quand nous retrouvâmes Hooker, il était perché sur le toit d'une Subaru. Il n'avait plus qu'une seule tennis, et sa casquette et son T-shirt avaient disparu.

La Subaru était prise d'assaut par des fans essayant d'attraper Hooker. Ils continuaient à lui jeter des trucs à signer. Ils hurlaient tous des choses du style : *« C'est pour mon fils. Il est en train de mourir. Cancer du cerveau… C'est son anniversaire… C'est pour ma mère. Elle a tenté de se suicider quand vous avez perdu à Taledega…*

C'est pour ma fille. Elle a vendu sa caravane pour venir vous voir courir à Daytona, et maintenant elle est S.D.F. Cela lui ferait énormément plaisir si vous pouviez signer sur ma chaussette... Je n'ai pas de papier. Pouvez-vous signer sur mon front ?... Pouvez-vous signer sur mon sein droit ? Tenez, j'ai pris ça pour vous. C'est un stylo. »

Rosa, Felicia et moi grimpâmes sur la Subaru avec Hooker.

— Jeune fille, vous êtes nulle comme garde du corps, me dit Hooker. Où étais-tu quand ils m'ont arraché mon T-shirt ?

— Ces gens sont tarés !

— Ils sont juste un peu excités. Je ne comprends pas, mais cela m'arrive souvent.

Deux voitures de police entrèrent sur le parking, gyrophares clignotants. Deux flics en descendirent et se frayèrent un chemin à travers la foule.

— Hé, regarde, dit l'un d'eux, c'est bien Sam Hooker. Mon vieux, j'adore vous voir courir, dit-il à Hooker. Vous êtes le meilleur. J'ai failli péter un plomb quand vous avez bousillé la voiture Bud l'an dernier à Miami.

— Ouais. C'était une bonne course. Je suis un peu coincé ici, les gars. Je me transforme en pâtée pour fans.

L'un des flics fut renversé à terre.

— Appelle des renforts ! cria-t-il à son collègue. Il nous faut la répression des émeutes.

Une demi-heure plus tard, la foule s'était dispersée. Les flics avaient tous eu des autographes. Un constat de dommages aux biens avait été rempli pour la Subaru. L'un des flics avait retrouvé la tennis de Hooker mais la casquette et le T-shirt avaient disparu à tout jamais.

— Merci, les gars, lança Hooker aux policiers. J'apprécie le coup de main.

Nous nous entassâmes dans la Nissan Sentra grise de Rosa et les flics nous escortèrent pour sortir du parking en faisant de grands signes.

6

Rosa, Felicia et moi nous installâmes sur le canapé écarlate et jaune en attendant Hooker, parti s'acheter un autre T-shirt à l'effigie d'une huile de graissage.

— Alors ? me demanda Felicia. Est-ce que tu couches avec lui ?

— Non !

— Tant mieux. Il est sexy, mais il doit être malade. Je lis des magazines et je regarde les émissions sur les célébrités à la télé. Ces coureurs automobiles ne pensent qu'à ça. Ils sont comme des animaux de basse-cour.

— Ça ne concerne pas uniquement les pilotes automobiles, lança Rosa. Mais tous les hommes. Tous les hommes ne pensent qu'à ça. C'est pourquoi ils sont incapables de mener plusieurs tâches de front. Leur cerveau entier est occupé par le sexe.

— Tous les hommes ne sont pas malades, toutefois, concéda Felicia.

— Voyooons ! s'écria Rosa en levant les yeux au ciel et les mains en l'air. *Tous* les hommes sont malades. Et l'herpès et les verrues génitales ? Penses-tu sincèrement qu'il y a un seul homme à Miami qui n'ait pas l'une de ces maladies ?

— Eh bien, non. Mais je ne les avais pas comptées.

Croyez-vous qu'on puisse les considérer comme des maladies ?

Hooker pénétra dans le séjour sans se presser. Il arborait une nouvelle casquette et un nouveau T-shirt, répliques exactes de ceux qu'il avait perdus.

— Qu'est-ce que l'on peut considérer comme une maladie ?

— L'herpès, répondis-je.

— Pas si tu en as sur la lèvre, rétorqua Hooker. Si c'est sur ta lèvre, ça s'appelle un bouton de fièvre. Et tout le monde sait qu'un bouton de fièvre n'est pas une maladie.

— CQFD ! fit Rosa. Tous les hommes sont des obsédés sexuels et des malades.

— Ouais, acquiesça Hooker. Mais on est cool, non ? (Il se tourna vers moi.) Juste pour info, sache que je ne suis pas malade.

Felicia posa deux cartes sur la table basse. L'une était une carte routière de Cuba pliée, et l'autre, celle d'Armond le fou, dessinée sur un morceau de papier millimétré. La première était écornée et usée aux pliures. La Havane était maculée de café, et une flèche dessinée à la craie magique rouge désignait le Club Med Varadero.

— Là, vous voyez, c'est la petite ville de Maria, Nuevo Cabo, nous expliqua Felicia. C'est l'endroit idéal pour les pêcheurs car le poisson est proche du littoral et le port est sûr. Ça l'est aussi pour faire de la contrebande car c'est un peu isolé, tout en étant proche de Mariel. Beaucoup de navires russes allaient à Mariel lorsque le grand-père de Maria cherchait à gagner de l'argent. Le premier des missiles arriva au port de Mariel pour être emporté sur le site de Guanajay.

« Souvenez-vous, il y avait le blocus de la marine américaine, et pourtant le grand-père de Maria est sorti ce soir-là. C'était de la folie. Et la malédiction a commencé.

— Il n'y a aucune malédiction, rétorqua Rosa. Juste de la cupidité.

Felicia se signa.

— La cupidité est une malédiction, dit-elle. Si vous regardez la carte d'Armond le fou, vous constaterez qu'il a entouré Nuevo Cabo et Mariel. On a toujours cru que le bateau de pêche s'était rendu au port de Mariel. Ou peut-être qu'il avait mis les voiles pour La Havane. Selon Armond, Juan a retrouvé son père à l'extrême ouest de là-bas. Juan a raconté à Armond qu'il avait trouvé les os de son père avec son alliance encore au doigt et un impact de balle dans le crâne. Il y a des îles et des grottes sous-marines de l'autre côté de Bahia de Cabana, et c'est là que, au dire d'Armond, Juan a trouvé son père. Armond a dessiné trois îles. Une qu'il nomme la botte. Une autre qu'il nomme l'oiseau en vol. Et il prétend que c'est là que Juan a effectué son dernier plongeon.

Hooker s'empara du morceau de papier et l'examina.

— Dans quelle mesure peut-on faire confiance à Armond le fou ?

— Il est fou, répondit Felicia. Peut-on faire confiance à un fou ?

— Génial.

— Redites-moi pourquoi vous faites toutes ces recherches, lui demanda Felicia.

— Je veux retrouver mon bateau, répondit Hooker.

— Et moi, mon frère, ajoutai-je.

— Mais ne rentreront-ils pas tout seuls quand ils auront terminé ?

— Nous ne sommes pas les seuls à les rechercher, expliquai-je. Je veux les retrouver avant que les méchants ne leur mettent la main dessus.

— Est-ce possible ?

— Tout est possible, fit Hooker.

Il avait son téléphone portable à la main et faisait

défiler son répertoire. Lorsqu'il trouva ce qu'il cherchait, il appuya sur la touche « O.K. ».

— Salut, dit-il quand la communication fut établie. C'est Sam Hooker. Quoi de neuf ? Hunh, hunh. Hunh, hunh.

S'ensuivit une conversation sur la Nascar. Puis ils discutèrent de cigares. Enfin, Hooker demanda à son interlocuteur s'il ne voulait pas survoler quelques îles au large de Cuba. Des rires fusèrent. Hooker raccrocha et se leva.

— Je vais à l'aéroport, déclara-t-il. Quelqu'un m'accompagne ?

L'aéroport international de Key West est situé à l'extrême est de l'île. Le terminal est en stuc blanc, de plain-pied, au toit en tuiles orange, et il paraît trop joli, trop cool et trop petit pour appartenir à ce qui se fait appeler « aéroport international ». Nous nous garâmes au parking sous quelques palmiers, puis suivîmes toutes Hooker dans le bâtiment.

— Tu as l'air de savoir ce que tu fais, confiai-je à Hooker.

— J'ai pas mal pris l'avion ici pour pêcher et faire du tourisme. À part ça, c'est une illusion. Je n'ai aucune idée de ce que je fais.

Nous nous campâmes d'un côté de l'entrée et regardâmes tout autour. Un type mince au superbronzage trotta vers nous. Il portait des sandales, un short et une chemisette à col ouvert, émaillée d'une flopée de perroquets rouge et vert. Il avait les cheveux longs attachés en queue-de-cheval, ses lunettes de soleil de sport pendillaient sur un fil autour de son cou, ses yeux étaient bleus et ridés aux coins, et il arborait un sourire rayonnant.

— Où étais-tu donc passé ? lança-t-il à Hooker. Ça fait des mois que je ne t'ai pas vu !

— La fin de la saison, c'est toujours de la folie. Et puis j'ai dû retourner au Texas pour les vacances.

— Alors qu'est-ce que tu fiches à chercher de l'immobilier cubain ?

— Mon bateau s'est volatilisé. Je me suis dit que j'allais partir à sa recherche. Voici Barney, Rosa et Felicia. Barney vient avec nous.

Le mec à la queue-de-cheval nous gratifia d'un signe de tête.

— Chuck DeWolfe. C'est un plaisir, mesdames.

— N'est-ce pas illégal de survoler Cuba ? demandai-je à Chuck.

— Pas pour moi, répondit-il. Je suis citoyen canadien.

— Alors, qu'avez-vous ? s'enquit Rosa. Un hydravion ?

— Hélicoptère, répondit Chuck.

Un hélicoptère ! Je n'y étais jamais montée. Jamais voulu essayer. J'irais sur Mars en ascenseur avant d'avoir parcouru trente mètres en hélicoptère.

— L'altitude rend Barney un peu nerveuse, expliqua Hooker.

— No problemo, me lança Chuck. Nous volerons tranquillement, à basse altitude.

Felicia se signait et récitait son chapelet en espagnol.

— Vous allez vous écraser et mourir, dit-elle. Personne ne vous retrouvera. Les requins vous dévoreront, et il ne restera rien de vous. Je le vois d'ici.

— Ouais, il faut être cinglé pour monter dans un tel appareil, renchérit Rosa. Seuls les hommes font de l'hélicoptère. Les femmes se ravisent. (Elle agita son doigt à mon intention.) Ne le laisse pas te convaincre de monter dans cet engin diabolique. Ce n'est pas parce qu'il est sexy qu'il est forcément futé.

— Mince alors ! fit Hooker. Facilitez-moi un peu les choses !

— Ouais, c'est dur, reconnut Chuck. D'un autre côté, mec, elles te trouvent sexy.

Hooker et Chuck se tapèrent dans la main en signe de victoire, en plus compliqué.

— On est probablement pas tous obligés d'y aller, dis-je. Pourquoi je ne vous attendrais pas ici ?

Hooker me fixa dans les yeux l'espace de quelques battements de cœur.

— Tu seras là quand je reviendrai, d'accord ?

— D'accord.

— Promets-le.

— N'exagère pas.

Rosa, Felicia et moi observâmes les deux hommes se diriger vers l'hélicoptère.

— Il vaudrait peut-être le coup de se choper une maladie, constata Felicia. Rien de grave. Une petite maladie.

— Je vais le dire à ton mari, l'avertit Rosa. Tu nourris des pensées cochonnes pour un autre homme.

— Penser, ça ne compte pas, répliqua Felicia. Une femme a le droit de penser, y compris une bonne catholique.

— Voici le plan, dit Rosa. D'abord nous mangeons, et ensuite nous allons faire du shopping.

De retour à Old Town, on stationna près du port et, arrivées à Duval Street, nous nous installâmes en terrasse d'un café-piège-à-touristes. On se décida pour des sandwiches au poisson frit et une tarte à la lime Key.

— Mes tartes sont meilleures, constata Felicia. Le truc, c'est d'utiliser du lait concentré.

Un éclat sombre attira mon attention. Pas grand monde portait du noir à Key West. Je levai les yeux de ma tarte et croisai le regard du tueur aux cheveux lissés en arrière. Il sembla aussi surpris de me voir que moi.

Nous nous fixâmes pendant environ dix secondes, puis il tourna et traversa en direction du coin de la rue. Il s'arrêta devant un magasin, et je réalisai qu'il s'agissait du Scuba Dooba. Un type qui semblait suivre le programme de formation intensive sur « L'art et la manière de devenir un pseudo-gangster » sortit de la boutique pour discuter avec le tueur. Les deux hommes tournèrent la tête vers moi. Nous nous dévisageâmes pendant ce qui me sembla un temps infini. Le tueur mima un revolver avec sa main, index tendu, le braqua sur moi et appuya sur la détente.

Rosa et Felicia n'en avaient pas perdu une miette.

— Hé ! s'écria Rosa. Et ça, tu vises ?!

Et elle lui fit un geste de la main complètement différent, *majeur* tendu.

Felicia l'imita. Et comme je ne voulais pas être en reste, je lui fis aussi un doigt.

Le tueur nous sourit. Il se trouvait à un demi-pâté de maisons, mais je vis son sourire gagner ses yeux. Il nous trouvait drôles.

— C'est quoi, son problème ? fit Rosa.

— Je crois qu'il veut me tuer, dis-je.

— Il sourit.

— Ouais. Les hommes. Va savoir.

Rosa se pencha vers moi au-dessus de la table.

— Une raison particulière pour qu'il veuille t'éliminer ? Parce que, à part ça, il n'est pas désagréable à regarder.

Je leur rapportai la conversation du Monty's.

— Tu as beaucoup de courage de rester ici comme ça, me confia Rosa. Moi, je prendrais un avion pour rentrer chez moi.

— Je ne peux pas faire ça. Il s'agit de mon frère.

— Et la police ?

— J'y suis allée, mais je n'ai pas pu tout leur dire. Je crains que Bill ne fasse quelque chose d'illégal.

— Tu es une supersœur, observa Felicia.

Le tueur et son acolyte se détournèrent de nous pour disparaître dans une ruelle latérale.

— On se croirait dans un film, constata Rosa. L'un de ces films flippants où tout le monde se fait assassiner. Et John Travolta est le tueur à gages.

Felicia esquissa de nouveau un signe de croix.

— J'espère que tu y es allée mollo avec cette croix, lui dit Rosa. Ça me fiche une trouille bleue.

— Quelle croix ? demanda Felicia. J'ai fait le signe de la croix ? Je ne m'en suis pas rendu compte.

On se décida à quitter le café et, redescendant la rue sans nous presser, nous passâmes devant Scuba Dooba, jusqu'à la rue suivante, tout en jetant un œil aux T-shirts, bijoux, sandales et chemises en coton aux motifs d'îles. Rien de très tendance. C'était une ville pour touristes. Tant mieux pour moi, parce que je ne pouvais rien m'offrir de tendance. Felicia acheta des T-shirts pour ses petits-enfants, et Rosa un petit verre à cocktail Jimmy Buffet. Quant à moi, je m'abstins, car nous étions samedi et, dans deux jours, je serais sûrement au chômage.

— Il est presque quatre heures, constata Rosa. Nous devrions rentrer. Je ne veux pas conduire tard le soir.

Nous fîmes demi-tour et repartîmes sur Whitehead Street. Felicia se retourna deux fois pour regarder derrière nous.

— J'ai une espèce de pressentiment, dit-elle. Personne d'autre n'en a ?

Rosa et moi nous regardâmes. Nous ne ressentions aucune appréhension.

— De quel genre de pressentiment parles-tu ? demanda Rosa.

— Sinistre. Comme si nous étions suivies par un gros oiseau noir.

— C'est foutrement bizarre, observa Rosa.

Felicia se retourna pour la troisième fois.

— Il y a quelque chose derrière nous. Je *sais* qu'il y a quelque chose… comment ça s'appelle, déjà ? Du harcèlement ! Quelque chose nous harcèle.

Rosa et moi tournâmes la tête à droite, à gauche, mais ne vîmes rien nous tourmenter.

— O.K., maintenant tu m'as *vraiment* fichu la trouille, dit Rosa. Ça ne m'emballe pas d'être assaillie par un gros oiseau noir. Les oiseaux, ce n'est franchement pas mon truc. Quelle sorte d'oiseau est-ce ? Du genre corneille ?

Nous nous trouvions dans une rue transversale et essentiellement résidentielle, en direction de la Sentra. Des maisons de familles monoparentales et de petits bed and breakfast. Des voitures bordaient les deux côtés de la rue. Nous passions devant un Hummer jaune lorsque le pseudo-gangster surgit d'entre deux voitures pour venir se camper devant nous. Le tueur aux cheveux lissés en arrière le suivait.

— Excusez-moi, mesdames, dit le tueur. J'aimerais parler à Mlle Barnaby. Seule.

— Pas question ! répondit Rosa en s'interposant entre le tueur et moi. Elle ne veut pas vous parler.

— Je crois que si, dit le tueur à Rosa. Veuillez reculer.

— Casse-toi ! lança Rosa. Je ne reculerai nulle part.

Le tueur jeta un coup d'œil rapide au pseudo-gangster, qui tendit le bras vers Rosa, et celle-ci le repoussa d'un revers de la main.

— Attention ! dit-elle. On ne touche pas.

Le pseudo-gangster sortit un revolver de la poche de sa veste. Rosa hurla. Je me cachai derrière une voiture. Et Felicia extirpa à son tour une arme de son sac à main dans un grand geste, tira dans le pied du pseudo-gangster, puis blessa le tueur au bras. Il s'écroula comme un sac de sable mouillé.

— C'est pas vrai, fit celui-ci. La vieille m'a tiré dessus !

Le tueur resta planté bouche bée, contemplant le sang suinter à travers la manche de sa chemise noire.

— Courez ! nous hurla Rosa d'une voix perçante. Courez !

Nous décampâmes, en traînant partiellement Felicia. Elle savait tirer, semblait-il, mais elle n'était pas aussi douée côté course à pied. Nous arrivâmes à la Sentra, sautâmes dedans et Rosa s'éloigna du trottoir en le démolissant.

— Je vous avais dit qu'on nous suivait ! lança Felicia.

— Tu avais dit que c'était un oiseau, rétorqua Rosa. Je cherchais un oiseau.

J'étais à l'arrière, le cœur battant la chamade, interloquée. Je n'avais jamais vu personne tirer auparavant. Dans les films et à la télévision, mais pas en vrai. Et personne n'avait jamais braqué de revolver sur moi. Difficile à croire, dans la mesure où je suis née et où j'ai grandi à Baltimore. Une fois, Andy Kulharchek m'avait poursuivie dans le garage, armé d'un démonte-pneu, mais, bourré comme un coing, il n'arrêtait pas de tomber.

— Quand je pense que tu leur as tiré dessus ! dis-je à Felicia.

— Ce sont des choses qui arrivent.

— Tu n'as pas l'air du genre à porter un revolver.

— J'en porte toujours un. Sais-tu combien de fois l'étal de fruits a été cambriolé ? Je ne sais pas compter aussi loin. Maintenant, quand quelqu'un essaie de me cambrioler, je lui tire dessus.

— Bien joué, ma fille, félicita Rosa.

Mon cœur continuait à faire des petits bonds. J'entendais encore les coups de feu résonner dans mes oreilles. Dans ma tête, je voyais les deux hommes se faire tuer.

Felicia rabattit le pare-soleil et se regarda dans le miroir.

— Il m'a traitée de vieille. Vous avez entendu ? Je ne pense pas avoir l'air si vieille.

— Il méritait de se faire tuer, dit Rosa. Il n'avait aucun tact.

— J'utilise cette nouvelle crème de chez Olay, poursuivit Felicia. Elle est censée rendre ta peau lumineuse.

— Je devrais essayer, dit Rosa. On n'est jamais trop lumineuses.

Je n'arrivais pas à croire qu'elles avaient cette conversation. Felicia venait de tirer sur deux hommes ! Et elles parlaient cosmétiques.

— On doit rentrer, lança Rosa. Y a-t-il un endroit sûr où tu peux attendre Hooker ?

— Vous pouvez me raccompagner chez Vana. Je serai en sécurité.

— Au cas où, tu devrais prendre l'arme, fit Felicia en me tendant l'arme. C'est un revolver. Facile à utiliser. Il reste quatre cartouches.

— Non ! Je ne prends pas ton revolver.

N'en veux pas. Ne m'en servirai pas ! Terrifiée à l'idée d'y toucher !

— C'est bon. Je m'en débarrasse toujours après avoir tiré sur quelqu'un, expliqua Felicia. C'est plus simple comme cela. Quand tu as terminé, jette-le dans l'océan. Assure-toi que c'est assez profond. Quand je suis à Miami, je les jette dans la Miami River. Si la police plongeait, elle découvrirait probablement une tonne de flingues. Il y en a tellement que ça arrive probablement jusqu'à la ligne de marée haute.

— Je n'y connais rien en revolvers, rétorquai-je.

— Je croyais que tu venais de Baltimore, dit Rosa. Tout le monde n'est pas armé là-bas ?

— Pas moi.

— Eh bien, maintenant tu l'es, fit Felicia. Maintenant tu es exactement comme tout le monde à Baltimore et à Miami.

— Le coup ne va pas partir tout seul, n'est-ce pas ?

— Non, répondit Felicia. Tu dois d'abord retirer le chien puis appuyer sur la détente. Si tu ne retires pas le chien, le revolver ne fera pas *boum* !

Cinq minutes plus tard, nous nous arrêtâmes chez Vana.

— Sois prudente, me dit Rosa. Appelle-nous si tu as besoin d'aide.

— Et ne sors pas de la maison tant que Hooker n'est

pas revenu, ajouta Felicia. J'aurais peut-être dû tuer ces deux types, mais pour ça, j'aurais eu à réciter des tas de *Je vous salue Marie*.

Elles attendirent que je sois entrée dans la maison et que je leur fasse signe à la fenêtre que tout allait bien, puis elles repartirent tranquillement.

J'avais le revolver de Felicia dans mon sac, et le tueur ne pouvait en aucun cas me localiser. Cela ne m'empêcha pas de faire craquer mentalement mes articulations toutes les dix secondes. Je m'assurai que les rideaux étaient bien tirés, puis m'installai devant la télévision. Je réglai le son au minimum afin de pouvoir entendre des bruits louches sous le porche ou dans les buissons sous les fenêtres. Et j'attendis Hooker.

Peu après vingt heures, une voiture s'engagea dans l'allée et se gara derrière la Mini. Je jetai un coup d'œil furtif par les rideaux et vis que c'était Hooker que déposait son copain pilote.

J'ouvris la porte. Hooker entra en plastronnant, m'attrapa par le devant de mon T-shirt et m'embrassa.

— Je suis rentré, dit-il. Et j'ai faim.

— Tu veux dîner ?

— Ouais, ça aussi. J'imagine que la nourriture n'est pas apparue comme par magie dans la cuisine ?

— Ça doit être jour férié pour la nourriture.

— C'est bon. Je connais un endroit où nous pourrons manger des côtes de porc et nous en mettre jusque-là.

— Ce n'est probablement pas une bonne idée. On ferait mieux de commander quelque chose ici.

Et je lui parlai du tueur et de son acolyte.

Hooker arborait un sourire jusqu'aux oreilles. Exhibait des tas de dents blanches parfaites. Des petites rides au coin des yeux.

— Attends, je veux être sûr d'avoir tout compris. Felicia a tiré sur le type en noir ? Et elle a aussi tiré sur son pseudo-gangster ?

Je ne pus que sourire avec lui. Maintenant que j'avais pris un peu de recul, c'était drôle, dans le genre surréaliste.

— Ouaip. Elle leur a tiré dessus. Un dans le pied. L'autre dans le bras.

— Et ensuite vous vous êtes enfuies, elles t'ont déposée ici et elles sont reparties.

— Ouais. Et Felicia m'a donné son revolver.

— Je suis jaloux. Tu as passé une meilleure journée que moi.

— As-tu retrouvé ton bateau ?

— Peut-être. Nous avons repéré les îles. Elles se trouvent à une quinzaine de kilomètres du littoral et à une bonne distance de Nuevo Cabo. Nous n'avons vu aucun signe d'habitation. La végétation est épaisse. Et il y a des endroits où un bateau pourrait monter un bras de mer sans se faire facilement repérer. Apparemment, certaines de ces voies navigables sont profondes. Nous avons vu de la lumière se refléter sur l'un des bras de ces îles. Aucun moyen de savoir si elle provenait du *Joyeux Hooker*. Nous avions peur de passer trop de temps là-bas ou de voler trop bas. Je ne voulais pas pousser Bill à se planquer dans une autre cachette.

— Et maintenant ?

— Maintenant, on va se faire livrer une pizza, et demain on prendra le bateau de Rich pour partir à la recherche de Bill.

J'avais laissé mon téléphone portable sur la table basse, et il se mit à bourdonner et à danser.

« Salut, copine, dit Judey quand je répondis. J'ai du nouveau. Todd vient de me passer un coup de bigo. On l'a rappelé sur le *Flex*. Ils partent demain à la première heure. Et Salzar est à bord avec un plongeur. »

Je me tirai du lit à quatre heures du matin, pris une douche pour essayer de me réveiller, me brossai les dents et fis bouffer mes cheveux grâce au sèche-cheveux. J'entrai dans la cuisine en trébuchant pour y trouver

Hooker en train de boire du café et de manger des restes de pizza froide de la veille.

— Bonjour, dit-il.

— Ce n'est pas le jour. Y a du soleil quand il fait jour. Tu le vois, le soleil ?

— Nous n'avons pas besoin de soleil. Nous avons besoin de prendre le bateau et de partir discrètement. Je sais où trouver une petite épicerie ouverte toute la nuit. Nous allons la dévaliser en eau et en barres de céréales, puis je te planquerai avec la bouffe sur le bateau. Je garerai la Mini quelque part et reviendrai. Je ne veux pas laisser la voiture de Bill sur le parking de la marina.

— Tu t'y connais en bateaux, pas vrai ?

— Suffisamment pour nous emmener sur l'île et repartir… s'il n'y a pas de problèmes. Nous sommes censés avoir beau temps. Mer calme. Pas de tempêtes prévues. Rich a un hors-bord Sunseeker Predator de vingt mètres. Il peut aller à trente-deux nœuds. Et il peut transporter suffisamment de carburant pour nous amener où nous voulons. Tu devras m'aider à quitter le dock. Une fois que nous serons en route, l'ordinateur prendra le relais.

— Pour combien de temps partons-nous ?

— Je ne sais pas. Deux, trois jours, j'espère. Je n'ai pas beaucoup de temps. Je suis censé commencer ma promo à la fin du mois.

J'ai grandi à Baltimore, sur le port, mais je n'y connais rien en bateaux. Je sais faire la différence entre un hors-bord et un voilier, et mes compétences s'arrêtent là. Du coup, je trouvai que Rich Vana avait un bateau au grand nez, d'un blanc étincelant, orné d'une large bande bleu marine sur tout le bord. L'endroit où l'on conduisait se trouvait à l'arrière, et était fermé et cosy. Lorsque l'on descendait une volée de marches, on découvrait un intérieur en bois laqué, meublé de canapés et fauteuils luxueusement rembourrés. Il comportait une cuisine dernier cri, deux chambres, deux salles de bains avec des douches et un petit séjour avec une salle à manger.

Hooker me déposa avec les courses, puis repartit immédiatement garer la Mini. Je planquai le pain, le beurre de cacahouète, les céréales, le lait, la bière, les sachets de cookies, les paquets fermés de saucisson de Bologne, les tranches de jambon, les fromages, les bretzels, les barres de céréales et les boîtes de SpaghettisOs. Puis, avant que Hooker ne revienne, je jetai un coup d'œil rapide aux moteurs. Je ne connais rien aux bateaux, mais je m'y connais bien en moteurs. Et c'étaient de grands garçons. Deux Manning bidiesels.

O.K., les moteurs m'excitaient plus que la cuisine. Non pas que la cuisine ne fût pas géniale. Un combiné réfrigérateur-congélateur SubZero, un micro-ondes plus four à convection, une cafetière intégrée, un lave-vaisselle, et un rafraîchisseur à vins SubZero. Sympas, comme appareils électroménagers, mais pas de la même classe que les diesels. En plus, il y avait un générateur de 20 kW, dix batteries de 24 volts, douze batteries de 12 volts et des chargeurs.

Je retournais tant bien que mal dans la cuisine lorsque j'entendis Hooker sur le pont. En une minute, il avait descendu l'échelle et vérifiait la mécanique. Il regarda autour de lui et j'imaginai que tout était O.K. Il monta dans la cabine de pilotage et démarra le générateur. Il débrancha et rangea le cordon d'alimentation de terre. Il appuya sur des boutons du disjoncteur pour faire démarrer la machine principale. Il alluma la radio VHF, le pilotage automatique, le radar, le GPS, le sondeur et l'ordinateur du bateau. Il entra le trajet GPS de Key West à Cuba dans l'ordinateur. Il testa le propulseur d'étrave.

Pendant tout ce temps, il m'expliquait ce qu'il faisait et je tâchais de m'en souvenir, au cas où je devrais me débrouiller toute seule. On ne sait jamais, pas vrai ? Il pourrait, au choix, passer par-dessus bord, avoir une crise cardiaque, se soûler et tomber ivre mort !

— Vocabulaire, dit Hooker. Les cordes, ça s'appelle des amarres. Les espèces de pare-chocs, des pare-battages. À droite, c'est à tribord. À gauche, c'est à bâbord. L'avant, c'est la proue. L'arrière, la poupe. Là où tu conduis, c'est la barre. La cuisine, c'est la coquerie. Les chiottes, c'est les poulaines. Je ne sais pas pourquoi toutes ces choses ont leur propre nom. Pour moi, c'est n'importe quoi. À part les poulaines, peut-être.

Il me tendit un talkie-walkie.

— Dès que les moteurs se seront réchauffés, on démarre. Et tu vas devoir m'aider. Je te donnerai des instructions au talkie-walkie. En temps normal, quelqu'un m'aide sur le quai à détacher les amarres, mais comme on essaie de s'éclipser en douce ce matin, on va devoir se débrouiller tout seuls. Je vais maintenir le bateau contre le quai pendant que tu vas défaire les amarres et les balancer à bord. Tu commenceras sur la proue et tu poursuivras dans l'autre sens.

J'étais prête. Officier en second Barney, à vos ordres. J'enjambai la rambarde qui contournait la proue et me hissai sur le quai tant bien que mal. Je portais un short, des tennis et ma casquette de base-ball rose. Je n'avais pas besoin de lunettes de soleil car celui-ci se démenait encore pour se lever sur l'eau. J'avais le talkie-walkie dans la main. Et j'étais super excitée.

Hooker se tenait à la barre. Je le vis porter le talkie-walkie à sa bouche.

— Je l'ai stabilisé, me dit-il. Commence à larguer les amarres. Commence par l'amarre d'avant.

— O.K. Bien compris.

J'attrapai l'amarre d'avant, le talkie-walkie glissa de ma main, rebondit sur le quai, tomba à l'eau dans un grand plouf et disparut. Je levai les yeux sur Hooker, et son expression ressemblait beaucoup à celle du tueur lorsqu'il contemplait le sang suinter de sa chemise.

— Désolée, lui dis-je, sachant parfaitement qu'il ne m'entendait pas.

Hooker agita légèrement la main. Il se retrouvait avec une crétine d'officier en second sur les bras.

— Donne-moi une chance. Je suis débutante.

Hooker me sourit. Soit il était du genre à pardonner facilement, soit j'étais hyper sexy avec ma casquette.

Je jetai les autres amarres sur le bateau et sautai à bord. Hooker le fit démarrer doucement, puis s'éloigna complètement du quai, changea de cap, et le fit tourner dans l'autre sens pour quitter la marina.

— On doit tourner au ralenti, à cinq nœuds, jusqu'à ce que l'on quitte la marina, m'expliqua-t-il. Une fois en haute mer, je pourrai mettre les gaz pour que nous prenions notre vitesse de croisière.

Je ne connaissais rien aux nœuds. J'étais le genre de personne à me borner strictement aux kilomètres-heure, point. Et avec le salaire que je gagnais, proche du zéro demain, je ne pensais pas que j'aurais eu à me préoccuper de naviguer à trente-deux nœuds, excepté lors de ce voyage. Pourtant…

— Je ne sais pas du tout ce qu'est un nœud ! lui dis-je.

— Un nœud équivaut à 1,15 mille par heure.

Le soleil surplombait enfin l'horizon et, devant nous, l'eau ressemblait à du cristal. Nous rencontrâmes de la houle à l'entrée du port, puis nous nous retrouvâmes en haute mer. Je rangeai les amarres et les pare-battages du mieux que je pus, Hooker accéléra et enclencha le pilote automatique.

— Le pilote automatique est connecté au traceur de route GPS, expliqua-t-il. Et il est bien plus intelligent que moi.

— Tu ne peux pas prendre tes distances avec lui maintenant ?

— En théorie si, mais pas trop. Surtout pas sur ce voyage.

— On a peur des pirates ?

— Je ne sais pas de quoi j'ai peur.

7

Après deux heures passées en haute mer, toute cette histoire de traversée commençait à devenir gonflante. Il n'y a pas grand-chose à voir lorsque l'on se retrouve en plein milieu de l'océan. Le bateau faisait du bruit, rendant toute conversation difficile, et la nausée me gagnait dès que je descendais dans la cabine.

Au bout de trois heures et demie, je cherchais la terre.

— Cuba est à bâbord, m'informa Hooker. Nous sommes à environ quinze milles du littoral, et je ne veux pas me rapprocher. Les îles que nous cherchons se trouvent à quelque dix milles.

— Tu t'y connais superbien en trucs de navigation, constatai-je.

— Si l'ordinateur plante, je suis foutu.

Je ne parvenais pas à distinguer l'île, mais je la voyais se rapprocher sur l'écran du GPS. Si ça se trouvait, Bill n'était qu'à quelques milles. Pensée pour le moins troublante. Il y avait de fortes chances qu'il ne soit pas enchanté de nous voir, Hooker et moi. Et il y avait de *très* fortes chances que *je* ne sois pas enchantée non plus, après avoir entendu son histoire.

— Tu as l'air tendue, me dit Hooker.

— Es-tu sûr à cent pour cent que le bateau que tu as vu sur la rivière est le tien ?

— Pas à cent pour cent. En fait, je ne suis même pas sûr que ce soit un bateau.

Subitement, nous aperçûmes trois points à l'horizon.

— L'île que nous cherchons se trouve au milieu, m'informa Hooker.

Mon cœur loupa un battement.

— As-tu le revolver de Felicia ? me demanda-t-il.

— Oui.

— Sais-tu t'en servir ?

— Bien sûr.

En théorie.

J'avais les yeux rivés sur l'île. Elle semblait relativement plate et couverte d'une végétation dense, à l'exception d'une étroite bande de plage de sable blanc.

— Jolie plage, observai-je.

— Cette île alterne entre plage et palétuviers. Au fond, il n'y a que des palétuviers.

Hooker coupa le pilote automatique et se mit au ralenti.

— Nous devrons observer le sondeur pour être sûr que nous avons suffisamment d'eau sous nous. Mon bateau déplace davantage que celui de Rich, donc ça devrait aller… à condition qu'il s'agisse bien du mien.

Hooker nous conduisit sur la crique au ralenti et nous regardâmes autour de nous. Aucun signe d'activité. Aucune trace de civilisation. Pas de petite cabane de plage mignonne, ni de dock, pas même une pancarte Burger King. Que des mouettes et des échassiers aux longues pattes dans les palétuviers, et un poisson qui sautait de temps à autre devant le bateau. La mer était calme, la brise infime. Rien ne bougeait sur les palmiers.

Nous avions vu d'autres bateaux quand nous nous trouvions à quinze milles de La Havane, mais toujours de très loin. Des avions nous avaient survolés de temps à autre. Rien de menaçant, dans la mesure où personne ne recherchait le bateau de Vana. Hooker et moi étions invisibles, à la barre, sous un toit ouvrant.

Un hélicoptère surgi soudain de nulle part frôla le bateau. Nous retînmes notre souffle. Lorsqu'il disparut au-dessus des sommets des arbres, nous expulsâmes tous deux le contenu de nos poumons.

— Ce n'était pas un hélicoptère militaire, observa Hooker. Probablement un touriste fortuné qui s'en met plein la vue.

— Va-t-on remonter la voie navigable ?

— Je vais essayer. Je serais plus à l'aise si nous avions un bateau plus petit. Je devrais sûrement dévirer. Je préférerais faire le contraire, au cas où nous devrions nous en aller rapidement, mais j'ai peur que l'on ne doive d'abord se servir des hélices.

Voilà ce qu'un coureur Nascar avait de sympa. Il avait beau être un enfoiré, au moins il savait conduire. Et il avait des *cojones*. Pas des *cojones* ordinaires. De gros *cojones* gonflés.

Hooker s'approcha de l'estuaire et entreprit d'avancer sans un bruit.

— Va à l'avant, me dit-il. Et regarde s'il y a des problèmes. Des débris flottants, un resserrement de l'eau, des signes comme quoi l'eau devient peu profonde. J'ai un sondeur, mais avant qu'il ne me dise que je suis dans le pétrin, il sera peut-être déjà trop tard.

Je traversai précautionneusement la proue en fibre de verre blanche jusqu'à la poupe pointue. Je me mis à quatre pattes pour mieux me stabiliser et me penchai en avant, scrutant l'eau devant moi.

Hooker s'inclina par le pare-brise et me regarda.

— Je sais que tu essaies de m'aider, mais je ne peux pas te quitter tes yeux quand tu es dans cette position. Tu devrais peut-être essayer de t'allonger sur le bateau ou, au moins, de balancer tes fesses plus sur le côté.

Je me tournai légèrement vers lui.

— Fais avec ! fis-je.

Et je retournai examiner l'eau. Je venais de Baltimore. J'avais grandi dans un garage. Moi aussi, j'avais ma paire de *cojones*. Et un homme devait en dire bien plus pour me surprendre.

La largeur diminuait, mais la profondeur restait constante. Sur les deux rives, des arbres formaient une canopée au-dessus de nos têtes, et le soleil tachetait l'eau à travers des trous dans le feuillage. Hooker fit doucement prendre un coude au bateau : un navire était amarré juste devant nous. Comme la proue nous faisait face, aucun nom n'était visible. Je me tournai vers Hooker qui opina du chef. Il arrêta le bateau et je regagnai non sans mal le poste de pilotage.

— Tu es sûr que c'est ton bateau ? lui demandai-je.

— Ouais.

Il était légèrement plus gros que celui de Vana, et différemment proportionné. Je n'y connaissais pas grand-chose en bateaux, mais je savais que celui de Vana était plus rapide, celui de Hooker plutôt conçu pour la pêche hauturière.

— Tu crois qu'ils nous ont vus ?

— Ils pourraient être sous les ponts. Ou partis explorer l'île. Je croyais qu'ils auraient entendu le moteur, même au ralenti. Nous sommes invisibles derrière cet écran solaire teinté ; si ça se trouve ils nous observent de loin, en train de mouiller leur culotte en se demandant qui nous pouvons bien être.

— C'est plutôt gratifiant.

Hooker me sourit.

— Poulette, tu as un côté vache. Je crois qu'il m'excite.

— Tout t'excite.

— Non, pas tout.

— Qu'est-ce qui ne t'excite pas ?

— Dennis Rodman[1] en robe de mariée.

Hooker se pencha par la fenêtre ouverte.

— Hé, Bill, espèce de salopard ! cria-t-il. Ramène tes fesses sur le pont pour que je puisse te voir !

Bill surgit brusquement.

— Hooker ?

Hooker se tourna vers moi et m'embrassa. Il souriait quand il relâcha son étreinte.

— Je ne sais pas, dit-il. Je me suis senti heureux, et j'ai eu envie de t'embrasser.

Mouais, y avait un tout petit peu trop de langue pour un petit baiser de joie mais bon, il restait un coureur Nascar. Qu'est-ce que j'en savais ? Si ça se trouvait, il embrassait sa mère de la même façon. Mais je ne me plaignais pas. Hooker savait superbien embrasser.

Sur le pont, Bill nous regardait en plissant les yeux, une main les protégeant des réverbérations du soleil.

— Hooker ? fit-il de nouveau.

Hooker repassa la tête par la fenêtre latérale.

— Ouais. Il faut que je te parle.

— Hé, je peux t'expliquer pour le bateau.

— Amène-toi par ici. Faut que je te parle.

— Comment va-t-il nous rejoindre ? lui demandai-je.

— Je transporte un petit bateau pneumatique avec un moteur hors-bord. Un pneumatique, en abrégé. Il l'a sûrement mis à l'eau, attaché derrière le *Joyeux Hooker.*

Bill disparut et, quelques minutes plus tard, j'entendis un moteur démarrer puis mon frère réapparut dans le pneumatique. Il le manœuvra jusqu'à la plate-forme de plongée du Sunseeker et l'amarra à notre bateau.

Bill a des cheveux roux coupés court et savamment ébouriffés, à la rock-star hollywoodienne. Il a un petit nez et des yeux bleus qui sourient vingt-quatre heures

1. Basketteur américain, acteur, ami des stars, et des jolies filles ; c'est le bad boy préféré de Hollywood. *(N.d.T.)*

sur vingt-quatre. Il est bronzé et couvert de taches de rousseur. Et c'est un type d'un mètre soixante, tout en muscles. Il porte des sandales Teva et un short baggy à fleurs qui lui arrive juste au-dessus du genou. Il grimpa sur la plate-forme et, dès qu'il me vit, ses joues s'empourprèrent sous son bronzage.

— C'est quoi, ce bordel ? fit-il.

Et je pétai un plomb.

— Espèce de connard ! lui hurlai-je. Espèce de faux frère, égoïste, miteux et égocentrique ! Espèce de bâton merdeux irresponsable ! Comment oses-tu passer un coup de fil comme ça, puis disparaître de la surface de la terre ? Tu m'as fichu une de ces trouilles ! Je vais perdre mon boulot à cause de toi ! J'ai le nez qui pèle ! Les cheveux, foutus ! J'ai sept messages de maman sur mon portable que j'ai peur d'écouter !

Bill me sourit.

— J'avais presque oublié comme tu pouvais être drôle.

— Drôle ?

Je me plantai pile devant lui. J'étais tellement furax que j'avais l'impression que les racines de mes cheveux étaient en feu. Je lui donnai un coup à l'épaule qui lui fit perdre l'équilibre et le propulsa dans l'eau.

Derrière moi, Hooker éclata de rire. Je virevoltai sur moi-même et lui donnai un coup derrière le genou qui le fit se plier en deux et passer par-dessus le bord de la plate-forme de plongée. Il rejoignit Bill dans l'eau.

Les deux hommes refirent surface, toujours tout sourires.

— Ça va mieux ? me demanda Hooker.

— Oui. Désolée pour le coup. Je me suis laissé emporter.

Il se hissa sur la plate-forme et ôta son T-shirt.

— Tu mens encore. Tu n'es pas désolée pour le coup.

— Si, *un tout petit peu*.

Bill rejoignit Hooker sur la plate-forme.

— Tu n'as pas intérêt à te frotter à elle. Ça a toujours été une grosse battante. Et elle a été fiancée à un boxeur. (Bill m'attrapa et m'étreignit bien fort, me mouillant presque autant qu'il l'était.) Tu m'as manqué, ajouta-t-il. Dieu que c'est bon de te voir !

Hooker me regarda en arquant les sourcils.

— Fiancée ?

— Elle a été fiancée trois fois, précisa Bill. Premièrement, avec un boxeur. Puis avec un photographe. Et pour finir un barman. Barney est un enfer pour les hommes. J'espère que tu n'as pas eu l'occasion d'y goûter.

Je regardai mon frère du coin de l'œil.

— Continue à parler et je te refiche à l'eau.

— Et si je mettais le bateau à l'ancre ? demanda Hooker à Bill.

— À qui appartient-il ?

— Rich Vana.

— Quelqu'un sait que Barney et toi êtes à bord ?

— Non.

— On pourrait peut-être prendre le risque de jeter l'ancre dans la crique. Il n'y a pas assez de place pour nous deux ici. (Bill gagna la barre.) Assure-toi que le pneumatique est sûr, et je commencerai à le repousser.

Une demi-heure plus tard, nous avions jeté l'ancre dans la crique.

— Quand je pense que vous m'avez retrouvé ! fit Bill. Je ne pensais pas avoir laissé de trace.

— Nous ne sommes pas les seuls à ta recherche, lui signalai-je.

— Ouais, c'était flippant au début, mais je me suis dit qu'on serait en sécurité si on se planquait en amont. Alors, et vous deux ?

— On te cherche, insistai-je.

— Eh bien, me voilà. Et comme tu peux le voir, je vais bien. Et y a une fille qui m'attend là-bas. Je ferais probablement mieux d'y retourner.

— Excuse-moi, dit Hooker. C'est dans *mon* bateau que tu retournes.

— Je sais. Et je ne l'aurais pas emprunté si je n'avais pas vraiment eu un pépin. Si tu pouvais me le prêter deux ou trois jours de plus, je te le ramènerai et l'amarrerai à South Beach, comme neuf. Promis juré.

— Je le veux maintenant, répondit Hooker.

— Je ne peux pas te le rendre maintenant. Je suis impliqué dans un truc ici. C'est important.

— Je t'écoute, dit Hooker.

— Je ne peux pas t'en parler.

— Je sais que c'est ton frère, me lança Hooker, mais je pense que tu devrais lui tirer dessus…

— Ma mère ne serait pas contente, lui répondis-je. Et le revolver est en bas dans mon sac à main.

— O.K., fit Hooker. Je vais chercher le revolver. Et je lui tirerai dessus. *Ma* mère s'en fichera royalement.

— Hé, mec, dit Bill, c'est qu'un bateau !

— Un bateau à quelques millions de dollars. J'ai dû rentrer dans des tas de murs pour pouvoir me l'offrir. Et j'étais censé partir pêcher ce week-end. Le temps est idéal.

— Maria sera énervée si je vous en parle.

— On sait déjà pas mal de choses, dis-je. Ça concerne son père et son grand-père, hein ?

Bill se fendit d'un large sourire.

— En fait, ça concerne dix-sept millions, trois cent mille dollars en lingots d'or.

— Ça fait beaucoup d'or, observa Hooker.

— Une centaine de lingots, chacun pesant douze kilos.

— Ils se trouvent sur mon bateau ? s'enquit Hooker.

— La dernière cargaison est pour ce soir.

— Et ensuite ?

— Je l'amène à Naples. J'ai loué une maison à Port Royal, quand on s'est arrêté dans les Keys. Elle se trouve sur un canal. Je n'aurai qu'à amarrer le bateau au quai et à décharger l'or.

Hooker arborait un grand sourire.

— Tu vas passer par Gordon Pass ? (Il se tourna vers moi.) Naples est une très jolie petite ville sur le Golfe. Elle est construite autour de canaux et constituée de maisons de plusieurs millions de dollars. C'est l'endroit le plus respectable de Floride. Pas aussi frime que Miami Beach ou Palm Beach. Des tonnes de fric, c'est tout. Très sûr. Et le quartier de Port Royal est le plus riche. Une maison de trois millions de dollars à Port Royal est considérée comme un taudis.

— Que vas-tu faire de ces lingots d'or ? demandai-je à Bill.

— Rien du tout. Ils appartiennent à Maria.

Hooker et moi échangeâmes un regard.

— Nous devons dire deux mots à Maria, dit Hooker.

Le canot pneumatique devait faire trois mètres et demi de long avec le moteur hors-bord. Nous nous entassâmes dedans. Bill prit le gouvernail et nous conduisit en amont, vers le bateau de Hooker. Vue de plus bas, la forêt tropicale était magnifique mais oppressante. La végétation au sol était dense et obscure. Le second niveau était enveloppé de plantes rampantes en fleurs et parfois émaillé d'oiseaux marins perchés. L'air était humide, inondant mes cheveux et mon T-shirt, enveloppant sur mes avant-bras comme de la rosée, ruisselant de chaque côté de mon visage. C'était l'air de South Beach en pire, et l'odeur écœurante de fleurs, de terre humide et de pourriture de plantes se mélangeait à l'eau salée de la mer.

Nous nous amarrâmes à la petite plate-forme de plongée derrière le *Joyeux Hooker* et grimpâmes à bord. Tout était en fibre de verre blanc étincelant, ce qui, supposai-je, était bien plus pratique quand on pêchait. Une chaise de pêche au gros était boulonnée au pont du cockpit. Une porte et de grandes fenêtres donnaient dans le salon depuis le cockpit, mais le verre teinté empêchait de voir à l'intérieur.

Bill ouvrit la porte du salon où nous pénétrâmes tous en troupeau. Maria se tenait au milieu de la pièce, revolver à la main. Elle devait mesurer un mètre soixante, avait une crinière de cheveux marron foncé ondulés qui tournoyaient autour de son visage bronzé et lui effleuraient les épaules. Ses traits étaient fins, sa bouche naturellement boudeuse, ses yeux couleur chocolat fondu. Elle était mince, avec de gros seins qui tanguaient sous son T-shirt de coton blanc quand elle bougeait.

— Je comprends tout maintenant, me dit Hooker.

Je le regardai en arquant les sourcils.

— Tu n'as probablement pas intérêt à tuer ce type, lança Bill à Maria, dans la mesure où c'est lui le propriétaire de ce bateau.

— Raison de plus, répondit Maria.

— Ouais, tu as raison, fit Bill. Mais ne tire pas sur Barney. C'est ma sœur.

Maria déblatéra en espagnol, agita les mains, hurla sur Bill. Je me tournai vers Hooker.

— Elle n'est pas contente, traduisit Hooker.

Je n'avais pas besoin d'un interprète pour le deviner.

— Et elle le traite de tous les noms, noms que je n'ai entendus que dans des parcs à bestiaux du Texas. Elle va si vite que je ne comprends pas tout, mais il est question de la taille de ses parties intimes en rapport avec celle de son cerveau, et apparemment les deux n'ont pas l'air de casser des briques. (Il planta ses yeux dans les miens.) Juste pour info, sache que je n'ai jamais eu de problèmes côté taille de mes parties intimes, mais celle de mon cerveau a parfois été discutable.

— Ça alors, je suis ravie que tu me mettes dans la confidence.

— Je me suis dit que tu aimerais bien savoir.

Maintenant Bill hurlait sur Maria. Il beuglait en

anglais, mais il était difficile de savoir ce qu'il disait dans la mesure où tous deux étaient nez à nez et braillaient en même temps.

— *Hé !* lança Hooker. *Du calme !*

Maria et Bill se retournèrent et regardèrent Hooker.

— Vous avez de plus gros problèmes que nous, reprit Hooker. Vous devriez penser aux mecs qui ont saccagé vos appartements, deux fois. Et au type qui a menacé de nous tuer. Et, probablement, vous inquiéter de savoir à qui appartient réellement l'argent. Sans parler du gouvernement cubain.

— L'or m'appartient, déclara Maria. Il se trouvait sur le bateau de mon grand-père.

— J'ai l'impression que tout le monde ne partage pas ce point de vue, rétorqua Hooker.

Bill et Maria se fixèrent du regard.

— La vérité, lui dit-il, c'est qu'un peu d'aide ne nous ferait pas de mal.

Maria nous observa, Hooker et moi, puis reposa les yeux sur Bill.

— Et tu leur fais confiance ?

— Hooker, oui. Barney, je sais pas.

— Tu ferais mieux de faire gaffe, dis-je à Bill. Tu aurais de gros problèmes si je racontais à maman que tu as piqué un bateau.

Bill me serra de nouveau très fort dans ses bras.

Maria posa le revolver sur le comptoir de granit noir de la coquerie.

— O.K., c'est bon. Commence à leur raconter l'histoire.

— J'ai rencontré Maria en boîte il y a quelques semaines. Nous avons discuté mais ne sommes jamais sortis ensemble. Puis je l'ai revue lundi soir. Là encore, on s'est juste dit bonjour. Elle est partie hypertôt.

— J'avais rencontré un type la veille, poursuivit Maria. Je ne l'aimais pas, et quand je l'ai revu en boîte, j'ai décidé de rentrer. Je n'étais pas d'humeur à sortir de toute façon. Je suis rentrée chez moi et j'allais pénétrer dans mon immeuble quand un homme a surgi de l'obscurité et m'a collé un revolver sur la tempe. Deux autres attendaient dans une voiture garée le long du trottoir et m'ont amenée à la marina. Quand nous sommes arrivés au bateau, je leur ai demandé ce qui se passait et ils m'ont dit que je rentrais à Cuba. Que j'allais prendre un hélicoptère jusqu'à Cuba. C'est là que j'ai commencé à me débattre.

— J'ai décidé de partir tôt de boîte moi aussi, fit Bill. Nous étions censés lever l'ancre à la première heure mardi matin et je ne voulais pas être déchiré. J'étais sur la marina, me dirigeais vers le *Flex*, quand la voiture s'est garée avec Maria. Je les ai vus l'aider à descendre de voiture et l'accompagner jusqu'à la jetée. J'ai reconnu le véhicule et les hommes de Salzar. Il avait déjà amené des femmes à bord, donc je n'ai pas trouvé cela bizarre. Ce n'est que lorsqu'elle s'est mise à se débattre au bout de la jetée que j'ai compris qu'on la forçait à monter dans le bateau. J'aurais sûrement dû appeler la police mais je n'avais qu'une idée : la faire sortir du *Flex*.

« J'ai attendu dix minutes avant de monter à bord. Tout était calme. Le reste de l'équipage dormait. Il y avait une lumière dans la cabine de pilotage, mais c'était tout. J'ai fureté sans faire de bruit, ouvert des portes et l'ai trouvée ligotée et bâillonnée dans l'une des cabines de luxe VIP sur le second pont.

— La porte n'était pas fermée à clé ?

— Si, mais j'étais accidentellement tombé en possession d'un passe-partout la première semaine où j'ai travaillé sur le *Flex*. On ne sait jamais quand on peut avoir besoin d'un passe, pas vrai ?

Vi, vi, c'était bien mon frère.

— Enfin bref, j'ai libéré Maria, et nous nous sommes barrés. Maria ne voulait pas appeler la police. Elle voulait juste aller chercher des trucs chez elle.

— Je savais que quand ils découvriraient que j'étais partie, ils iraient chercher mes cartes marines dans mon appartement, reprit Maria. Avant ce soir-là, je n'avais pas réalisé que des gens connaissaient mon existence. Je n'avais pas pris la peine de cacher mes cartes. Je pensais que l'épave du bateau était tombée dans l'oubli. Avec mon père.

— Donc tu crois que Salzar te veut toi ou les cartes pour pouvoir sauver l'épave ?

— Mon père a découvert l'or lorsqu'il est parti plonger pour chercher mon grand-père. Il est revenu avec les restes de son père et l'a dit à ma mère. Elle me l'a confié sur son lit de mort. Elle avait toujours raconté à tout le monde qu'elle ignorait où mon père était parti plonger, mais elle l'a toujours su. Et elle était au courant pour l'or.

Un petit avion à hélice survola les cimes des arbres, et nous fîmes silence jusqu'à ce qu'il passe.

— Je vais vous dire ce que je pense, reprit Maria. Je présume que l'or était pour Castro. Mon grand-père était perdu en mer deux jours après que le président Kennedy a levé le blocus. J'imagine que l'un des gros navires russes avait de l'or pour Castro et que, ne pouvant entrer au port, c'est peut-être pour cela qu'ils ont envoyé mon grand-père le chercher. Ça a toujours été une rumeur dans mon village. Je n'y ai jamais cru jusqu'à ce que ma mère m'en parle.

— Et ?

— Et quelque chose s'est passé. Le bateau de mon grand-père a heurté un récif et n'est jamais arrivé à Mariel. Il y avait deux hommes à bord. L'autre a été sauvé en mer sur un canot de sauvetage. Il a dit que le bateau était endommagé et prenait l'eau, mais que mon grand-père refusait de le quitter. Pendant des années, l'homme qui a survécu a tenté de trouver le bateau mais toujours dans les bas-fonds autour de Mariel. Tout le monde pensait qu'il cherchait mon grand-père mais, aujourd'hui, je pense que c'était plutôt l'or.

— Bigre ! fit Hooker. J'ai l'or de Castro sur mon bateau.

Maria planta ses yeux dans les siens.

— C'est *mon* or sur ton bateau.

— Comment ton père savait-il où chercher l'épave ?

— Par un pêcheur de Playa el Morrillo qui faisait allusion au poisson qu'il attrapait sur une épave dans ce port. Lorsque mon père entendait parler d'une épave, il partait mener l'enquête. Peu importait si c'était loin.

Hooker alla se servir une bière dans le réfrigérateur.

— Quelqu'un en veut ? proposa-t-il.

Bill en prit une. Maria et moi refusâmes.

— Si j'avais remonté l'or quand je vivais à Cuba, cela ne m'aurait servi à rien, poursuivit Maria. Le gouvernement serait venu le prendre. Et ils auraient pu me jeter en prison comme mon père. Donc, je suis venue à Miami, et j'ai cherché quelqu'un pour m'aider.

— C'était moi, ajouta Bill.

Maria lui sourit.

— Un héros improbable.

Bill glissa un bras protecteur sur les épaules de Maria et elle se colla contre lui. C'était un geste simple, mais d'une tendresse étonnante.

— Je suis amoureux, nous annonça Bill, à Hooker et à moi.

Je souris à Bill et à Maria, et leur souhaitai mentalement bien du bonheur, mais j'avais entendu cela *des tas de fois*. Bill tombait facilement amoureux. Et souvent. La première fois qu'il avait fait cette déclaration, il avait quatre ans. Carol Lazard l'avait autorisé à jeter un coup d'œil à sa culotte et Bill était amoureux. Et, depuis, Bill jetait un coup d'œil aux culottes des filles et tombait amoureux. Je me dis que ce serait bien que mon frère trouve la femme de sa vie et s'engage avec elle, mais, entre-temps, au moins sa vie sexuelle avait toujours été teintée d'amour.

Hooker sourit à Bill lui aussi. Difficile de deviner si son sourire était cynique ou nostalgique.

— À l'amour, dit Hooker.

Et il but une lampée de bière.

— Quel était le cri que j'ai entendu quand tu m'as appelée ? demandai-je à Bill.

— Nous larguions les amarres et le gardien de nuit a débarqué avec un revolver. À mon avis, il pensait que nous piquions le bateau.

— Non ? Pas possible ! fit Hooker.

— Le gardien de nuit est mort, appris-je à Bill. Poignardé une heure après votre départ. Vos deux appartements ont été fouillés à deux reprises. Une fois par deux Cubains, et une fois par deux Caucasiens. L'un des Caucasiens est toujours en noir et a des cheveux bruns lissés en arrière. Il a menacé de nous tuer, Hooker et moi, si jamais nous continuions à te chercher. J'ai été attaquée par un mutant qui s'appelle Hugo, mais je préfère l'appeler Face de Vomi. Celui-ci a essayé de me kidnapper en espérant m'échanger contre toi. Face de Vomi travaille pour Salzar. D'après lui, tu étais en possession de quelque chose qui appartenait à Salzar. J'imagine qu'il parlait de Maria. Ah ouais, et ils ont appelé maman et t'ont laissé un message. Voilà, en gros, ce sont les grands moments.

— Et puis, il y a ton ordinateur, dit Hooker à Maria. Avec l'or et la recherche sur les ogives. L'or, je pige. Tu devrais peut-être nous parler des ogives.

— Ça fait partie de la rumeur. Qu'en plus de l'or, il y avait une nouvelle arme à bord du bateau de mon grand-père. Ma mère disait que mon père craignait que ce ne soit vrai. Il lui a dit qu'il y avait une boîte en fer-blanc pas loin de l'or. Et qu'apparemment ce pourrait être une bombe. Comme il ne voulait pas que Castro prenne le contrôle de cette arme, il se tairait. Quand ils sont venus l'emmener, il a dit à ma mère qu'il ne ferait jamais allusion à l'épave. Ma mère m'a parlé de marques sur la boîte, et j'ai essayé de l'identifier sur Internet mais je n'ai rien trouvé.

— Tu plonges, dit Hooker. La boîte est-elle ensevelie sous l'eau ?

Maria hocha la tête. Solennellement.

— Oui.

— Connaît-on le rapport entre Salzar et la Calflex ? demandai-je à Bill.

— Il y a eu une rumeur voilà quelque temps, comme quoi Salzar négociait un contrat foncier cubain pour la Calflex. J'sais pas si c'est vrai.

— Une meilleure question, dis-je. Comment Salzar est-il au courant de l'épave ?

— Il est originaire de Cuba, non ? dit Maria. Il est assez âgé pour avoir pu entendre les rumeurs.

— On dirait qu'il investit beaucoup d'énergie dans une simple rumeur, constata Hooker. Je peux être très agressif comme type, mais je ne crois pas que je kidnapperais quelqu'un sur la base d'un on-dit.

— D'autres pourraient être au courant de la cargaison du navire, reprit Maria. Le partenaire de mon grand-père, par exemple. Ma mère parlait de lui parfois. Il s'appelait Roberto Ruiz. Et il a pu en parler autour de lui. Les hommes sur le navire russe sont peut-être au courant. Quelqu'un a dû charger l'or et la boîte à bord du bateau de pêche. Et Castro serait au courant. Et peut-être certains de ses conseillers.

— Salzar travaillerait pour Castro, dit Bill. Ils sont censés être potes.

— Pourquoi Salzar te recherche-t-il aujourd'hui ? m'enquis-je. Pourquoi a-t-il attendu si longtemps ? Ça fait quatre ans que tu es à Miami.

— Je ne sais pas. Peut-être qu'il vient juste de le découvrir. Il n'y a pas si longtemps, il y avait un article dans le journal sur l'usine de cigares avec ma photo et mon nom. Le journaliste m'a interviewée parce que je suis la plus jeune de toutes les rouleuses de cigares.

Un autre avion vola au-dessus de nos têtes.

— Tu reflètes de la lumière à travers les arbres, dit Hooker à Bill.

— Je sais. J'espérais que ça ne se verrait pas trop. Si j'avais pu tout organiser dans le détail, j'aurais emporté une bâche. Nous avons encore besoin d'une nuit et nous partirons d'ici. Nous plongeons le soir, pour qu'on ne nous voie pas. Le port est profond au milieu. Dix-huit mètres. Et c'est là que le bateau a coulé. Maria remonte l'or avec des ballons de relevage et nous le rapportons sur le bateau dans le canot pneumatique. Ce soir, nous sortirons le bateau et mettrons les voiles quand nous aurons pris l'or qui reste… si tu es d'accord.

— Bien sûr, dit Hooker. Ça m'embêterait que l'or de Castro se perde inutilement.

Les oiseaux avaient cessé de jacasser et s'étaient installés pour la nuit. La mer était calme. Pas un souffle de vent. Le soleil était une boule de feu, sombrant dans les palmiers des îles. Hooker et moi attendions Bill et Maria sur le pont.

— C'était sympa de ta part de les laisser utiliser le bateau, dis-je à Hooker.

— Je n'avais pas grand choix.

— Tu aurais pu demander une partie du butin.

Hooker était vautré dans une chaise longue, jambes nues étirées, yeux fermés, bras croisés sur son T-shirt mité.

— Je n'ai pas besoin de l'or. (Il ouvrit les yeux et me regarda.) Nous avons quelques minutes, au cas où tu voudrais me sauter dessus.

— J'ai compris ton petit jeu.

— Ah ouais ? Et c'est quoi, mon *petit jeu* ?

— Chaque fois que tu fais quelque chose de bien, il faut que tu conclues sur une remarque d'enfoiré. Histoire d'équilibrer les choses. De maintenir une distance de sécurité.

— On se croit très futée, hein ? Peut-être que je pensais ce que j'ai dit. Peut-être que je voudrais vraiment que tu me sautes dessus. Peut-être que sauter est ce que font le mieux les pilotes texans de la Nascar.

— Je n'en doute pas le moins du monde. C'était juste ta façon tue-l'amour de le demander : échec garanti.

— Zut alors, je pensais avoir été un bon baratineur, vraiment classe. Je ne t'ai même pas dit que je trouvais que tu avais un superchâssis.

— Tu recommences !

Hooker sourit et ferma les yeux.

— Je m'amuse avec toi, c'est tout. Nous n'avons pas le temps. Quand je te laisserai me sauter dessus, ça durera des heures et des heures. Et, poulette, tu ne verras même pas le temps passer.

Et le plus horrible, c'était que… je le croyais.

8

J'entendis le moteur du bateau ralentir en amont. Bill s'en alla, puis se retrouva dans l'obscurité la plus complète.

— Il est bon, n'est-ce pas ? demandai-je à Hooker.

Hooker s'assit.

— Pour manœuvrer le bateau ou pour piller de l'or ?

— Manœuvrer le bateau.

— Il est excellent. Il est l'une des rares personnes à qui je ferais confiance pour le gouverner. Le *Joyeux Hooker* est un gros bateau avec un tirant d'eau profond. J'aurais besoin d'un équipage entier pour me tirer de cet estuaire si j'étais à la barre. Et encore, je rentrerais probablement dans une rive.

— Mais tu crois que Bill et Maria s'en sortiront ?

— Ouaip. Tout seul, il ne pourrait sûrement pas y arriver mais, apparemment, Maria a été toute sa vie au contact de bateaux. Elle fait sûrement un bon capitaine en second. Bill m'aurait demandé s'il avait eu besoin de mon aide. Il ne prendrait aucun risque.

Le bruit du moteur se rapprocha et le bateau apparut, puis s'arrêta avant de repartir plus au large de la crique. Bill alla à la proue, attacha la haussière au guindeau et jeta l'ancre.

Une demi-heure plus tard, dans l'obscurité complète, j'entendis le palan pivoter et mettre le canot à l'eau. Le ciel était noir, sans lune. Nous connaissions le cap du canot pneumatique plus par son bruit que par sa vue. Un vrombissement bas. Il se dirigeait vers le milieu du petit port. Puis le hors-bord fut coupé. Des bribes de conversations étouffées nous parvinrent. S'ensuivit un doux *plouf*, puis le calme revint.

— Elle plonge à dix-huit mètres, dit Hooker. Je lui donne deux minutes pour descendre et une pour réapparaître. Et elle a probablement plus d'une heure de boulot. Comme elle se sert d'un ballon de relevage pour remonter l'or, tu sauras quand elle resurgira à la vue des sacs blancs.

Quarante minutes plus tard, ces derniers bouillonnèrent à la surface, tels des marshmallows géants, et une lumière surgit sur le bord du canot pneumatique.

Hooker s'était muni d'un talkie-walkie sur le *Joyeux Hooker*, qui s'anima.

— Elle doit redescendre, dit Bill. Si vous amenez le bateau de Vana de l'autre côté des ballons de relevage, nous pourrons charger sur votre plate-forme de plongée. Je vous expliquerai comment faire. Éteignez vos feux de route.

Hooker retourna le bateau non sans effort et nous levâmes l'ancre.

Bill se manifesta de nouveau avec son talkie-walkie.

— Suivez mon faisceau lumineux, dit-il. Je vais vous guider de l'autre côté du canot.

Lorsque nous fûmes en place, je repris mon souffle.

Hooker me regarda, tout sourires.

— On dirait que tu es près de tomber dans les pommes.

— J'avais peur que nous ne les écrasions. Notre bateau est si gros, et le canot si petit.

— Miss Barney, vous devez apprendre à faire confiance

aux gens. Votre frère est un chic type. C'est un chaud lapin, certes, mais il sait ce qu'il fait quand il est sur un bateau. C'est comme quand je cours, j'ai des observateurs qui me disent que je peux franchir un mur de fumée et de feu. Tu apprends à qui tu peux faire confiance et tu fais avec.

— Alors tu n'as pas eu peur tout à l'heure ?

— J'ai failli faire deux fois dans mon slip. Ne le répète pas à ton frère.

Maria était assise sur le bord du canot. Elle ajusta son masque et l'embout de son détendeur. Elle toucha la main de Bill et plongea dans l'eau noire, puis disparut. Je suivis Hooker sur la plate-forme de plongée et nous aidâmes Bill à tirer l'or hors de l'eau pour le déposer sur la plate-forme, en veillant à ne pas abîmer les briques.

— C'est bien plus facile que d'essayer de mettre l'or dans le canot, déclara Bill. Je ne voulais pas sortir le *Joyeux Hooker* tant que je n'étais pas prêt à me sauver. Je sais que l'hélico du *Flex* vole au-dessus de nous.

— Tu ne t'es jamais autant préoccupé de l'argent, dis-je à Bill. Ça m'étonne que tu risques ta vie pour cela.

— Je risque ma vie *pour* Maria, me corrigea-t-il. C'est son or, pas le mien. Elle pense que son père est peut-être encore vivant, en prison. Elle espère pouvoir le faire sortir grâce à l'or.

— Sans blague ! fit Hooker. Nous faisons cela pour une bonne cause ! C'est nul, non ?

Les ballons de relevage jaillirent une deuxième fois à la surface. Maria les suivit et nous déposâmes les sacs comme précédemment. Bill aida Maria à monter à bord et à enlever son équipement.

— Ça y est, dit-elle. C'était tout ce qu'il y avait en bas. Au moins, tout ce que j'ai pu trouver.

Elle glissa de nouveau dans l'eau pour guider le dernier sac tandis que Hooker et Bill le hissaient sur le bateau.

Nous l'ouvrîmes et reculâmes tous d'un pas pour contempler son contenu. Une seule boîte en métal, d'environ quarante-cinq centimètres de large sur un mètre de long. Très lourde. Peut-être trente-cinq kilos. Des caractères russes sur tout un côté. Le couvercle du fond avait été peint en rouge. Et deux bandes similaires, vert et noir, étaient peintes à l'arrière de la boîte.

Hooker poussa cette dernière du bout de l'orteil.

— Quelqu'un lit le russe ?

Non. Personne.

— Ça ressemble bien à une bombe, déclara Bill.

— Nous ne devrions probablement pas l'ouvrir, dis-je.

Hooker s'accroupit à côté pour mieux la voir.

— Nous ne pourrons probablement pas l'ouvrir. Du moins pas sans chalumeau et pince à levier. Cette beauté est scellée.

Si elle provenait d'un navire russe stoppé par le blocus, je préférais ne pas spéculer sur son objectif.

— Je n'arrête pas de repenser aux paroles de Face de Vomi sur la peur, confiai-je à Hooker. Il m'avait lancé que tout était une question de peur et de ce qu'elle pouvait nous faire.

— Et peut-être que c'est quelque chose dont on devrait avoir peur ? Pas géniale comme idée. Je préfère ne pas m'aventurer sur cette piste.

— Si je l'ai remontée, c'est parce que je craignais que ce soit dangereux de la laisser dans la crique. On devrait la remettre aux autorités, dit Maria. Mon père a souffert pour qu'elle ne tombe pas entre les mains de Castro et je ne veux pas que ce soit pour rien.

Nous entendîmes les pales d'un hélicoptère qui s'approchait de nous en provenance du nord. Nous cachâmes non sans mal les ballons de relevage avant de nous planquer dans la cabine. L'hélico nous survola, balayant l'eau de ses lumières. Le faisceau lumineux rata le bateau et l'hélicoptère repartit vers le sud.

À la minute où nous n'entendîmes plus l'hélico, Bill

et Maria descendirent de la plate-forme dans le canot pneumatique.

— J'amènerai le *Joyeux Hooker* et nous nous servirons du palan pour charger, expliqua Bill.

Une demi-heure plus tard, les bateaux étaient en place, prêts pour le transfert de la cargaison, et Bill parlait à Hooker par l'intermédiaire du talkie-walkie.

— J'ai un problème. Je ne peux pas faire redémarrer le bateau.

— Comment ça, tu ne peux pas le faire redémarrer ?

— Si j'essaie d'augmenter la vitesse, il cale.

— Et ?

— Et ce n'est pas bon.

— Peux-tu le réparer ?

— C'est pas mon truc, mon pote. Envoie-moi Barney.

— Barney ? Que je t'envoie… Barney ?

— C'est son truc, les moteurs.

— Tu plaisantes ?

Je me tenais derrière Hooker et écoutais la conversation sur le talkie-walkie. Et l'envie de le frapper de nouveau au genou me démangeait.

— Tu t'y connais en moteur de bateau ? demandai-je à Hooker.

— Que dalle, répondit-il. Je m'y connais même pas en moteur de voiture.

— Comment peux-tu gagner ta vie en pilotant des voitures si tu ignores tout en mécanique ?

— Je les conduis. Je ne les répare pas.

La vérité, c'est que l'envie de voir son moteur me titillait. Tant bien que mal, je rejoignis Bill sur le Hatteras et le suivis dans la salle des machines.

— Il a deux CATS, m'expliqua Bill. Deux fois plus gros que les bidiesels du Sunseeker. J'ai jeté un coup d'œil rapide, mais rien ne m'a sauté aux yeux. Mais bon, je n'y connais pas grand-chose. Tous ces trucs de mécanique ne m'ont jamais branché plus que ça.

— Sacrebleu ! m'exclamai-je en zieutant les CATS. Ça me dépasse complètement. Je peux démonter une voiture et la remonter, mais, là, j'y connais absolument rien.

— Respire un bon coup, me dit Bill. Ce sont des moteurs… un peu plus gros, c'est tout.

Maria se tenait à la barre, talkie-walkie en main.

— L'hélicoptère revient, dit-elle. Éteignez les feux.

Hooker, Bill et moi restâmes dans le noir complet, attendant que Maria nous annonce que la voie était libre. Mon cerveau tournait à cent à l'heure et mon cœur faisait de petits bonds. Je me trouvais dans un bateau en panne débordant de l'or de Castro et de quelque chose qui ressemblait à une bombe. Et les méchants nous recherchaient.

— La voie est libre, nous avertit Maria.

Hooker ralluma les feux d'une pichenette.

— Alors, ce problème de panne, il est grave ? s'enquit Hooker.

— Je ne sais pas, répondit Bill.

— Décision capitale, fit Hooker. Utilisons le palan pour transférer l'or sur le Sunseeker pendant que Barney farfouille ici. Il vaut probablement mieux qu'il soit dans le bateau de Rich, de toute façon. Personne ne le recherche. Vous autres mettrez les voiles dès que l'on aura fini de charger, et nous vous suivrons dès que nous pourrons.

Je trouvai le manuel d'entretien et autres livrets, puis entrepris de chercher les diagnostics de base. Au pire, je pensais que nous pourrions tant bien que mal sortir du port et nous éloigner suffisamment des eaux cubaines pour demander de l'aide par radio sans nous faire arrêter.

J'étais en train de vérifier les tuyaux et les joints d'étanchéité lorsque j'entendis les moteurs du Sunseeker tourner au ralenti. Je regardai ma montre. Je travaillais depuis deux heures. Je sortis de la salle des machines et allai sur le pont. Bill démarrait, en direction du large.

Maria était allongée sur la proue, un halogène à la main, inspectant périodiquement l'eau devant eux.

Grosse boule dans la gorge.

— Tout ira bien pour lui, me rassura Hooker.

Je hochai la tête, refoulai mes larmes, ne tenant pas à laisser libre cours à mes hormones devant lui.

— Je crois que j'ai trouvé le problème, lui annonçai-je. Tu avais de l'eau dans le carburateur, probablement de condensation sur une certaine période. Et ça touche les deux moteurs. J'ai pu vider l'eau qui s'était accumulée dans les filtres à carburant et ça devrait aller, à moins qu'ils ne se remplissent à nouveau. Je ne comprends pas pourquoi ils ne l'ont pas vu lors de la dernière révision du bateau. J'ai deux, trois autres vérifications à faire et ce sera terminé.

— Prends ton temps. Bill est plus doué que moi pour conduire ce bateau. Je préférerais attendre et repartir à l'aube quand je pourrai voir où je vais.

— À ton avis, c'est dangereux d'attendre ?

— Oui. Malheureusement, il y a de grands risques que nous échouions sur une barre si j'essaie de partir dans le noir. J'ai acheté ce bateau avec l'idée d'avoir un capitaine. J'ai appris à faire le minimum, mais je suis loin d'être un pro.

Je descendis sous le pont principal pour terminer et Hooker me rejoignit avec une bouteille de vin et deux verres.

— Ça te dérange si je te regarde ? me demanda-t-il.

— Pas du tout.

— Et si je parle ?

— Non plus. Je sais mener plusieurs tâches de front.

— Je croyais que tu travaillais pour une compagnie d'assurances.

— Très pertinent de ta part d'employer le passé.

— Alors comment ça se fait que tu t'y connaisses en mécanique ?

— Mon père est propriétaire d'un garage. J'ai donné un coup de main.

— Tu dois avoir donné plus qu'un coup de main. Bill pense que tu es un génie de la mécanique.

— Bill est mon frère. Il est obligé de penser ce genre de chose.

Il me tendit un verre de vin.

— Faux. J'ai deux sœurs. Et je pense qu'elles ont un pois chiche dans la tête. Quelles études as-tu faites à la fac ?

— Ça ne te regarde pas.

— Art ? Histoire américaine ? Mécanique ?

Je sirotai mon vin.

— Mécanique, mais ça ne m'a jamais servi à rien. Une fois mon diplôme en poche, j'étais complètement désillusionnée quant aux perspectives d'emploi.

Je terminai mon vin et ma check-list pile au même instant.

— Je pense que l'on peut y aller, dis-je à Hooker. Démarre et vérifie la jauge.

Hooker revint deux minutes plus tard.

— Nous avons un problème.

— La jauge ?

— La jauge, c'est rien par rapport à notre problème. Il y a un bateau à l'entrée du port. Pas le Sunseeker. Ses feux sont éteints, mais j'ai vu la coque blanche se refléter sur l'eau.

— Ça pourrait être le *Flex* ?

— Non. Il est loin d'être aussi gros.

Hooker et moi montâmes sur le pont supérieur et regardâmes le bateau.

— Ses occupants sont peut-être là pour pêcher ou plonger avec un masque et un tuba, lançai-je. Ce n'est qu'un bateau de plaisance innocent, sans doute.

— Les bateaux de plaisance innocents n'arrivent pas à deux heures du matin et n'éteignent pas leurs feux. J'ai peur que ceux qui nous ont survolés ne nous aient repérés et soient venus jusqu'ici. La Calflex possède un tas de bateaux plus petits. Il pourrait s'agir de l'un d'eux.

— J'ai l'impression qu'ils essaient de nous empêcher de passer. S'ils croient que Maria est à bord, ils vont peut-être se contenter de nous envoyer deux, trois hommes de main, et peut-être qu'en ce moment même, ils sont en train d'enfiler leur scaphandre.

— Cette idée ne me dit rien qui vaille, répliqua Hooker. D'autant plus que c'est Bill qui a le revolver. Le canot est amarré à la plate-forme de plongée. Jettes-y deux bouteilles d'eau et des barres de céréales et monte dedans. Je serai juste derrière toi.

Je me munis de l'eau et des barres de céréales et me ruai vers le canot. Et dans le noir, je percutai la boîte en fer-blanc.

— Qu'est-ce que c'est que ça ? Ils n'ont pas emporté la boîte !

Hooker surgit derrière moi.

— On s'est précipités pour charger l'or à bord et on a oublié ce truc sur la plate-forme de plongée !

— Qu'allons-nous en faire ?

— Nous devons l'emporter avec nous. Je ne sais pas ce que c'est et je ne veux pas courir le risque de la laisser ici.

Nous nous efforçâmes de charger la boîte en fer sur le canot, Hooker grimpa avec un sac à dos, et nous nous mîmes en route pour l'intérieur de l'île. Nous nous trouvions à environ quinze mètres en amont lorsque nous remarquâmes l'éclat d'un rayon lumineux sur le double pont H.

— Bon sang ! grogna Hooker.

Ce qui résumait à peu près ce que je ressentais, moi aussi.

Hooker stoppa net le hors-bord et poursuivit le trajet à la rame. Pas particulièrement simple mais plus discret et plus sûr, et nous parvînmes à aller plus en amont. Il faisait si sombre sous la canopée que je ne voyais même pas la main devant mon visage. Lorsque nous nous échouâmes, nous descendîmes pour tirer le bateau au-dessus de la ligne de flottaison. Puis nous remontâmes à bord, à la recherche d'une position confortable pour passer la nuit.

Comme je trébuchais, je sentis la main de Hooker m'attraper la jambe.

— On dirait un chien qui cherche l'endroit idéal, dit-il.

— Je ne vois rien. Je ne sais pas sur quoi je vais me poser.

— Tu n'as pas l'âme d'une aventurière. Prends un risque. (Il m'attira brusquement vers lui.) Voilà, maintenant tu es assise sur moi. Relax.

— Tu as ta main sur ma poitrine.

— Oh, désolé. Il fait noir. Je ne savais pas.

— Tu ne savais pas ?

— D'accord, je m'en doutais. Ça t'a plu ?

— Grands dieux !

— J'espérais que ça t'avait plu.

J'étais assise entre ses jambes, ses bras autour de moi, et son menton reposant sur ma tempe.

— *Moi* ça m'a plu, dit-il.

Et il m'embrassa juste devant l'oreille.

Moi aussi, ça m'avait plu. Et le baiser aussi. Et je n'arrivais pas à croire que j'étais assise entre les jambes de Hooker, tout émoustillée, alors que des plongeurs passaient le *Joyeux Hooker* au peigne fin, cherchait l'or et espérait probablement devoir tuer quelqu'un.

— Ce n'est pas le bon moment, dis-je.

— Je sais. Pas de préservatifs. J'imagine que tu n'en as pas piqué à Bill ?

— Je parlais des hommes-grenouilles et du fait qu'ils allaient peut-être nous tuer.

— Je les avais oubliés. Et merde, si on doit mourir, on n'a pas à penser aux préservatifs !

— Quelle heure est-il ?

— Trois heures et demie.

Épuisée, je fermai les yeux et m'endormis comme une masse. À mon réveil, le soleil brillait à travers quelques interstices parmi les arbres, et la main de Hooker reposait de nouveau sur ma poitrine.

— J'y crois pas ! fis-je. C'est une obsession !

— Ce n'est pas de ma faute. Elle s'y est mise toute seule. Je ne suis pas responsable de ce que fait ma main quand je dors.

— Tu ne dors pas. Tu es bien éveillé.

— Bien vu. (Et il me caressa.) Tu es sûre que ça ne te plaît pas ?

— Sans intérêt. J'ai besoin d'une douche, d'une brosse à dents et de me raser les jambes. Oh non !! !

— Quoi ? (Hooker s'était relevé et regardait à droite et à gauche.) Quoi ?

— Il n'y a pas de toilettes.

Il avait porté la main à son cœur.

— Tu m'as fichu une de ces trouilles !

— Il me faut des toilettes.

Le regard de Hooker vagabonda dans la jungle.

— Pas question !

— Ne t'aventure pas trop loin, me lança-t-il. Ce serait dommage que tu te perdes. Et regarde où tu marches.

— Tout ça, c'est de la faute de mon frère ! Chaque fois que je suis dans la panade, c'est de sa faute.

— Les trois fiançailles ?

— Les hommes !

Sur quoi, je partis, vexée, me frayant un chemin à travers l'enchevêtrement de plantes rampantes et de buissons à coups de pied rageurs, m'entaillant par la même occasion. Au retour, je suivis la piste de la végétation que j'avais écrasée pour retrouver notre campement.

Assis au bord du canot, Hooker mangeait une barre de céréales. Il me regarda, écarquilla les yeux et ouvrit la bouche en grand.

— Quoi ? fis-je. Bon, d'accord, je sais que j'ai fait pipi sur ma tennis. C'est pas facile, quand tu es une fille.

Il fit tomber sa barre de céréales par terre et attrapa une rame.

— Chérie, je ne veux pas te faire paniquer mais tu as quelque chose dans les cheveux.

Je levai les yeux, essayai d'apercevoir mon crâne et posai la main sur ma tête.

— Non ! Ne touche pas ! s'écria Hooker. Ne bouge pas ! Reste complètement immobile !

— Qu'est-ce que c'est ?

— Si tu savais !

— Que vas-tu faire avec la rame ?

— Je vais l'enlever d'un coup.

— Pourquoi tu ne te sers pas simplement de ta main ?

— Tu es cinglée ou quoi ? C'est la plus grosse putain d'araignée que j'aie jamais vue ! Cette saloperie est aussi grosse qu'une grande assiette. Je me demande même comment elle peut tenir sur ta tête !

— Araignée ! (Et je me mis à hurler et à effectuer la danse de Miss-J'ai-La-Gerbe.) ENLÈVE-LA ! ENLÈVE-LA ! ENLÈVE-LA !

Tout se transforma en toile d'araignée et je m'évanouis.

Lorsque je repris mes esprits, Hooker était penché sur moi, l'air inquiet.

— Que s'est-il passé ? lui demandai-je.

— Tu t'es évanouie. Tu hurlais et tes yeux se sont révulsés d'un coup, genre patatras !

— Je ne m'évanouis jamais. Tu m'as sûrement donné un coup de rame qui m'a mise K.O.

— Mon amour, si je t'avais donné un coup de rame, tu aurais encore les yeux fermés.

— Aide-moi à me relever. Au moins je me suis débarrassée de l'araignée. (Je levai les yeux sur Hooker.) Je m'en suis bien débarrassée, hein ?

Il m'aida à me remettre debout.

— Ouais, tu t'en es débarrassée.

J'attrapai un truc noir, long et mince, sur le devant de mon T-shirt.

— Qu'est-ce que c'est ?

— Une patte d'araignée. Tu lui es tombée dessus quand tu t'es évanouie, et tu l'as, genre, tout écrabouillée.

— Même pas vrai !

— La bonne nouvelle… c'est qu'elle est morte.

Je me mis à pleurer. Je sais que c'est idiot, mais bon, j'avais retenu mes larmes à maintes reprises, et je n'en pouvais plus. J'avais des boyaux d'araignée partout sur moi, et je pleurais.

— Écoute, on peut arranger ça, me dit Hooker. Nous allons te laver dans le ruisseau. Presque toute l'araignée est déjà tombée de tes cheveux de toute façon. Enfin, *presque*. Mais on peut enlever le reste. Bon, j'aimerais bien que tu arrêtes de pleurer. Je ne supporte pas quand tu chiales.

« O.K., ressaisis-toi, me dis-je. Enlève les boyaux d'araignée de tes vêtements, fais trempette dans l'eau et lave-toi les cheveux. Simple. »

— Voici ce qu'on va faire, dis-je à Hooker. Je vais me déshabiller et tu ne regarderas pas. Puis je vais me laver et tu ne regarderas pas. Et si tu regardes, je pleure.

— Tout ce que tu veux ! Mais ne pleure plus !

J'allai au bord du ruisseau, me déshabillai et trempai dans l'eau mes vêtements. Puis je pataugeai et fis trempette. Je frictionnai mes cheveux superlongtemps, dans l'espoir que cela ferait l'affaire en l'absence de shampooing. En regagnant péniblement la rive, je surpris le regard de Hooker.

— Tu es très jolie, me dit-il.

— Tu regardes !

— Évidemment. Je suis un homme. Je suis obligé de regarder, sinon je perdrais ma carte syndicale. On me confisquerait mes testicules.

— Tu as promis.

— Les promesses ne comptent pas quand elles portent sur des femmes nues. Tout le monde le sait. Si ça peut t'aider, je peux me mettre tout nu moi aussi.

— Tentant, mais non. Mes cheveux sont propres ? J'ai enlevé tous les boyaux d'araignée, hein ?

Hooker inspecta mes cheveux.

— Oh, c'est pas vrai !

— Quoi encore ?

— Des sangsues.

Je me remis à pleurer.

— Ce n'est pas si grave, dit Hooker. Il n'y en a que deux. Trois, peut-être. Ou quatre. Et surtout elles ne sont pas collées. Enfin, bon, pas *complètement* collées. Ne bouge pas, je vais chercher un bâton.

— Un *bâton* ?

— Pour les décoller en faisant levier.

Cette fois, j'allais sangloter la bouche ouverte.

— Allez, je vais les détacher. Regarde, je les enlève. Tu crois pouvoir t'arrêter de chialer ?

— Je ne sais pas pourquoi je pleure, fis-je, les larmes dégoulinant sur mon visage brûlé par le soleil, glissant sur mon nez pelé et mes lèvres couvertes de cloques. Je ne pleure jamais. Je suis hypercourageuse. Et je suis bonne joueuse.

— Bien sûr que oui, dit Hooker en envoyant une sangsue dans les buissons. N'importe qui verrait combien tu es courageuse. (Il jeta une autre sangsue.) Beurk ! Dégueulasse.

— Je ne pète pas les plombs comme ça d'habitude. J'ai toujours été la fille sensée et digne de confiance. Bon, d'accord, j'ai le vertige et je n'aime pas les araignées, mais les serpents, je peux faire avec.

— Je déteste les serpents, rétorqua Hooker. Et je ne raffole pas des sangsues. *Oh, non!*, elle est grosse, celle-là ! Ne bouge pas !

Je m'essuyai le nez du dos de la main.

— La vie, c'est nul, dis-je.

— La vie, ce n'est pas si nul. Tu l'apprécieras davantage une fois que les boyaux d'araignée et les sangsues auront tous disparu. (Il recula d'un demi-pas et son regard vagabonda vers le sud.) Avant que tu ne te rhabilles, je devrais peut-être m'assurer que tu n'en as plus. Elles ont l'air d'aimer, comment dire, les endroits, euh, poilus.

Je poussai un cri perçant et Hooker flanqua sa main sur ma bouche.

— Pas si fort! Si ça se trouve, les méchants sont encore dans le coin.

Je me palpai et fus soulagée de ne pas en trouver d'autres.

— Désolée, fis-je. J'ai été un peu hystérique.

— Parfaitement naturel. Même un coureur Nascar le deviendrait s'il pensait avoir des sangsues sur son levier de vitesses. Tu as simplement besoin de te détendre. Tu sais ce dont tu as besoin ? De sexe.

— De sexe ? Tu viens de me gratter la tête pour m'enlever des sangsues et tu veux coucher avec moi ?

— Ouais.

Les hommes m'étonneront toujours. Je me souviens avoir lu quelque part une description des hommes et des femmes en termes de téléviseurs. La télé féminine comportait un tas de boutons, de touches et d'instructions complexes. Et la télé masculine possédait juste un interrupteur marche/arrêt. C'était tout. Juste un seul bouton. L'interrupteur de Hooker était toujours réglé sur « marche ».

— Je ne me sens pas franchement sexy en ce moment, fis-je.

— Je me disais juste que, comme tu étais déjà nue, ce serait une bonne idée. Comme ça, on éviterait de passer par la phase gênante du déshabillage.

— En parlant de vêtements…

— C'est une honte de te couvrir, mais si c'est ce que tu désires, coureur Nascar est là pour te donner un coup de main.

Et il attrapa ma culotte sur le canot qu'il fit tournoyer au bout de son doigt.

Je m'en emparai, ainsi que du soutien-gorge qui suivit, puis les enfilai. Hooker barbota dans le ruisseau, fit froufrouter mon short et mon T-shirt, les jaugea du regard, puis les balança dans la jungle.

— N'y compte pas, mon chou. Crois-moi, tu n'as *plus jamais* intérêt à porter ces vêtements !

— Ce sont les seuls que j'aie !

Il ôta son T-shirt et me le donna.

— Mets-le jusqu'à ce que l'on regagne le bateau.

— Tu crois que nous pourrons y retourner ?

— Je ne sais pas. Je vais y jeter un œil. Reste dans le canot. Au moindre bruit, va te cacher dans la jungle.

Une heure plus tard, Hooker surgit en faisant crisser les fourrés derrière moi.

— Le bateau est toujours là, me dit-il. On dirait un Sea Ray. Pas de signe de vie à bord. J'ai observé le *Joyeux Hooker* un moment et je n'y ai pas vu non plus la moindre activité. Mais je pense qu'il y a de fortes chances qu'il y ait quelqu'un à bord. C'est ce que je ferais. Je m'y installerais et j'attendrais. Étant donné que j'ai un palan, il est évident que je peux transporter un canot pneumatique. Comme personne n'est venu en amont, je suppose qu'ils ont décidé d'attendre le retour de Bill et de Maria.

— Ils vont être déçus quand ils nous verront débarquer.

— Ouais, ils vont nous torturer pour qu'on leur dise où se trouvent Bill et Maria.

— Je tomberai dans les pommes, mais bon, je l'ai déjà fait.

— Nous pouvons rester ici jusqu'à ce que nous mourions de faim, ou nous pouvons rentrer, et balancer Bill et Maria. Qu'en penses-tu ?

— J'en pense que j'en ai marre d'être assise ici en sous-vêtements.

Nous nous dirigeâmes vers le canot et nous arrêtâmes pour contempler la boîte en fer-blanc.

— On n'a pas intérêt à l'emporter avec nous, déclara Hooker. S'il y a quelqu'un sur le bateau, ne prenons pas le risque de la leur mettre entre les mains… quoi que ce soit, bordel.

— Ne compte pas sur moi pour t'aider à la transporter dans la jungle. J'ai eu ma dose d'araignées-sangsues.

— On pourrait la balancer à l'eau. Il doit y avoir quatre mètres et demi de profondeur au premier coude. Personne ne la trouvera ici.

Nous montâmes dans le canot et Hooker nous conduisit en aval. Nous balançâmes la boîte en fer, puis poursuivant notre chemin jusqu'à l'entrée du port, nous demeurâmes une demi-heure à observer le bateau de Hooker. Il était midi et la jungle fumait. Pas un souffle de vent et cent pour cent d'humidité. L'air se condensait sur mon front et ruisselait de chaque côté de mon visage, gouttant sur mon menton.

— Tu as l'air conditionné sur ton bateau ? demandai-je à Hooker.

— Ouais.

— Emmène-moi là-bas.

Nous voguâmes jusqu'au *Joyeux Hooker* et le contournâmes. Pas de signe de vie.

— Tu crois que les méchants nous attendent à bord ? demandai-je à Hooker.

— Ouais.

— Tu crois que l'on pourrait aller jusqu'à Miami en canot ?

— Quels sont tes rapports avec Dieu ?

— Chaotiques.

— Alors, à ta place, je ne compterais pas aller à Miami en canot.

— Je me sens quelque peu vulnérable en sous-vêtements.

Hooker agita la main.

— Désolé de ne pas t'avoir mieux protégée. J'aurais dû être plus vigilant.

— Pas ta faute. Tu as été super. Tu as enlevé les sangsues de ma tête les mains nues.

— J'ai failli vomir. Heureusement que je sais conduire, c'est clair que je ne ferai pas mateur de sangsues comme métier.

Nous nous assîmes à tribord dix minutes de plus. Aucun de nous ne parla. Nous écoutions. Je commençais à m'énerver.

— Allons-y, dis-je à Hooker. J'en ai marre d'attendre. Allons nous amarrer à la plate-forme de plongée.

— Je ne vais pas fixer le canot. Reste dedans et ouvre les yeux. Tu sais faire marcher ce truc au cas où, hein ?

— Oui.

Hooker fit une boucle à la corde pour stabiliser le canot et en descendit d'un bond.

— Si tu dois filer, essaie d'aller sur le continent. C'est tout ce que je peux te proposer.

Je l'observai traverser le pont derrière la chaise de pêche au gros, puis ouvrir la porte de la cabine. Celle-ci se referma partiellement derrière lui. Je l'entendis hurler : « *Barney, casse-toi !* ». Puis un coup de feu. Et Hooker tituba et s'effondra sur le pont.

Le type aux cheveux lissés en arrière et son partenaire surgirent sur le seuil, ce dernier avait le pied complètement bandé. L'autre portait le bras en écharpe. Gominé et

Boiteux, songeai-je. Tous deux étaient armés de revolvers, et n'avaient pas l'air enchanté de me voir. Pas étonnant.

— Ça alors, j'en ai du bol ! fit Gominé. Ma petite préférée. Je n'arrive pas à me débarrasser de toi. Tu es comme une mauvaise crise d'acné. Où est ton frère ?

9

Je n'arrivais pas à croire qu'ils avaient tiré sur Hooker. Allongé face contre terre sur le pont, il ne bougeait pas. Mon cœur avait bondi dans ma poitrine et j'enrageais tellement que je voyais tout flou.

— Entre dans la cabine, m'intima Gominé en me faisant signe avec son revolver.

— Écoute-moi, espèce de raclure de bidet ! hurlai-je en descendant du canot et en brandissant une rame. J'ai vraiment passé une sale journée. D'abord, l'araignée, puis les sangsues. Ma culotte me rentre dans les fesses et je déteste cette foutue humidité. Je n'irai pas dans la cabine. Le seul moyen de m'y faire entrer, c'est de me tirer dessus, comme sur Hooker.

— Jeune fille, c'est très tentant, mais j'ai besoin que tu me donnes certaines réponses.

— Tu n'auras *aucune* réponse de ma part. Et barre-toi de notre bateau.

Les deux types laissèrent échapper un soupir.

— Attrape-la, intima Gominé à Boiteux.

Boiteux enjamba Hooker et essaya de m'attraper. Je virevoltai sur moi-même et lui flanquai un gros coup de rame en plein dans le ventre. Un coup sec. Et Boiteux, le souffle coupé, s'affala sur le pont.

Mon geste avait été instinctif, résultat de mes fiançailles ratées avec un grand boxeur. Bruce Leskowitz n'en avait pas lourd dans la caboche, et son Monsieur Pois-Chiche avait tendance à vagabonder quelque peu. L'aspect positif, c'était que Leskowitz avait un corps fabuleux, et qu'il m'avait fait passer ma ceinture marron. Qui aurait cru que je serais un jour amenée à me servir de ces prises ? Les voies du Seigneur sont impénétrables.

Gominé braqua son revolver sur moi.

— Pose cette rame.

— Non.

— Ne me force pas à te tirer dessus.

— Vas-y, dis-je à Gominé. Si tu ne le fais pas, je vais te donner un coup de pied au cul.

D'accord, je le reconnais, j'étais un peu cinglée. Je carburais à l'adrénaline et au désespoir. Le sale type avait un revolver, et moi, une rame. Et, la vérité, c'était que même si je connaissais certaines prises de karaté, mes antécédents côté coups de pied au cul étaient plutôt limités. Ça m'avait juste semblé la chose à dire. C'est ce qu'aurait balancé The Rock[1], pas vrai ?

Vu que je n'avais pas tout à fait la même prestance que The Rock, Gominé se mit à rire. C'était une repartie parfaitement appropriée, mais c'était la dernière chose à faire devant une femme à cran.

Je lui assenai un coup de rame et il fit un pas de côté. Il n'avait pas beaucoup de place pour s'éloigner de moi. Je tourbillonnai et frappai à nouveau son bras malade. Il tira dans le vide. Je le poussai avec la rame, lui fis perdre l'équilibre et, projeté en l'air, il finit par-dessus bord.

Boiteux, à quatre pattes, aspirait de l'air. Je m'em-

1. Catcheur professionnel, triple champion du monde et acteur américain, Dwayne Johnson, dit The Rock, est célèbre pour ses rôles de brute épaisse et de roi de la castagne (*Le Retour de la Momie*, *Bienvenue dans la Jungle*, *Tolérance Zéro*, *Be Cool*). *(N.d.T.)*

parai du revolver qu'il avait lâché en tombant, et je me plaçai d'un bond à bonne distance. Je lâchai la rame et tins l'arme des deux mains. Même à deux mains, elle tremblait.

Les yeux de Boiteux, fous de terreur, étaient posés sur moi. Et je songeai que les miens devaient être exactement pareils.

— Ne me tire pas dessus, dit-il. Du calme. Bordel, je n'ai jamais cru à la réglementation du port d'armes jusqu'à ce que je te rencontre.

— À l'eau !

— Quoi ?

— Saute !

— J'ai un pied invalide. Je coulerai comme une pierre.

Je réglai le viseur du canon, retirai le chien, et il sauta du bateau.

Il remonta brusquement à la surface à côté de Gominé et tous deux restèrent là, à quatre mètres et demi à tribord du bateau.

— Nagez ! leur hurlai-je.

Boiteux pataugeait péniblement, buvait la tasse, et Gominé ne s'en sortait pas mieux.

— Pour l'amour de Dieu, dis-je. Prenez le canot.

S'ensuivirent des tas d'éclaboussements et de crachotements mais, comme ils n'avançaient pas vraiment, j'attrapai l'amarre du canot que je ramenai vers eux. Ils tinrent le coup, attendirent un moment en retenant leur souffle et en crachant de l'eau de mer. Puis ils se traînèrent dans le canot où ils s'affalèrent comme deux poissons morts.

Je poussai le canot d'un coup de rame et il dériva. Lorsque je me tournai vers Hooker, il était assis sur le pont, genoux pliés, tête baissée.

Je m'agenouillai à ses côtés.

— Tu vas bien ?

— Donne-moi une minute. Je me sens vraiment vasouillard.

Je repartis voir les types dans le canot. Ils étaient assis et laissaient l'embarcation dériver. Pas assez loin pour que je me sente en sécurité. Je tirai un coup qui, je le savais, ne les toucherait pas. Ils me regardèrent comme si j'étais Démon Woman. Boiteux fit démarrer le hors-bord en direction du rivage.

Hooker m'avait rejointe et s'agrippait à la chaise de pêche au gros.

— Ils ont pris le canot ?

— Ouais, sinon ils allaient se noyer.

— Et c'eût été une bonne chose, non ? Des méchants morts ?

— Je n'ai jamais tué personne.

— C'eût été un bon début.

Hooker se pencha par-dessus la rambarde et vomit. Quand il eut terminé, il s'effondra de nouveau sur le pont où il resta allongé, bras et jambes écartés, yeux fermés.

— Que s'est-il passé ?

— Ils t'ont anesthésié.

— Anesthésié ?

— Je le sais, parce que je regarde les rediffusions de *Wild Kingdom*[1] à la télé. Je pensais qu'ils t'avaient tiré dessus, mais tu ne saignes pas et tu as une flèche enfoncée dans le torse. Ne bouge pas.

Je retirai la flèche et la regardai avec bien du mal parce que mes mains tremblaient encore, et qu'elle était étonnamment petite.

— Heureusement pour toi, ils n'ont pas sorti le grand jeu, ils ont utilisé une sarbacane, dis-je. Ça doit être les flèches dont on se sert pour anesthésier les lapins.

— Comment les as-tu chassés du bateau ?

— Je leur ai demandé gentiment.

Hooker sourit et se frotta la poitrine, là où la flèche était entrée.

1. Émission TV sur la nature, la faune et la flore. *(N.d.T.)*

— Ça pique. Tu ne veux pas faire une bise à ma blessure pour la guérir ?

Je me penchai et l'embrassai juste à côté de la piqûre.

— Je te rendrais bien ton baiser, mais je viens de vomir.

Le côté raisonnable d'un coureur Nascar.

Je me levai et jetai un œil aux sales types. Ils tiraient le canot à terre. Ils n'avaient pas l'air d'aller si mal.

— On ferait mieux de partir d'ici, dis-je à Hooker. Peux-tu m'aider à lever l'ancre ?

— No problemo.

Il se traîna jusqu'à la plate-forme de plongée, se pencha, et immergea la tête sous l'eau. Il la ressortit, se traîna jusqu'à la chaise de pêche au gros et se releva.

— Tu aurais vraiment dû les tuer, fit-il.

Nous levâmes l'ancre et mîmes les voiles, sous l'œil de Gominé et Boiteux. Ils ne nous saluèrent même pas.

Hooker s'approcha lentement du Sea Ray.

— Jette quelques pare-battages à bâbord. Voyons voir si l'on peut s'amarrer à leur bateau pour que tu montes à bord et « répares » leur moteur.

Deux minutes plus tard, je descendis du Sea Ray, remontai sur le *Joyeux Hooker*, rentrai les pare-battages. J'avais tranché les tuyaux de carburant et saboté le circuit électrique. Si Gominé et Boiteux retournaient aux États-Unis, ce ne serait pas dans le Sea Ray.

— Prochain arrêt, la Floride, lança Hooker.

Et le *Joyeux Hooker* prit sa vitesse de croisière.

Je scrutai l'eau avec les jumelles pendant un moment, mais il n'y avait rien d'autre à voir. Juste un ciel d'azur et l'océan qui ondulait doucement.

Hooker resta sur la chaise, à la barre, et je m'étendis sur la banquette derrière lui. Nous étions lundi, et je présumai que j'étais au chômage. Ça ne me paraissait plus très important. Je m'endormis et, à mon réveil, nous avancions péniblement sur une mer démontée.

— Nous allons à Key West, m'informa Hooker. Le temps change, et je ne me sens pas à l'aise sur des vagues de cette taille. Je dois me ravitailler en carburant de toute façon. Si je peux utiliser la cale de Vana, je resterai à Key West. Sinon, j'essaierai de trouver un capitaine pour le ramener à Miami avec moi.

Dix minutes plus tard, Key West était en vue, et Hooker à la radio : il appelait le maître de cale de Key West et s'arrangeait pour utiliser l'abri de Vana.

— C'est réglé, me dit-il, mais ça va être le bordel. Le bateau est bien trop gros pour que je puisse le mettre à quai tout seul dans de telles conditions.

Nous entrâmes dans la marina sur des déferlantes moutonnantes, et Hooker ralentit. Nous trouvâmes notre cale et Hooker m'envoya au fond du bateau avec un talkie-walkie. Deux responsables du port étaient déjà en place, prêts à nous aider à accoster.

— Fais attention à ne pas perdre l'équilibre, me dit Hooker. J'ai le vent et la marée qui me poussent, et je vais probablement heurter la jetée. Je ne voudrais pas te faire tomber à l'eau.

Lorsque nous fûmes enfin en sécurité, Hooker remercia les hommes puis se retourna et se cogna la tête sur le tableau de bord. *Bang, bang, bang*.

— Il me faut un remontant, lança-t-il. Un gros remontant.

— Tu ne t'es pas si mal débrouillé. Tu n'as embouti la jetée que deux fois. Et tu n'as pas fait de dégâts quand tu as percuté l'autre bateau. Enfin, *pas trop*…

— Si l'on prend les choses du bon côté… Tu as été géniale. Et tu n'as même pas fait tomber le talkie-walkie.

Les provisions récupérées, nous attrapâmes nos sacs marins et parcourûmes les trois rues qui nous séparaient de la Mini. Hooker fit un petit tour pour s'assurer que nous n'étions pas suivis avant de se garer devant chez Vana. À peine entrés, il s'effondra sur le canapé.

— Je suis crevé, dit-il.

— Tu as eu une journée bien remplie. Tu as maté des sangsues. Tu as été anesthésié. Tu as bousillé une jetée.

— Je te courrais bien après dans la maison, mais je ne crois pas pouvoir descendre du canapé.

J'emportai les provisions dans la cuisine et nous préparai des sandwiches que j'apportai dans le séjour avec une bouteille de vodka et un seul verre.

— Tu ne bois pas ? me demanda Hooker en me prenant une assiette des mains.

— Peut-être plus tard, répondis-je. J'ai dix-sept messages et autant de personnes à rappeler, et je ne voudrais pas être soûle lorsque je parlerai à ma mère.

— Ouais, les mères détestent ça.

Dix minutes plus tard, Hooker s'était endormi sur le canapé. Je le recouvris d'un édredon et me glissai dans une chambre d'amis. Je me faufilai sous les couvertures du lit confortable de Vana, mais il me fallut un moment avant de m'endormir. Trop de soucis en tête. Trop de choses qui ne tenaient pas la route.

Hooker était douché, avait enfilé des vêtements tout propres et buvait un café dans la cuisine quand je passai devant lui en traînant les pieds en peignoir d'invité et me servis une tasse de café.

— 'jour, dis-je.

— 'jour.

Il me prit dans ses bras et déposa un baiser amical sur mon crâne, comme si nous étions un vieux couple marié.

— Sympa, lui dis-je.

— Ce sera de plus en plus sympa. Pas tout de suite, malheureusement. Je viens d'avoir Judey au téléphone.

Todd l'a appelé à la première heure ce matin. Il paraît que le *Flex* est parti de Miami pour Key West. Nous ne l'avons pas vu car ils ont jeté l'ancre de l'autre côté de l'île. D'après Todd, l'hélicoptère vole non-stop et tout le monde a pu bénéficier d'une permission à terre aujourd'hui. Todd s'est rendu à la marina pour prendre le petit déjeuner avec un ami et il a vu le *Joyeux Hooker*. Il pensait que Bill était peut-être sur le bateau.

— Heureusement que nous sommes en sécurité dans cette maison.

— Pas tant que ça. S'ils cherchaient un peu, ils trouveraient le nom et l'adresse de Vana dans la mesure où le bateau est dans sa cale.

— On décampe ?

— Chérie, on se taille d'ici et quelque chose de bien !

Je pris une douche de trois minutes et enfilai de nouveaux vêtements à la va-vite. Munis de nos sacs, nous veillâmes à éteindre les lumières, puis, la maison fermée à clé, nous suivîmes le chemin de pierres jusqu'à la Mini. À la minute où nous montâmes dedans, une Town Car noire se gara derrière nous, nous empêchant de sortir. Deux hommes surgirent de nulle part et se campèrent de chaque côté de la voiture. Ils avaient dégainé leurs pistolets.

— Reste calme, me dit Hooker.

Les portières furent ouvertes de force et nous fûmes traînés jusqu'à la Town Car. L'un des hommes s'assit à l'arrière avec nous et l'autre devant, à côté du chauffeur.

— M. Salzar aimerait vous parler, dit le type en noir. Il vous invite sur le *Flex*.

Le *Flex* était toujours à l'ancre au large. Aucun endroit assez grand pour l'accueillir dans la marina, songeai-je. Ou peut-être voulaient-ils être suffisamment loin pour que les touristes ne m'entendent pas hurler lorsqu'ils me tortureraient. Quelle qu'en fût la raison, ils nous firent monter dans un gros canot pneumatique et nous rejoignîmes le bateau. Le canot s'amarra à la proue puis ils nous escortèrent sur le deuxième pont.

Même dans de telles circonstances, difficile de ne pas se laisser impressionner. L'intérieur était de bois laqué et de cuivre poli. Fleurs fraîches dans les vases. Mobilier Biedermeier parfaitement restauré. Canapés et fauteuils confortables aux couleurs du bateau : bleu marine et or.

Salzar, assis à un secrétaire, nous attendait dans le salon. Un ordinateur portable et une tasse de café trônaient sur un côté du bureau. Face de Vomi se tenait derrière lui.

— Asseyez-vous, nous intima Salzar.

Comme s'il s'agissait d'une petite réunion entre amis. Comme s'il était un courtier en prêts hypothécaires. Ou un conseiller conjugal.

Hooker s'affala sur sa chaise et sourit à Salzar.

— Joli bateau.

— Merci, répondit Salzar. Il est unique. La Calflex en est très fière.

— Aimable de votre part, de nous inviter à bord, poursuivit Hooker.

Ce qui suscita un sourire du chat-jouant-avec-la-souris chez Salzar.

— Vous avez quelque chose que je désire énormément. Je suis allé sur votre bateau. L'objet que je recherche ne s'y trouve pas. Et mon associé vient de m'appeler. Il n'y a rien chez Richard Vana. Ni dans la Mini Cooper. Je présume donc que vous l'avez caché.

— De quel objet parlons-nous ? lui demanda Hooker.

— D'une boîte de fer-blanc. Cône rouge. Rayures noir et vert. Ça vous dit quelque chose ?

— Nous l'avons remise à la marine quand nous sommes arrivés.

Salzar posa les yeux sur un assistant à la porte et celui-ci quitta la pièce.

— Ce serait regrettable, dit Salzar. Cela me ferait de

la peine. Et cela signifierait que je devrais vous torturer inutilement. À part pour le plaisir, naturellement.

— Qu'est-ce que cette boîte en fer a de si particulier ? lui demanda Hooker.

— Elle est remplie de peur, répondit Salzar en souriant de nouveau. Et la peur, c'est le pouvoir, n'est-ce pas ?

L'assistant revint et secoua la tête en signe de dénégation.

— Ma source me dit que la boîte en fer n'a jamais été remise à la marine, reprit Salzar. Peut-être devriez-vous repenser votre réponse.

— Votre source a tort, déclara Hooker.

Salzar appuya sur une touche de son portable et une photo apparut à l'écran. Il tourna l'ordinateur afin que Hooker et moi puissions la voir : c'était une photo de Maria. Ses cheveux, raides et ternes, étaient collés à son visage. Elle avait une lèvre enflée et un bleu juste sous son œil gauche. Elle fixait l'objectif et vomissait de la haine.

— Cette photo a été prise un peu plus tôt ce matin, expliqua Salzar. L'hélico a surpris le Sunseeker en train de quitter l'île. La technologie infrarouge est tellement utile. Elle vous permet de distinguer toutes sortes de choses, des gens et une cargaison très dense, des lingots d'or, par exemple. Le fait est que nous avons suivi Bill et Maria à Port Royal et leur avons rendu visite. Mes hommes ont trouvé l'or, mais malheureusement pas la boîte en fer. Comme vous pouvez le constater, nous avons donné à Maria la possibilité de partager avec nous, mais il s'est avéré qu'elle n'avait pas grand-chose à partager. Voilà que vous avez la même opportunité. (Il se pencha sur son bureau et prit un air menaçant.) Je veux cette boîte. Je suis prêt à tout pour l'avoir. *Tout*. Vous comprenez ?

Hooker et moi nous tûmes.

— J'ai une autre photo qui vous plaira sûrement,

poursuivit Salzar. La résolution n'est pas aussi bonne que je l'aurais voulu… mauvaise qualité des visiophones. Toutefois, je trouve que c'est une image fascinante.

Il cliqua sur une icône et une deuxième photo s'afficha à l'écran. C'était Bill, étendu sur un sol moquetté, en sang. On lui avait tiré dans le bras et dans la poitrine. Difficile de savoir s'il était mort ou vivant.

J'entendis quelqu'un sangloter. J'imagine que c'était moi. Puis Hooker m'attrapa le poignet qu'il serra affectueusement. Et ce fut tout ce que je ressentis. Aucune pensée dans ma tête. Aucune émotion. Juste l'étreinte affectueuse de Hooker. N'est-ce pas ce que l'on appelle un mécanisme de défense ? Me réfugirais-je dans le déni de la réalité, ou quoi ?

Un silence complet régnait dans la pièce. Le temps s'arrêta pendant plusieurs minutes. Puis une sirène se déclencha brusquement. Tout le monde se leva, moi y compris. Ma première pensée fut « *sirène de police* », mais celle-ci semblait interne au bateau.

Salzar referma le portable et le tendit à Face de Vomi. La porte du salon était ouverte ; des assistants couraient dans le couloir. La sirène se tut et le capitaine parla à l'interphone.

« Il y a le feu sous les ponts. Nous demandons à tous les occupants de quitter le bateau. »

Salzar se leva derrière son bureau.

— Hugo, viens avec moi. Roger et Leo, amenez Mlle Barnaby et M. Hooker à terre et veillez à ce qu'ils soient bien transportés au garage.

La fumée commençant à s'infiltrer dans le salon, nous migrâmes tous sur le pont-promenade à l'arrière du bateau. Avant que nous ne soyons parvenus aux escaliers, une explosion se produisit en bas, et les flammes envahirent le pont inférieur. Salzar et Face de Vomi longèrent le bastingage extérieur ; des volutes de fumée noire nous submergèrent, bouillonnant de toutes parts, puis, juste après, je me retrouvai en train de voler. Hooker m'avait soulevée et balancée par-dessus la balustrade comme un Frisbee.

J'amerris et remontai immédiatement à la surface. Hooker se trouvait à quelques mètres.

— Nage jusqu'au rivage ! me cria-t-il.

Je fis quelques brasses et un canot pneumatique s'arrêta à côté de moi. C'était Todd. Il nous tira à l'intérieur avant de démarrer. La fumée et l'eau de mer me faisaient suffoquer et je me cramponnai à ma vie à mesure que l'embarcation clapotait et faisait des petits bonds. Une multitude de bateaux avait surgi dans le coin. Des ambulances hurlaient au loin. Le littoral était bondé de badauds. Todd se dirigea vers une petite plage de sable loin du gros du trafic. Il échoua le canot en l'emboutissant, puis nous accostâmes dans un grand éclaboussement.

— La Mini est garée pas loin, hurla-t-il.

Et nous courûmes derrière lui.

Hooker prit le volant. Je m'assis à côté de lui et Todd s'entassa sur le siège arrière. Personne ne parla. Nous nous contentâmes de nous planquer, claquant des dents, et de nous enfuir en trombe. Nous prîmes la Route 1 et traversâmes le pont jusqu'à Cow Key.

Todd fut le premier à parler.

— J'imagine que j'ai plus de boulot, dit-il.

— Bon sang de bonsoir ! s'exclama Hooker. Sauvés par un incendie. Quels sont les risques ?

— Très élevés, dans la mesure où c'est moi qui l'ai mis, expliqua Todd. Judey m'a rappelé pour me mettre au parfum. Comme j'étais chez un ami pas loin de chez Vana, je suis passé voir si je pouvais vous donner un coup de main. Je les ai vus vous charger en voiture et dégager. Un autre véhicule est arrivé juste après et ils ont fouillé rapidement la maison et la Mini. Quand ils sont partis, j'ai emprunté la voiture. Heureusement les clés étaient encore sur le contact. Je me suis garé à Wickers Beach et je les ai vus vous emmener sur le *Flex*. Alors j'ai couru et j'ai pris un canot. Personne ne m'a remarqué en train de l'amarrer au *Flex*. Les seuls individus qui restaient sur le bateau étaient la bande de Salzar, et ils se trouvaient tous dans le salon du pont principal et dans la cabine de pilotage. Comme je savais que vous aviez des problèmes, j'ai déclenché l'alarme incendie dans la salle des machines, en tenant mon briquet devant un détecteur, et je ne sais pas ce qui s'est passé mais j'ai entendu un gros *pop*, puis il y a eu du feu partout. Je suis sorti en courant et j'ai sauté dans le canot. Je ne savais pas quoi faire d'autre. Puis d'un seul coup, Barney volait en l'air !

— Sais-tu quelque chose à propos de Bill ? lui demanda Hooker.

— Non. Que se passe-t-il ?

Hooker sortit son portable de sa poche. Il secoua le téléphone et l'eau se répandit partout.

— As-tu un portable sur toi ? demanda-t-il à Todd.

— Ouais.

— Salzar a une photo de Bill en sang, expliqua Hooker. On dirait qu'on lui a tiré dessus. Je sais que Bill était à Naples, donc commençons par là. Appelle l'hôpital du coin et essaie de savoir si Bill y a été admis.

Todd entra en communication avec l'hôpital et demanda si un Bill Barnaby y avait été accueilli. S'ensuivirent des tas de *hun hun, hun, hun, hun, hun*.

— O.K., fit Todd lorsqu'il eut raccroché. Il y a une bonne et une mauvaise nouvelle. La mauvaise, c'est qu'on a tiré sur Bill. La bonne nouvelle, c'est que son état est stable. Qu'il venait de se faire opérer et qu'il se trouvait en salle de réveil.

Je me calai dans mon siège, fermai les yeux et respirai un bon coup.

— Je n'aime pas que Bill soit blessé. Je sais qu'il est adulte, et tout et tout, enfin, en quelque sorte… mais c'est toujours mon petit frère.

— Bill ira bien, dit Hooker en serrant de nouveau mon poignet pour me rassurer. Nous allons essayer de l'appeler dans une heure. Peut-être que tu pourras lui parler.

Nous traversâmes les Lower Keys pour nous retrouver sur le Seven Mile Bridge. L'eau clapotait en contrebas et la Mini était secouée par le vent, mais elle tenait la route. Nous arrivâmes à Marathon Plaza et Hooker ralentit en avisant deux types qui réparaient un pneu à plat sur le bas-côté. La voiture était une Ford Taurus blanche. Nous nous rapprochâmes, et Hooker secoua la tête, incrédule. C'étaient Gominé et Boiteux.

— J'aimerais vraiment les écraser, dit Hooker. Mais je ne crois pas que je pourrais m'en tirer à si bon compte si près de la Plaza.

— Dommage d'avoir jeté le revolver de Boiteux. On aurait pu leur tirer dessus.

— Dieu sait combien de personnes ce revolver a tuées, fit Hooker. Ça n'aurait pas été malin de nous faire piquer en possession de cette arme.

Gominé leva les yeux quand nous passâmes devant eux en trombe, et je vis la stupeur envahir son visage dès lors qu'il nous reconnut.

— Je crois qu'on est mal, lançai-je à Hooker.

Celui-ci jeta un œil dans le rétroviseur.

— Il faut encore qu'ils remontent le pneu. Peut-être que nous pourrons sortir des Keys avant qu'ils ne nous rattrapent. Une fois que nous aurons dépassé Largo, j'aurai plus de choix d'itinéraires.

Une demi-heure plus tard, juste au moment où je commençais à me sentir mieux, Todd aperçut la voiture derrière nous.

— Vos amis nous ont rattrapés, dit Todd. C'est ce qu'on appelle une « journée sans », non ?

C'était un milieu de matinée dans un milieu de semaine, et il n'y avait pas beaucoup de voitures sur la route. Trois nous dépassèrent, en direction du sud. Derrière elles la route était déserte. Pas de véhicules à la suite de Gominé et de Boiteux.

— C'est là qu'ils vont entrer en scène, dit Hooker. On va se marrer. Gominé va nous obliger à nous garer sur le côté.

La Taurus blanche fit un écart pour nous dépasser et Hooker sourit en regardant dans son rétroviseur.

— Boiteux a un revolver braqué sur nous, dis-je. Je ne crois pas que ce soit une sarbacane.

— Je le vois, répondit Hooker.

Todd se planqua sous le niveau de la vitre.

— *Doux Jésus !*

Ils se trouvaient juste à notre hauteur, et Boiteux nous faisait signe de nous garer sur le côté avec son revolver. Hooker hocha la tête pour lui montrer qu'il avait compris avant de se laisser distancer de quelques mètres.

— Tout est une question de timing et de positionnement, déclara Hooker. Accrochez-vous.

Et il tira brusquement sur la gauche, percutant violemment la Taurus.

— Ouh ! là, là ! fit Todd, tête toujours baissée. Qu'est-ce que tu fais ? On n'est pas dans un *demolition derby*[1] !

La Taurus caréna à travers la route, percuta un petit remblai, roula une fois avant de s'arrêter dans un nuage de fumée, pneus en l'air, dans un bosquet de palétuviers.

— Amateurs ! fit Hooker en regagnant sa file, pied au plancher.

Todd se releva juste à temps pour voir le tonneau.

— Aïe.

— C'était un joli coup, mais franchement minable,

1. Course de voitures où tous les coups sont permis et où le gagnant est celui qui parvient encore à rouler malgré les chocs. *(N.d.T.)*

comparé à l'explosion d'un bateau de plusieurs millions de dollars.

— Quelle explosion ? fit Todd. Je n'étais pas là !

— Tu ne crois pas que nous devrions retourner voir s'ils vont bien ? demandai-je.

— Chérie, ils viennent de braquer un revolver sur toi, dit Hooker. Si nous y retournons, ce sera pour mettre le feu à leur voiture.

— J'ai encore mon briquet sur moi, lança Todd.

Nous passâmes Largo et restâmes sur la Route 1. Arrivés dans Florida City, Hooker se gara devant un petit centre commercial afin que nous puissions nous dégourdir les jambes et examiner les dégâts sur la voiture.

J'étais sortie, mais Hooker n'arrivait pas à ouvrir sa portière et sa vitre était bloquée.

— Ne bouge pas ! dis-je. J'ai l'habitude.

Je farfouillai parmi les cochonneries dans le coffre et trouvai un tournevis au gros cul que je fourrai entre la portière et le chambranle pour faire levier.

— Leçon numéro un de mon père, dis-je à Hooker, ne jamais aller nulle part sans Maglight ni tournevis. Plus il est gros, mieux c'est.

— La leçon numéro un de mon père portait sur l'ouverture de bouteilles de bière, me répondit-il en sortant et en contemplant la Mini. C'est une petite voiture solide. Vu sa taille, elle tient vraiment bien. Cette aile a besoin d'une nouvelle carrosserie. Bon, d'accord, Bill a probablement besoin d'une *toute nouvelle* aile gauche.

— Rien au niveau de la structure, constatai-je, sur le dos, sous la voiture. À première vue, je ne vois pas de dégâts sur le châssis ou sur les jantes.

Dans une petite épicerie, nous achetâmes des sodas frais et regagnâmes la voiture.

— Je coupe par le nord jusqu'au Tamiami Trail, dit Hooker à Todd. J'emmène Barney à Naples ; nous allons rendre visite à Bill. J'ai certains potes de mon écurie à Homestead. Y font des espèces de mondanités sur le circuit. Je peux demander à l'un d'eux de venir te chercher et de te ramener à Miami Beach, ou ailleurs. Vu que tu viens de détruire le *Flex*, j'imagine que tu n'as pas forcément envie de rentrer tout de suite chez toi. Pas avant que l'on ait tiré tout cela au clair.

— Merci. Ce serait super. Y a quelqu'un chez qui je peux séjourner à North Miami.

Hooker se servit de nouveau du téléphone de Todd, et dix minutes plus tard, il fit sortir la Mini du parking et nous reprîmes la Route 1.

— Je coupe par le Trail au lieu de remonter jusqu'à Alligator Alley. Ça va moins vite, mais c'est plus court. Nous devrions arriver à Naples dans deux heures.

Le Tamiami Trail coupait la pointe inférieure de la Floride, traversait des marécages plats sur des kilomètres, la monotonie du paysage étant de temps en temps interrompue par des pancartes qui faisaient la publicité pour des traversées en hydroglisseurs conduits par des Indiens. C'est surtout une route à deux voies qu'utilisent des gens qui ne sont pas pressés. Hooker ne tombait pas dans la catégorie des « *pas pressés* ». Il roulait à cent quarante-cinq kilomètres-heure, zigzaguait à travers la circulation comme lors d'une journée de boulot ordinaire. Si ce n'était pas Hooker qui conduisait, j'aurais bloqué mon pied sur le tableau de bord, prête à m'enfuir de la voiture à la première occasion.

— C'est quoi, ces mondanités qui se passent à Homestead ? lui demandai-je.

— Une espèce de truc organisé par les sponsors avant la saison. Ils voulaient que j'y participe mais j'ai refusé. La saison est longue et dure, et je n'esquive jamais les responsabilités de mon écurie, mais c'est mon temps à moi et je n'y renoncerai pas. Je leur ai dit d'envoyer une voiture à ma place. Nous avons quelques véhicules que trimballe un camion spécial et qui servent à cela. Ils ressemblent au mien, mais peuvent servir à faire faire des tours aux fans. Ce sont des bagnoles dans lesquelles nous avons couru ; elles sont superauthentiques.

Hooker respecta la limitation de vitesse quand nous approchâmes de Naples ; le décor passa brusquement de marécageux à civilisé. Salles de cinéma, centres commerciaux, terrains de golf, magasins de meubles haut de gamme, et concessionnaires automobiles bordaient le Trail. J'avais appelé et obtenu l'adresse de l'hôpital. On m'avait dit que Bill était dans sa chambre, mais sous sédatifs, et qu'il ne pouvait pas parler.

Lorsque nous arrivâmes à l'hôpital, Bill était plus ou moins réveillé, sous intraveineuse et surveillance respiratoire. Une infirmière m'avait appris qu'aucun organe vital n'avait été touché mais qu'il avait perdu beaucoup de sang.

— Je sais que mes yeux sont ouverts, dit Bill d'une voix douce et indistincte. Mais je me sens un peu lent.

— Nous n'allons nulle part, lui répondis-je. Repose-toi. Nous serons là quand tu te réveilleras.

Bill rouvrit les yeux en début de soirée.

— Salut, fit-il. (Sa voix était plus forte et ses pupilles n'étaient plus dilatées comme des pièces de vingt-cinq cents.) Comment avez-vous su que j'étais là ?

— C'est une longue histoire, dis-je. On devrait peut-être la garder pour plus tard.

— Ouais, et certaines parties sont trop croustillantes pour les gâcher dans ton état de drogué, ajouta Hooker.

Je me tenais à son chevet et je sentis Hooker se coller contre mon dos, effleurant ma nuque de sa main. Probablement peur que je ne m'évanouisse. J'étais quasi sûre que sa crainte n'était pas justifiée, mais c'était tout de même agréable de se sentir soutenue.

— Ils nous ont trouvés, expliqua Bill. Je ne sais pas

comment. L'hélicoptère, probablement. Il a fait pas mal de survols quand nous étions dans le Golfe. Je ne pensais pas qu'ils m'avaient vu entrer dans Gordon Pass, mais bordel…

Il était redevenu blanc avec un souffle faible.

— Tu vas bien ? lui demandai-je. Tu souffres ?

— Une douleur à laquelle tu ne peux rien faire, Barney. Ils ont enlevé Maria, n'est-ce pas ? Nous étions dans la maison que j'ai louée, au lit, en train de dormir, quand ils sont arrivés, reprit Bill. Deux Cubains. Ils l'ont emmenée. Elle hurlait et pleurait et j'ai essayé de l'aider, mais ils m'ont tiré dessus. C'est la dernière chose dont je me souviens.

— Il y a un flic dehors qui attend pour te parler. Il dit qu'on t'a retrouvé dans ton allée.

— J'imagine que j'ai réussi à m'y traîner.

Heureusement, d'ailleurs. Le flic dans le couloir nous avait appris qu'un automobiliste qui passait avait aperçu Bill allongé dans son allée. S'il était resté dans la maison, personne ne l'aurait découvert. Il se serait sûrement vidé de son sang.

— Je parlerai des Cubains et de Maria au flic, mais pas de l'or, décida Bill. Vous devriez aller voir à la maison si l'or s'y trouve encore. Je l'ai laissé sur le bateau. Il est amarré au dock juste derrière la maison. (Ses yeux s'embuèrent.) Je l'aime, Barney. Je l'aime vraiment. Tout va s'arranger, n'est-ce pas ?

— Oui, tout va s'arranger.

— On la retrouvera, pas vrai ?

Je hochai la tête, presque incapable de parler.

— On la retrouvera.

10

Je m'entretenais avec le médecin de Bill pendant que le flic interrogeait mon frère. Si son état restait stable, il serait autorisé à rentrer chez lui demain. Il avait une blessure superficielle au bras, et la balle dans sa poitrine avait fêlé une côte mais sans rien toucher d'autre. Il avait eu de la chance… si on peut appeler chance le fait de se faire tirer deux fois dessus.

Le flic était perplexe lorsque je laissai Bill. J'imagine qu'il n'était pas particulièrement ravi : un enlèvement et une fusillade sans mobile. Il ne fallait pas être un génie pour comprendre que l'histoire présentait des lacunes.

J'aurais pu dire au flic que Salzar m'avait kidnappée et menacée, et qu'il avait des photos de Bill et de Maria. Le problème, c'est que je n'avais pas les clichés en ma possession. Et que pour l'enlèvement, c'était la parole de Salzar contre la mienne et celle de Hooker. Et notre seul témoin était un type qui avait fait exploser un bateau de plusieurs millions de dollars.

Donc, je n'avais pas spécialement envie de parler au flic. D'autant plus que mon expérience à leur égard, à ce jour, ne cassait pas des briques. Ce que je voulais vraiment, c'était prendre Bill dans mes bras et l'emmener dans un endroit sûr. Puis élaborer un plan pour désamorcer la situation.

Nous restâmes jusqu'à vingt et une heures. Bill fut mis sous calmants et se laissa gagner par le sommeil. Hooker et moi nous quittâmes l'hôpital, direction le parking.

— J'ajoutc cette journée à ma liste de journées vraiment merdiques, déclara Hooker. J'en ai connu des tonnes. Pas grand monde ne se fait tirer dessus dans la Nascar, mais certains sont blessés ou meurent. C'est toujours horrible.

— Pourquoi es-tu pilote automobile ?

— Je ne sais pas. J'imagine que c'est comme ça, c'est tout. J'avais tendance à penser que c'était pour la gloire, mais il s'avère que la gloire est vraiment casse-bonbons. Je suppose que ça pourrait être pour l'argent, mais la vérité c'est que j'en ai suffisamment. Et pourtant, je continue à courir. Dingue, hein ?

— Tu aimes ça.

Hooker afficha un grand sourire. Gamin. Surpris par la vérité toute bête.

— Ouais, j'aime ça.

— Tu es un bon pilote.

— Je croyais que tu ne suivais pas la Nascar.

— J'étais à Richmond l'an dernier. Tu as été fantastique.

— Ça alors, j'en reviens pas ! Je ne suis pas habitué à ce que tu sois gentille avec moi.

— Tu as la mémoire courte. J'ai embrassé ta blessure par flèche.

— Je pensais que c'était un baiser de pitié. J'étais pathétique.

— Ouais, mais j'ai tout de même été gentille avec toi.

Nous entrâmes dans la Mini cabossée, et Hooker mit le cap plein sud, vers la ville.

— Je n'ai pas passé beaucoup de temps à Naples, me

dit-il, mais je pense que je saurai trouver la maison. Bill m'a expliqué comment y aller.

Il tourna à droite sur la Cinquième Avenue et nous traversâmes des quartiers de restaurants et de boutiques. Des gens mangeaient en terrasse et flânaient dans des galeries d'art. Le rythme était plus lent qu'à South Beach. Le look, plus conservateur. Les palmiers étaient enveloppés de lumières scintillantes et les voitures hors de prix.

Nous prîmes à gauche sur Gordon Drive et observâmes les maisons de plus en plus imposantes à mesure que nous roulions vers le sud. Plus de restaurants ni de boutiques. Pas de tours d'habitation. Des rues entières de demeures au prix exorbitant et de jardins aménagés par des pros. Et derrière les maisons, sur notre droite, le golfe du Mexique.

Lorsque nous parvînmes au Port Royal Beach Club, Hooker tourna à gauche dans un quartier de rues en courbe qui, nous le savions, suivaient une légion de canaux artificiels. La moitié des maisons étaient des ranches des années 1970 et l'autre moitié, des McMansions[1]. Ces dernières occupaient tout leur terrain et étaient dissimulées derrière des portails en fer forgé, qui donnaient sur des venelles en briques et des jardins luxuriants. J'imaginais bien que les McMansions devaient faire lever les yeux au ciel aux vieux résidents de Naples. *Moi*, je trouvais les McMansions magnifiques. D'ailleurs, je considérais les ranches comme pas mal non plus.

Dans ma tête, j'imaginais des stars de cinéma vivre derrière ces portails en fer forgé, voire les cinq cents premiers P.-D.G. du magazine *Fortune*. La réalité était probablement moins drôle. Ces demeures devaient sûrement

1. Immenses demeures somptueuses dont la taille et le style ne cadrent pas avec les petites maisons environnantes. Leurs propriétaires affichent ainsi leur position sociale et autres signes extérieurs de richesse. *(N.d.T.)*

appartenir à des agents immobiliers qui se faisaient un maximum de fric sur un marché cruellement en hausse.

Bill avait loué l'un des ranches. On le reconnaissait facilement au ruban jaune de scène de crime qui s'étendait devant la propriété et empêchait les gens d'emprunter l'allée circulaire.

Hooker se gara au bord de la route et nous nous faufilâmes sous le ruban, en direction de la porte d'entrée. Même dans le noir nous pouvions distinguer les taches de sang qui parsemaient l'allée de briques jaunes et le porche d'entrée en béton.

— Tu devrais peut-être retourner à la voiture, me dit Hooker. On n'est pas obligés d'être là tous les deux. Je vais juste rassembler les affaires de Bill et jeter un œil au bateau.

— Merci, mais ça va.

En l'absence de fausse crotte de chien, Bill avait dissimulé la clé sous un pot de fleurs sous le porche d'entrée. Hooker la trouva et ouvrit la porte. Nous entrâmes et il alluma la lumière. L'entrée était en marbre blanc et le sol moquetté de beige. Il y avait une sinistre trace de sang qui s'étendait de l'entrée au tapis beige. Des marques sombres se trouvaient à l'endroit où Bill était tombé et où il s'était traîné. Au milieu de l'entrée, il y avait une empreinte de main rouge sang parfaite. Celle de Bill. Des gouttes avaient giclé en décrivant un arc.

J'eus mal à l'estomac et tombai à genoux. À quatre pattes, je réprimai ma nausée en tremblant sous l'effort.

Hooker m'aida à me relever et m'emmena aux toilettes. Il m'installa sur la cuvette, fourra ma tête entre mes jambes, et passa un essuie-mains trempé sur mon crâne et mon cou.

— Respire, me dit-il. (Sa main se trouvait sur la serviette, dans ma nuque.) Pousse sur ma main. *Pousse.*

— Je crois qu'en fait, ça n'allait pas.

— Personne n'irait bien en voyant ce genre de choses.

Il remplaça la serviette par une nouvelle, et l'eau ruissela sur mon cou et inonda mon T-shirt et mon short.

— Tu vas rester ici pendant que je rassemble les affaires de Bill. Tu dois me promettre de ne pas bouger d'un chouïa.

— Je te le promets.

Dix minutes plus tard, il revint me voir.

— J'ai rangé les affaires de Bill et de Maria dans le coffre de la Mini. Tu peux te lever ?

— Oui. Je suis horrifiée, dégoûtée et en colère, mais je ne suis pas malade. Et je ne vais pas jouer les chochottes quand je verrai le sang en sortant. Ça m'a prise au dépourvu, c'est tout.

Hooker me prit la main, me fit passer devant les marques dans l'entrée, puis nous sortîmes. Il éteignit les lumières, verrouilla la porte et empocha la clé.

— Je veux te montrer quelque chose là-bas, me dit-il. Marche un peu avec moi.

Nous suivîmes un sentier qui contournait la maison, passâmes devant des orangers et des fleurs qui embaumaient encore l'air nocturne. Une piscine s'étalait sur toute la largeur du jardin et, derrière le bassin, une parcelle de pelouse impeccable, et, plus loin, un dock et derrière le dock, le canal. La pleine lune planait dans le ciel bas, reflétant la lumière qui miroitait sur l'eau noire.

— C'est joli, n'est-ce pas ? me dit Hooker.

C'était plus que joli. C'était apaisant. En se tenant là et en contemplant le canal, il était difficile d'imaginer que quelque chose de tragique s'était produit dans la maison derrière nous.

— Pas de Sunseeker, constatai-je.

— Non, mais bon, nous savions déjà qu'ils avaient l'or.

Nous retournâmes à la voiture et quittâmes Port Royal. Hooker refit le trajet en sens inverse, emprunta le Trail, en direction du nord. Cette partie de la route était embouteillée. Des immeubles de bureaux, des centres commerciaux, des magasins de meubles et des chaînes d'hôtels bordaient les deux côtés de l'autoroute. Hooker s'arrêta devant le premier relais qu'il trouva et se gara dans la zone de déchargement.

— Je vais faire un saut pour voir si je peux avoir une chambre, me dit-il. Je suppose que tu ne veux pas dormir avec moi ?

Il le dit avec un désespoir de petit garçon si plein d'espoir que j'éclatai de rire.

— Je ne suis pas prête.

Il enroula ses doigts dans mon T-shirt, m'attira contre lui et m'embrassa. Ses mains étaient plaquées sur mes seins, sa langue glissait sur la mienne, et je sentis mon moteur démarrer en vrombissant.

— Préviens-moi quand tu le seras. Parce que moi, je suis prêt depuis le premier jour où je t'ai rencontrée.

Bon, d'accord, j'avais peut-être intérêt à reconsidérer ma position. Rien ne me permettait d'affirmer que j'avais un petit garçon devant moi. En fait, je pensais que Hooker faisait preuve de la même ténacité quand il se concentrait sur une femme que lorsqu'il courait sur un circuit automobile : il ne perdait pas le prix de vue.

Hooker donna un bon coup de poing dans la portière cabossée pour l'ouvrir. Il sortit de la Mini en se contorsionnant et trotta jusqu'à la porte tambour de l'hôtel. Il réapparut dix minutes plus tard et sortit nos sacs du coffre.

— Chérie, la voie est libre, me dit-il. On a des chambres, sans les méchants.

Le lendemain matin, le médecin de Bill m'assura que tous les signes étaient bons et qu'il se montrait suffisamment robuste pour sortir de l'hôpital. Ça ne se voyait pas. Bill était encore pâle, avec un bras bandé, en écharpe. Sa poitrine était emmaillotée, doublement même. Il avait du sang coagulé sous les ongles et une bosse sur le front, aussi grosse qu'une noix. Je l'avais habillé d'un short kaki et d'une chemise à fleurs orange et bleu, dans l'espoir de lui remonter le moral. Il s'avéra que Bill n'avait besoin de rien dans la mesure où il avait été shooté aux analgésiques et autres tord-boyaux pour le retour.

L'hôpital et la police supposèrent que Bill retournerait dans la maison qu'il avait louée. Hooker et moi ne dîmes rien pour les détromper, car nous avions d'autres projets. Nous chargeâmes Bill sur le siège avant de la Mini et partîmes en direction de Miami Beach.

Il était midi quand nous traversâmes le Causeway Bridge et pénétrâmes dans South Beach. C'était une journée hyperensoleillée ; les températures avoisinaient les 26 °C sans un brin d'air. Hooker tourna sur Alton Avenue en direction de l'immeuble de Judey.

— Nous te laissons chez Jude, dis-je à Bill. Tu te souviens de Jude ?

— J-u-u-u-de, fit Bill.

Bill était défoncé.

— Je ne sais pas ce qu'ils lui ont donné, observa Hooker, mais je ne serais pas contre en prendre un peu.

Hooker se gara dans le parking de l'immeuble, nous fîmes sortir Bill de la voiture en le soutenant par le dos jusqu'à l'ascenseur.

Hooker appuya sur le bouton du vingt-septième étage et me regarda.

— Ça va aller ?

— Bien sûr. Vingt-sept, c'est du gâteau.

J'étais simplement soulagée que ce ne soit pas le trente-deuxième.

Nous traînâmes Bill hors de l'ascenseur, descendîmes le petit couloir et sonnâmes chez Judey.

— Juste ciel ! s'écria-t-il en nous ouvrant la porte en grand. Regardez-moi ce pauvre petit raté !

— Il plane, plus haut encore que le vingt-septième

étage, expliquai-je à Judey. Ils lui ont donné des analgésiques pour le retour.

— Sacré veinard ! J'ai préparé ma chambre d'amis. Allons le border, puis je m'occuperai bien de lui. Je suis très mère nourricière. Et je ne le laisserai pas seul une minute. Il ne lui arrivera rien de grave tant que je serai sur le coup.

L'appartement de Judey était décoré de couleurs chaudes et audacieuses. Murs mandarine et canapés rouge vif. Peau de zèbre sur la table basse. Comptoirs en granit noir dans la cuisine. C'était frappant, à tel point que vous en preniez plein la vue.

Nous accompagnâmes Bill dans la chambre d'amis et le couchâmes.

— Tout est rouge, dit-il. Suis-je en enfer ?

— Non, répondis-je. Tu es dans la chambre d'amis de Judey.

— J-u-u-diiiiiiii.

Je tendis à Judey le sac contenant les antibiotiques et les antidouleurs de Bill.

— Les consignes sont sur les étiquettes, dis-je. Il y a aussi une feuille avec les instructions pour changer les pansements et pour les visites du médecin.

— N'aie pas peur. Judey est là. (Il planta ses yeux dans ceux de Hooker.) Et toi, prends soin de Barney.

— J'essaie, répondit Hooker.

Nous les quittâmes, et parcourûmes la courte distance qui nous séparait de l'ascenseur. Les portes s'ouvrirent pour nous faire entrer, et Hooker appuya sur le bouton du rez-de-chaussée.

— Si tu as peur de l'ascenseur, le gros coureur Nascar intrépide serait ravi de te tenir tout contre lui pour que tu te sentes en sécurité.

— Merci, mais je suis trop abasourdie pour avoir peur.

— Tu ne pourrais pas faire semblant ?

Quand nous étions gosses, Bill et moi ramenions toujours des animaux perdus à la maison. Chiens, chats, oiseaux aux ailes cassées, bébés lapins. Mes parents n'avaient pas le cœur de refuser ces animaux abandonnés, mais la règle était que les bêtes n'avaient que le droit d'aller dans le jardin et la chambre de Bill. Bien sûr, le chien aveugle et le chat à l'oreille à moitié arrachée finirent par trouver le chemin du salon. Les oiseaux furent soignés et libérés, mais ils refusèrent de s'en aller. Les lapins grandirent et migrèrent dans toute la maison, rongèrent les fils électriques et grignotèrent les plinthes. Et nous les aimions tous. Le fait est que Bill aime facilement et immédiatement. À l'inverse du reste de la famille, moi y compris.

C'était sans doute une erreur, mais je m'attachais de plus en plus à Hooker, comme à l'un de ces animaux que Bill adoptait. Mon côté intelligent me disait : « *Tu déconnes ou quoi ?* » Mon côté tout tendre, celui qui laissait le chat à une oreille dormir sur ma poitrine toute la nuit et presque m'étouffer pendant cinq ans, trouvait Hooker attachant. Et mon côté sexuel estimait que la théorie de la boulangerie était l'un de ces trucs de mecs que je ne comprendrais jamais parfaitement. J'étais du style à nourrir une envie maladive pour une pâtisserie bien particulière, à en être obsédée, à en rêver, à la désirer. Et, enfin, à craquer, à l'acheter et à la dévorer.

Et voilà que Hooker devenait savoureux. Flippant, non ?

Arrivés au parking par l'ascenseur, nous retrouvâmes notre chemin jusqu'à la Mini. Hooker et moi avions de nouveaux téléphones portables. Le mien sonna juste au moment où j'allais attacher ma ceinture.

— Barney, fit ma mère. Où es-tu ? Tout va bien ?

— Tout va bien. Je suis toujours à Miami.

— Es-tu avec Bill ?

— Je viens de le laisser.

— Il ne répond jamais au téléphone. Sa messagerie est saturée. Je ne peux plus laisser de messages.

— Je lui dirai de te rappeler. Peut-être demain.

— Quand rentres-tu ? Dois-je aller arroser tes plantes ?

— Je n'ai pas de plantes.

— Comment ça, tu n'as pas de plantes ? Tout le monde a des plantes.

— Les miennes sont en plastique.

— Je n'ai jamais remarqué.

Je raccrochai et Hooker me sourit.

— Tu as vraiment des plantes en plastique ?

— Fais-moi un procès si tu veux, mais je n'ai pas la main verte.

Mon téléphone sonna de nouveau. C'était ma chef.

— Urgence familiale, lui dis-je. Je vous ai laissé un message sur votre boîte vocale. Oui, je sais que c'est gênant. En fait, je ne sais pas quand je reviendrai, mais bientôt, je pense.

— Ça s'est bien passé ? me demanda Hooker quand je raccrochai.

— Oui. Tout est super.

Je m'étais fait virer mais, tant pis, je n'aimais pas mon boulot de toute façon.

Je reçus deux autres coups de fil. L'un de mon amie Lola. Et l'autre d'une collègue qui travaillait avec moi à la compagnie d'assurances. Je les rassurai sur mon sort, en attendant de les rappeler.

Enfin j'eus un appel de Rosa, celui que j'attendais. Je lui avais demandé d'effectuer une recherche pour moi.

— Je l'ai ! dit Rosa. J'ai la liste de toutes les propriétés que possède Salzar à Miami. Felicia m'a aidée. Elle a une cousine qui travaille aux impôts. Nous avons même l'adresse de sa petite amie.

Je coupai et me tournai vers Hooker.

— Rosa a la liste.

Hooker trouva une place de parking à un demi-pâté de maisons de l'usine de cigares. Nous avions acheté des sodas et des hamburgers dans un drive-in, et nous prîmes quelques minutes pour les finir. Le téléphone de Hooker sonna.

— Mon agent, m'expliqua-t-il. C'est le quatrième appel de la journée. Ce type n'abandonne jamais.

— C'est à propos de ces mondanités de Homestead ?

— Ouais. Je lui ai parlé tout à l'heure. Le camion qui transporte les véhicules est là avec la voiture publicitaire. Il essaie encore de me convaincre de faire une apparition.

— Tu devrais peut-être l'écouter.

— J'veux pas y aller. Et qui te protégera si j'y vais ?

— Au début, tu me suivais partout parce que tu ne me faisais pas confiance.

— Oui, mais tout cela a changé. Ce n'était qu'en partie vrai de toute façon. Si je te suivais partout, c'était surtout à cause de ta petite jupe rose et de tes longues jambes roses.

Une Crown Vic bleue se gara de l'autre côté de la rue à l'autre bout du pâté de maisons, et Gominé et Boiteux en sortirent.

— J'y crois pas, fit Hooker. Ils charrient, non ?

Gominé avait toujours le bras en écharpe et, de surcroît, un énorme pansement sur le nez. Boiteux portait une minerve et une attelle au genou. Son pied était toujours bandé, enveloppé dans une chose qui ressemblait à une sandale en velcro, et il s'aidait pour marcher d'une seule béquille.

Aucun des deux hommes ne nous vit. Ils traversèrent la rue et pénétrèrent dans l'usine de cigares.

— Nous devrions peut-être appeler la police, suggéra Hooker.

— Elle n'arrivera pas à temps. Allons voir si l'on peut aider Rosa.

Nous étions à moitié sortis de la Mini lorsque la porte de la fabrique s'ouvrit à la volée et une béquille vola, suivie de Gominé et de Boiteux. Ils tombèrent, se relevèrent tant bien que mal, puis gagnèrent péniblement la Crown Vic.

Tout le personnel se déversa sur le trottoir, hurlant en espagnol. Rosa et deux autres femmes étaient armées de pistolets. *Pan!* Rosa tira un coup qui souffla l'aile arrière de la Crown Vic. *Pan! Pan!* Les autres femmes firent feu.

Gominé démarra laborieusement la Crown Vic en laissant quelques morceaux de caoutchouc derrière lui.

— Tête de nœud ! brailla une femme à la voiture en fuite.

Nous rejoignîmes le groupe.

— Que s'est-il passé ? demandai-je.

— Des losers sont venus pour essayer d'enlever Rosa, vous imaginez ?

— C'étaient ces deux types de Key West, expliqua Rosa. Ils ont dit qu'ils voulaient me parler dehors. Je leur ai répondu qu'ils pouvaient aussi bien me parler à *l'intérieur*. Puis ils se sont mis à jouer les gros bras et à me menacer si jamais je ne sortais pas.

Une vieille femme trapue aux cheveux gris courts et au cigare dans la bouche donna un coup de coude à Rosa.

— Bien fait pour eux, hein ? On ne joue pas les gros durs dans cette boutique. On leur a bien secoué les puces. On s'est bien débarrassées d'eux.

— Attendez là, nous dit Rosa à Hooker et à moi. Je vais chercher la liste.

La béquille trônait toujours au beau milieu de la route.

Un pick-up tout poussiéreux, transportant du matériel de jardinage à l'arrière, heurta la béquille dans un bruit de ferraille et s'arrêta. Un homme en descendit, se dirigea vers elle et l'examina. Puis il la balança dans le pick-up et redémarra.

— On ne sait jamais, une béquille ça peut toujours servir, lança Hooker.

Rosa ressortit de l'usine de cigares, son gros sac en paille au bras et un morceau de papier à la main. Elle portait des chaussures en plastique clair ouvertes aux orteils et aux talons pointus de quatre centimètres, un pantalon en coton bleu qui lui arrivait à mi-chevilles, et un T-shirt rouge vantant un resto de crabes cailloux.

— Très bien, dit Rosa. Je suis prête. Nous n'avons qu'à passer prendre Felicia.

Hooker me gratifia d'un grand sourire.

— Et dire que j'allais perdre mon temps à aller à la pêche !

Nous nous arrêtâmes devant l'étal de fruits et Felicia s'entassa à côté de Rosa.

— Tu sais, ces deux types sur lesquels tu as tiré ? Ils viennent de passer à l'usine de cigares pour essayer de m'emmener de force.

— Ils n'ont pas fait ça ?!

— Si.

— Que leur as-tu dit ?

— D'aller se faire foutre.

— Ils vont peut-être s'arrêter ici ensuite, et je vais les louper. Ce serait dommage, observa Felicia.

— S'ils tiennent vraiment à te parler, ils reviendront, déclara Rosa. Entre-temps, peut-être que ton mari leur aura tiré dessus. (Rosa se pencha en avant.) Tourne à droite à la prochaine, dit-elle à Hooker. Et c'est deux rues plus loin. La première propriété sera sur la droite. C'est un immeuble d'habitation.

L'immeuble en question était haut de quatre étages et le mur du rez-de-chaussée, recouvert de graffitis de gangs. De la porte d'entrée ne résistaient que quelques charnières sur le jambage. À l'intérieur, un petit hall sombre avec quatre boîtes aux lettres et, sur la droite, une cage d'escalier à vous donner la chair de poule. Nous réussîmes à nous caser dans l'entrée pour lire les noms sur les boîtes aux lettres.

— Je n'en connais aucun, constata Felicia. Ce doit être des étrangers. Du style Sud-Américains.

Le hall d'entrée ne sentait pas la rose. Et la cage d'escalier empestait encore plus.

— Inutile de monter en troupeau, décréta Hooker. J'y vais et vous trois, vous restez ici.

— Fais attention, dit Felicia. Fais gaffe aux gros cafards.

Hooker grimpa, et Rosa, Felicia et moi sortîmes sur le trottoir.

— Un peu de Javel ne ferait pas de mal à cet immeuble, lança Rosa. C'est ce qu'il y a de mieux pour nettoyer ce genre de bâtiment.

— Autant lui mettre le feu, rétorqua Felicia. Rénovation urbaine. Nouveau départ.

Dix minutes plus tard, inquiète pour Hooker, je jetai un œil aux fenêtres.

— Il devrait être redescendu, fis-je.

— Pas de coups de feu, rétorqua Rosa.

— Ouais, et pas de hurlements, ajouta Felicia. Laissons-lui encore un peu de temps.

Quelques minutes plus tard, Hooker apparut en bas des marches, suivi d'une foule tout sourires.

Un homme arborait *Hooker* sur le front.

— Au revoir, Sam Hooker, disaient-ils.

— Merci d'avoir signé ma casquette.

— Merci d'avoir appelé ma sœur.

Une femme arriva en courant, munie d'un appareil photo, et le groupe prit la pose avec Hooker qui souriait au milieu.

Nous montâmes dans la Mini et démarrâmes.

— Des fans de course automobile, expliqua Hooker. Maria n'était pas là.

Nous fouillâmes deux autres immeubles, sans résultat. La quatrième propriété sur la liste correspondait à un entrepôt. Nous estimions tous qu'il présentait de fortes probabilités dans la mesure où un camion rempli d'or pouvait être caché à l'intérieur.

L'entrepôt faisait trois étages et occupait la moitié d'un pâté de maisons. Il comportait trois box et une porte ordinaire. Tous étaient fermés à clé. Des fenêtres sombres surmontaient les portes. Celles du deuxième étage étaient cassées. Nous descendîmes en voiture une allée jonchée d'ordures qui séparait le pâté de maisons pour nous rendre derrière le bâtiment. Quelques bennes à ordures occupaient l'espace et plus loin une porte, également verrouillée. Les fenêtres du rez-de-chaussée, peintes en noir, étaient sécurisées par des barres de fer.

— Monte sur une benne, lança Felicia à Hooker. Comme ça tu pourras passer par la fenêtre.

Hooker évalua la situation.

— Ça ne reviendrait pas à entrer par effraction ?

— Si, et alors ?

— Et s'il y a quelqu'un ?

— Alors on déguerpira. Sauf si ce sont des fans de course automobile, dans ce cas tu pourras rester pour signer des autographes.

— J'imagine que j'aurais l'air d'un héros si je retrouvais Maria. Et comme je fais cela pour ton frère, tu m'en serais éternellement reconnaissante, me dit Hooker.

Felicia agita le doigt dans sa direction.

— Tu n'as pas honte ! Je sais à quoi tu penses.

— Moi, je veux bien t'être reconnaissante, signala Rosa.

— Je le note, observa Hooker.

Il tira un cageot vers la benne pour y grimper et tenter d'ouvrir la fenêtre.

— Elle est fermée, constata-t-il. Et c'est trop haut. Je ne vois rien à l'intérieur.

— Et ? fit Felicia.

— Et je ne peux pas entrer.

— Casse-la.

— Sûrement pas ! On ne peut pas s'amuser à briser des fenêtres comme ça !

Rosa suivit le même parcours que Hooker.

— Passe-moi le cageot, demanda-t-elle à Felicia.

Felicia s'exécuta. Rosa balança le cageot en décrivant un arc et fracassa la vitre. Aucune alarme ne se déclencha. Personne n'arriva en courant.

— Je vais jeter un œil, dit Rosa à Hooker. Fais-moi la courte échelle.

Et Rosa de grimper sur Hooker. Elle avait posé son talon sur sa cuisse, et ses gros seins heurtaient son visage. Hooker lui tenait la jambe. Rosa positionna son pied sur l'épaule de Hooker, celui-ci mit sa main sous ses fesses et la poussa vers la fenêtre.

— Que vois-tu ? lui demanda Felicia.

— Rien. C'est juste un grand entrepôt vide avec trois étages, et pas d'autres sorties. (Elle regarda Hooker.) Tu peux me reposer.

Hooker s'était arc-bouté contre l'immeuble.

— Fais attention où tu mets tes pieds, la prévint-il.

Rosa avait un talon coincé dans la ceinture de Hooker et son autre jambe pliée autour de son cou. Elle attrapa son T-shirt, libéra allégrement sa jambe et Hooker perdit l'équilibre.

Il battit des bras, cherchant une prise, tandis que Rosa se retenait comme elle pouvait, enroulée autour de lui comme un singe.

Hooker tomba sur le dos, et Rosa s'écroula sur lui.

— J'ai connu pire, lança Rosa.

— Appelle police secours, fit Hooker.

Sur la pointe des pieds, je jetai un coup d'œil furtif vers Hooker.

— Tu es blessé ?

— Non. Je vais tuer Rosa.

11

Nous fîmes descendre Hooker et Rosa de la benne avant de remonter dans la Mini.

— Il y a deux autres hangars, expliqua Felicia. Un en bas de la rue, et le second, dans l'autre pâté de maisons.

Nous gagnâmes les deux entrepôts pour les trouver, tous deux ouverts. Rosa proposa spontanément d'aller jeter un œil en faisant mine de demander son chemin.

« Nous sommes perdus, dirait-elle. Nous cherchons Flagger Terrace. Et que faites-vous là, d'ailleurs, les mecs ? Et avez-vous des toilettes pour dames ? »

Ce fut un échec de plus.

Nous inspectâmes un parking, un lavomatic, plusieurs épiceries et deux autres immeubles d'habitation en ruine. Nous zappâmes la maison de Salzar et l'appartement de sa petite amie.

— Il ne nous reste plus qu'un immeuble de bureaux à Calle Ocho, déclara Felicia. C'est là que se trouvent les bureaux de Salzar.

Nous grommelâmes en chœur. Aucun de nous n'avait envie de tomber sur Salzar.

— Il ne me connaît pas, poursuivit Felicia. J'irai poser des questions à droite et à gauche.

— Je t'accompagne, dit Rosa. Il ne me connaît pas non plus.

Un petit garage sans surveillance jouxtait l'immeuble de bureaux. Le parking étant bondé, Hooker gara la Mini près d'une sortie en laissant tourner le moteur, tandis que Rosa et Felicia pénétraient dans le bâtiment. Hooker et moi restâmes dans la voiture, face à la Calle Ocho. Nous contemplâmes la circulation aux heures de pointe tout en gardant un œil sur la porte d'entrée de l'immeuble.

Une Lincoln Town Car noire se dégagea du trafic pour se garer le long du trottoir. Face de Vomi émergea de l'immeuble, tenant la porte d'entrée ouverte. Salzar sortit à grandes enjambées, traversa le large trottoir et s'arrêta devant la Town Car. Il se retourna et jeta un œil au parking où nous étions garés. Son visage ne trahit aucune expression, mais ses yeux se braquèrent sur la Mini.

Hooker agita légèrement le doigt.

— Salut, dit-il en souriant. Ravi de voir que vous avez réchappé à l'incendie.

Salzar se détourna, disparut sur la banquette arrière de la Town Car ; la voiture décolla du bord du trottoir, et descendit la rue.

Je toisai Hooker.

— Quoi ? fit-il.

— Je n'arrive pas à croire que tu as fait ça !

— Il nous regardait. J'ai été sympa.

— Arrête ton char ! Ça revenait à proclamer que ta bite était plus grosse que la sienne.

— Tu as raison, reconnut Hooker. Il fait ressortir le coureur Nascar qui est en moi.

Hooker démarra la Mini, sortit du parking et contourna le pâté de maisons. Rosa et Felicia nous attendaient quand nous revînmes.

— Nous n'avons rien trouvé, annonça Rosa. Mais Salzar a un putain de bureau de luxe. Nous ne sommes pas entrées. Nous avons juste regardé par la grande porte en verre.

— J'ai senti le soufre, ajouta Felicia. Heureusement que je porte ma croix.

Nous raccompagnâmes Felicia à l'étal de fruits, puis déposâmes Rosa chez elle.

— Et maintenant ? demandai-je à Hooker.

— Je ne sais pas. Je suis pilote automobile. Je ne suis pas détective. Je ne fais que des faux pas.

— Et Columbo, James Bond, Charlie et ses Drôles de Dames ? Que feraient-ils ?

— Je sais ce que ferait James Bond.

— Oublie James Bond. James Bond n'est probablement pas un superexemple à suivre pour toi.

— O.K. Et si on trouvait une épicerie, qu'on se prenait un tas de saloperies, qu'on s'arrêtait et qu'on les mangeait ?

Nous trouvâmes le tas de saloperies, qui consistait en sodas, nachos, Twizzlers, boîte de cookies, deux sandwiches emballés sous film plastique, et un gros sac de chips, mais pas d'endroit où nous garer pour les manger.

— Il faut que ce soit un coin romantique pour que je puisse te draguer, lança Hooker. Hé, regarde, on peut stationner dans cette allée. Il y a une place juste à côté des poubelles.

— On fait pas mieux, comme coin romantique.

— Voilà la différence entre un homme et une femme, fit-il en manœuvrant pour se garer sur une place de parking. Un homme fait preuve d'imagination quand il s'agit d'amour. Un homme est disposé à fermer les yeux sur deux ou trois choses quand l'amour est en jeu. (Il recula son siège et me tendit un sandwich.) Y a pire. C'est sympa et intime. Dans cette petite voiture, juste toi et moi.

O.K., je devais le reconnaître, c'était cosy. Et *j'étais* en train de me dire que Hooker avait de belles jambes. Bronzées, musclées, poils décolorés par le soleil. Et je demandais ce que ça ferait de poser ma tête sur son ventre plat comme une planche à laver. Ça ne voulait pas dire que je tenais à baiser dans une voiture dans une ruelle près des poubelles. Déjà donné, merci.

— Nous sommes dans un espace public, dis-je. Tu n'envisages pas réellement de faire quelque chose d'idiot, n'est-ce pas ?

— Tu veux dire, coucher avec toi ? Si, j'y pensais justement. C'est ce que ferait James Bond.

— Je n'aurais jamais dû parler de James Bond. Il est accro au sexe.

— Hé, si tu dois être accro à quelque chose, autant choisir une superaddiction. Pourquoi perdre du temps à fumer et à prendre de la cocaïne alors que tu peux être accro au sexe ?

— Tu veux des cookies ? D'autres chips ? Il en reste.

— Pas la peine d'insister, chérie, je suis en mode James Bond.

— James Bond n'appelle pas les femmes « chérie ».

Il se pencha sur moi et glissa son bras autour de mes épaules.

— Je suis un James Bond du Texas.

— Bas les pattes !

— Tu ne le penses pas ! Les femmes baisouillent toujours avec James Bond.

— *Baisouiller ?* Tu t'imagines que je vais *baisouiller* ?

— Je suppose que le terme était mal choisi. Tu ne trouves sûrement pas ça romantique, hein ? Ce que je voulais dire, c'était… oh, zut !

Et il m'embrassa. Intensément. Et au bout de quelques minutes, cette ruelle devenait vraiment intime, et je sentais à peine les ordures, et peut-être que faire l'amour dans une voiture marcherait, après tout. Ses mains s'insinuaient sous mon T-shirt, et sa langue glissait sur la mienne, et je ne sais pas comment mais je me retrouvai sur le dos dans la Mini. Les fesses à moitié basculées sur le levier de vitesses, entre les deux sièges avant, et une jambe entortillée autour de la colonne de direction. Ma tête collait à la petite portière et, d'un seul coup, je ne pus plus bouger, car mes cheveux s'emmêlaient dans la poignée.

— Au secours ! murmurai-je à Hooker.

— Ne t'inquiète pas, chérie. Je sais ce que je fais.

— Je ne crois pas.

— Dis-moi juste quelle direction prendre. Les directions, c'est mon truc.

— C'est mes cheveux.

— J'adore tes cheveux. Tu as de supercheveux.

— Merci. Le problème, c'est que…

— Le problème, c'est que l'on parle de ton *autre* toison, pas vrai ? Je l'ai déjà vue, chérie. Je sais que tu es une vraie blonde. Ça me va parfaitement.

— Hooker, ils sont *coincés* !

— Coincés ? Coincés dans quoi ? Dans ta fermeture Éclair ?

— Coincés dans la poignée de porte.

— Comment ça se fait… ? Tu ne t'es même pas déshabillée !

Il posa un genou à terre et examina mes cheveux.

— Ça craint ? lui demandai-je.

— Non. Ils sont juste un peu emmêlés. J'ai vu pire. En une minute, je te sors de là. Je vais juste défaire ces quelques petits cheveux… En fait, il y a plus que quelques petits cheveux impliqués là-dedans. Bon, d'accord, nous parlons d'une grosse implication de beaucoup de cheveux. Mais comment tu t'es débrouillée ? Très bien, pas de panique.

— *Je ne panique pas.*

— C'est bien. Ça ne sert à rien de paniquer. Peut-être que si je…

— *Aïe !* Tu m'arraches les cheveux !

— Si seulement c'était aussi simple.

Je levai les yeux et aperçus un flic qui me regardait, derrière la vitre.

— Excusez-moi, dit-il. Vous allez devoir partir.

— Laissez-nous tranquilles, répondit Hooker. J'ai un petit problème.

Le flic me sourit.

— Bon Dieu, jeune fille, vous deviez vraiment en avoir envie pour finir sur le dos dans une voiture comme celle-ci.

— C'était mon charme juvénile, rétorqua Hooker.

— Ça marche à tous les coups, acquiesça le flic.

— J'ai… glissé, c'est tout, fis-je.

Un deuxième flic arriva et baissa les yeux sur moi.

— C'est quoi, ce bordel ?

— Il était en train de lui faire sa fête, elle a glissé et s'est emmêlé les cheveux dans la poignée.

— Il ne me *faisait pas ma fête* !

Malheureusement.

Hooker leva les yeux sur eux.

— J'imagine qu'aucun de vous n'a de paire de ciseaux ?

— Ciseaux ? repris-je, ma voix grimpant d'une octave. Non ! *Interdiction de couper !*

— J'ai un couteau, proposa le premier flic. Vous voulez un couteau ?

— Non ! m'écriai-je.

— Ouais, répondit Hooker.

Je le regardai en plissant les yeux.

— Tu touches à un seul de mes cheveux avec ce couteau, et je veillerai à ce que tu sois soprano pour le restant de tes jours.

— Waouh, elle file la chair de poule, dit le premier flic à Hooker. Vous devriez peut-être réfléchir à deux fois à votre relation.

— Vous plaisantez ? fit Hooker. Regardez comme elle est mignonne avec ses cheveux emmêlés dans la poignée.

Enfin, non, peut-être pas précisément en ce moment… mais d'habitude, si.

— Tout ce que je sais, c'est que vous devez vous en aller d'ici. C'est une ruelle publique. Hé, êtes-vous Sam Hooker ?

Super.

— Ouaip, c'est moi. En chair et en os.

— Je vous ai vu remporter la course de Daytona. C'était le plus beau jour de ma vie.

— *Ouh, ouh!* fis-je. Vous vous souvenez de moi ? Et si quelqu'un démêlait mes putains de cheveux ?

Hooker laissa échapper un soupir.

— Chérie, à moins que tu ne veuilles être un accessoire pour Mini Cooper pour le restant de tes jours, tu vas devoir les couper pour te libérer.

— Tu ne peux pas m'amener chez un coiffeur ?

Hooker se tourna vers les deux flics.

— Connaissez-vous, les mecs, un salon de coiffure ouvert toute la nuit dans le coin ?

Ils marmonnèrent un truc comme quoi j'étais cinglée, puis secouèrent la tête.

— Bien. *Super.* Coupe, alors, dis-je. Qu'est-ce que je crains ? J'ai pas arrêté de me faire des cheveux blancs depuis que je suis arrivée dans cet État, alors. C'est un pauvre bled maudit, bon sang !

— C'est très négatif, observa le premier flic. C'est difficile de vivre avec une femme qui est négative. Ce n'est peut-être pas la bonne, vous voyez ce que je veux dire ? Vous êtes un coureur Nascar. Vous devez sûrement avoir l'embarras du choix.

Hooker coupa mes cheveux à l'aide d'un couteau.

— Encore un peu… *oups* !

— Quoi, *oups* ? Je n'aime pas les *oups.*

— J'ai dit *oups* ? Je voulais simplement dire : « Dieu merci, tu es démêlée. » (Il rendit le couteau au flic.) Maintenant, on va devoir t'asseoir.

— Ma jambe est coincée dans le volant, et mon pied est engourdi.

Le premier flic contourna la voiture en courant pour m'aider à libérer mon pied. Et le deuxième ouvrit la portière passager, me souleva sous les aisselles et me fit sortir.

— C'est un peu gênant, dis-je aux deux flics, mais merci de votre aide.

Je remontai en voiture, attachai ma ceinture et fusillai Hooker du regard.

— Tout ça, c'est de ta faute.

Hooker appuya sur le champignon et sortit de la ruelle.

— Ma faute ?

— C'est toi qui as commencé avec ton baiser.

Hooker sourit.

— C'était un baiser hyperdécent.

— Bien sûr, facile à dire pour toi. Tu ne *t'es* pas emmêlé les cheveux.

— Ça me semble une bonne idée d'être au-dessus quand tu fais l'amour dans une voiture.

— Tu fais souvent l'amour dans une voiture ?

— Ouais, mais d'habitude je suis tout seul.

— J'ai peur de regarder dans le miroir. Mes cheveux, ils craignent vraiment ? J'ai l'impression qu'il y en a plein qui sont restés coincés dans la poignée.

Hooker planta ses yeux sur moi, puis quitta la route en faisant une embardée sur la pelouse. Il rectifia rapidement le tir et regagna la route.

— Ils ne craignent pas.

— Tu viens de quitter la route.

— J'étais… distrait.

J'essayai d'attraper le miroir du pare-soleil, mais Hooker chassa ma main brusquement.

— Ne fais pas ça. Mieux vaut que tu ne regardes pas.

Il empoigna le pare-soleil, le tordit, l'arracha du pivot, et le balança par la vitre.

J'écarquillai les yeux.

— Tu viens de casser la voiture de mon frère !

— Chérie, la voiture de ton frère est une épave. Il ne remarquera jamais qu'il manque le pare-soleil.

Je me touchai les cheveux.

— Je te dis que ce n'est pas si terrible que ça, insista Hooker. Bon, d'accord, ça craint à mort, mais je suis vraiment désolé. Je ferai tout pour me rattraper. Je t'achèterai une nouvelle casquette. Une plus belle. Allez, et une nouvelle voiture. Ça te ferait plaisir, une voiture ? Et tu es toujours mignonne. Je te le jure ! Si tu mets ta petite jupe rose, personne ne remarquera tes cheveux.

Je me contentai de le fixer, la bouche ouverte, mais aucun mot n'en sortait. J'en avais perdu la parole.

— Ouh ! là, là ! s'écria Hooker. Tu es énervée, n'est-ce pas ? Je déteste quand tu es énervée. Tu ne vas pas te remettre à pleurer, hein ? Parole d'honneur, je ferai tout ce que tu veux. Qu'est-ce qui te ferait plaisir ? Des vacances ? Une bonne place à Daytona ? Te marier ? Tu veux te marier ?

— Tu m'épouserais ?

— Non, pas moi. Mais je pourrais te trouver quelqu'un.

Je respirai un bon coup.

— Allez, j'te fais marcher, c'est tout, poursuivit-il. Bien sûr que je t'épouserais. C'est vrai, quoi, ce n'est pas comme si tes cheveux n'allaient jamais repousser. N'importe quel homme aurait de la chance de t'épouser.

— Et pourquoi le ferais-tu ?

— Parce que j'ai pitié de toi. Non, attends, ce n'est pas ça. C'est une mauvaise réponse, non ? J'essayais de te faire plaisir. Tu sais, de te changer les idées pour que tu ne penses plus à tes cheveux. Les femmes veulent toujours se marier.

— J'apprécie l'effort, mais je ne veux pas me marier.

— Vraiment ?

— Pas maintenant, en tout cas. Et pas avec toi.

— Qu'est-ce qui ne va pas chez moi ?

— Pour commencer, je te connais à peine.

— Je pourrais arranger ça.

— Non ! Je ne peux pas me permettre de perdre d'autres cheveux !

Je remis ma casquette rose, me carrai dans le siège, et appelai Judey pour prendre des nouvelles de Bill.

— Il dort comme un petit agneau, dit Judey. Je le chouchoute. Tu n'as aucun souci à te faire.

Hooker avait réglé la radio sur une station de musique country. Une femme chantait que son homme mourait et que son cœur était brisé. Et, comme si ça ne suffisait pas, elle n'avait plus de chez-elle et son chien s'était enfui.

— Tu vois, fit Hooker. Tu n'as pas à te plaindre. Tu pourrais être comme cette pauvre femme. Son petit copain est mort et l'a laissée toute seule. Et tu n'as perdu qu'un peu de cheveux.

— Tu aimes la musique country ?

— Je déteste. Ça me déprime grave. Je suis obligé de me la farcir une fois de temps en temps. Un de ces trucs texans.

Je cherchai une station rock, sans grand succès, et finis par me décider pour de la *dance* latino.

— À moins que tu n'aies une meilleure idée, je nous ramène chez moi, décréta Hooker. Je ne sais pas où aller. Je pourrais me changer, et je ne verrais pas d'inconvénient à troquer cette voiture contre ma Porsche.

— Tu ne crois pas que ça pourrait être dangereux ? Nous sommes les seuls à savoir où se trouve la boîte en fer-blanc. Imagine que les sales types attendent que tu rentres chez toi ?

— Je m'occuperai d'eux. Il me faut un endroit pour réfléchir.

Hooker descendit Alton Road et tourna à gauche sur First Street puis dans Washington.

— J'ai encore faim, dit-il. Je vais faire un saut chez Joe's et prendre des crabes cailloux à emporter.

Il se gara en double file et entra dans le restaurant. Comme une place de parking se libérait devant moi, je me glissai derrière le volant et garai la Mini. Dix minutes plus tard, Hooker ressortit avec un sac de nourriture et se glissa à côté de moi.

Je retournai sur Alton Road et pénétrai dans le garage. Hooker possédait deux places numérotées. Je rangeai la Mini à côté de la Porsche. J'aperçus alors un mouvement rapide dans le rétroviseur. Je levai les yeux et vis Gominé avancer vers nous, son bandage blanc ressortant distinctement dans la lumière ténue.

Je fis marche arrière, pied au plancher. La voiture tressauta. S'ensuivirent un cri strident puis un bruit sourd, et Boiteux s'écroula sur le côté. Gominé bondit devant la Mini en écartant les bras en grand pour nous sommer de nous arrêter. Je changeai de vitesse, appuyai sur le champignon et fis rebondir Gominé sur le capot. Je fis demi-tour en direction de la sortie. Des coups de feu retentirent dans l'espace caverneux. Je serrai les dents, baissai la tête et décampai du garage à toute allure.

Je coupai par quelques rues, arrivai sur Collins et mis cap sur le nord. Hooker était effondré sur son siège, l'air hébété, s'agrippant au sac de nourriture.

— Tu vas bien ? lui demandai-je.

— *Hun ?*

Une traînée de sang ruisselait sur le côté de son visage. Je m'arrêtai doucement sous un réverbère. Le sang suintait d'une entaille au front. Ce n'était pas une blessure par balle, et elle ne semblait pas profonde, mais le pourtour apparaissait rouge et gonflé. Je scrutai le pare-brise et remarquai le point d'impact. Hooker avait détaché sa ceinture et ne l'avait pas rattachée à temps.

Lors de la débâcle dans le garage, je l'avais projeté contre le pare-brise.

— Heureusement que tu es robuste, lui dis-je.

— Ouais. Et je vais te protéger, aussi. Nous deux. Tu vas devoir rester tranquille, en revanche. Je ne pourrai pas veiller sur toi si tu continues à tourbillonner comme ça.

— Attends. Je t'emmène aux urgences.

— Super. J'aime voir du pays avec toi.

J'appelai Judey et lui demandai le chemin pour aller au South Shore Hospital. C'était un soir de semaine ; Hooker et moi arrivâmes après que l'hôpital eut connu l'affluence des victimes d'agressions au volant des heures de pointe et avant le défilé de fin de soirée des accidents dus à l'alcool et à la drogue. Comme nous nous trouvions entre deux heures d'affluence, Hooker put être reçu presque immédiatement. Sa tête fut examinée, et un pansement, appliqué. Il passa des examens. On diagnostiqua une légère commotion. On me donna une feuille avec des instructions sur ses soins pour les prochaines vingt-quatre heures. Et on nous laissa partir.

Tenant Hooker par le coude, je le guidai le long du couloir jusqu'à la sortie. Un infirmier poussait un lit où reposait un homme presque entièrement recouvert par un drap, sa feuille de température posée sur son ventre. Je passai tout près du lit et croisai le regard de l'homme. C'était Boiteux.

Il laissa échapper un hoquet de surprise.

— *Toi !* hurla-t-il en se redressant brusquement, essayant de me griffer et envoyant valdinguer sa feuille de température par terre.

Je fis un saut de côté et l'infirmier s'empressa de pousser le lit en avant.

— Tu ne l'as pas frappé assez fort, me murmura

Hooker. Il est comme les morts-vivants. On ne peut pas le tuer.

Ravie de constater que Hooker allait mieux.

Je l'aidai à monter dans la Mini qui, désormais, avait une aile totalement froissée, un pare-soleil en moins, et quelques impacts de balle sur la partie inférieure du hayon.

Je traversai South Beach en direction du nord, sur Collins. Je ne voulais pas courir le risque de retourner chez Hooker, chez Bill ou chez Judey. D'ailleurs, je ne voulais pas courir le risque de rester à South Beach tout court.

Hooker gardait les yeux fermés et la main sur la tête.

— J'ai une horrible migraine, dit-il. J'ai une migraine carabinée.

— Ne t'endors pas. Tu n'es pas censé t'endormir.

— Barney, il faudrait que je sois mort pour m'assoupir avec ce mal de crâne.

— Je me suis dit que j'irais au nord de la ville chercher un hôtel.

— Il y a des tas d'hôtels sur Collins. Quand tu seras au nord du Fontainebleau, on devrait être tranquilles.

J'essayai quatre hôtels, y compris le Fontainebleau, mais aucun n'avait de chambre libre. C'était la haute saison en Floride. Le cinquième hôtel disposait d'une seule chambre. Ça me convenait parfaitement. J'avais peur de laisser Hooker seul de toute façon.

Je nous installai et appelai Judey pour lui dire que tout allait bien. La chambre était propre et confortable. L'hôtel se trouvait sur la plage, mais notre chambre donnait sur Collins.

Hooker s'allongea sur le lit *king size* et je me glissai dans la salle de bains pour jeter un œil à mes cheveux. Je me campai devant le miroir, retins mon souffle, et ôtai la casquette d'un coup.

Oh, non !

Je poussai un soupir et remis la casquette. Ils repousseront, me dis-je. Et ce n'est qu'une touffe. Je ne suis pas encore chauve. Il devait me rester trois ou quatre centimètres de cheveux là où il les avait coupés.

Je retournai dans la chambre, m'assis dans un fauteuil et observai Hooker. Il ouvrit un œil et me regarda.

— Tu ne vas pas rester assise là toute la nuit à me reluquer, hein ? C'est sinistre.

— Je respecte la feuille d'instructions que l'on m'a donnée à l'hôpital.

— Ces instructions concernaient une commotion *grave*. Je n'ai qu'une commotion légère. Ils t'ont donné de mauvaises consignes. Les tiennes devraient te conduire au lit avec le commotionné.

— Je ne crois pas.

— Tu ne peux pas rester assise toute la nuit dans ce fauteuil. Tu seras crevée demain matin. Tu ne pourras pas dégommer les méchants.

Il avait marqué un point.

Je m'allongeai à côté de lui.

— Nous laisserons les lumières allumées pour que je puisse voir comment tu vas. Et tu devras être sage.

— Je serai sage si tu ne me câlines pas pendant que je dors.

— Je ne vais pas te câliner ! Et tu n'es pas censé dormir.

Je fermai les yeux et m'assoupis immédiatement. Lorsque je me réveillai, la chambre était plongée dans l'obscurité. Je tendis le bras pour vérifier que Hooker allait bien.

— Je savais que tu ne pourrais pas t'en empêcher, me taquina-t-il.

— Ce n'était pas un câlin, juste une vérification de matériel. Tu étais censé laisser les lumières allumées.

— Je ne pouvais pas dormir comme ça.

— Tu n'es pas supposé dormir.

— J'ai le droit de somnoler. De toute façon, c'est impossible de dormir avec les bruitages.

Et c'est alors que je les entendis. *Boum boum boum.*

C'était le lit de la chambre d'à côté qui heurtait le mur.

— Oh, bon Dieu !

— Attends, ça va être encore mieux. C'est une râleuse et une hurleuse.

— Même pas vrai.

— J'le jure devant Dieu ! Tu vas l'entendre. Si je n'avais pas mal au crâne, j'aurais une trique d'enfer.

— Je n'entends que des bruits sourds.

— Il faut que tu te taises.

Nous étions tous deux allongés dans le noir, tout ouïe. Il y eut des râles étouffés, puis une discussion à voix basse.

— Je n'entends pas ce qu'ils disent, lançai-je à Hooker.

— Chut !

Les bruits sourds recommencèrent, puis des gémissements. Les râles s'amplifièrent.

— Ça y est, ça vient, dit Hooker.

« Oui » filtra à travers le mur. « Oh oui, oh oui, oui, oui ! »

Boum boum boum... BANG, BANG BANG.

Je redoutais qu'ils ne fassent tomber le tableau au-dessus de la tête de lit et qu'il nous écrabouille.

« OH OUI ! »

Puis, le calme.

— Bien, observa Hooker. C'était sympa.

— Elle a simulé.

— Ça ne m'a pas eu l'air simulé.

— Laisse tomber. Aucune femme ne peut hurler comme ça, à moins de simuler.

— C'est une information pour le moins inquiétante.

Le lendemain matin, Hooker se sentait mieux. Il avait des cernes noirs sous les yeux et une bosse sur la tête, mais son mal de crâne avait disparu, et il ne voyait pas double.

Nous commandâmes le petit déjeuner dans la chambre et, au beau milieu, mon portable sonna.

— Il est parti ! pleurnicha Judey.

— Qui ?

— Bill ! Buffalo Bill ! Je prenais une douche et, quand je suis sorti, il avait disparu. Je ne comprends pas. On se marrait si bien. Il se sentait beaucoup mieux ce matin. Il est venu s'asseoir à table pour le petit déjeuner. Comment a-t-il pu partir après que je lui ai fait des pancakes ?

— A-t-il parlé de s'en aller ? As-tu entendu quelque chose de suspect ? Est-ce que quelqu'un est entré par effraction et l'a kidnappé ?

— Non, non et non. Ce petit con est parti, c'est tout, et il a mis *mes* vêtements.

— A-t-il laissé un mot ?

— Un mot ? J'étais tellement énervé que je n'ai pas pensé à ça.

Je m'assis, lèvres serrées, écoutant Judey chercher le mot éventuel.

— Je l'ai ! s'écria Judey. Il était sur le comptoir de la cuisine. Il dit qu'il va chercher Maria. C'est tout. Je suis vraiment désolé. C'est horrible. J'étais censé le surveiller.

— Ce n'est pas de ta faute. Ce n'est pas pour rien que nous le surnommons Buffalo Bill. Appelle-moi si tu as de ses nouvelles.

Hooker repoussa son petit déjeuner.

— Les nouvelles ne sont pas bonnes ?

— Bill est parti chercher Maria.

— À moins qu'il ne sache quelque chose que nous ignorons, il ira fureter du côté de chez Salzar. Comment va-t-il s'y prendre ? D'après ce que j'ai vu, Salzar n'est jamais seul. Il a toujours deux, trois gorilles avec lui.

— Ce n'est pas la finesse qui caractérise mon frère. Bill fait tout pour obtenir ce qu'il veut, comme toujours. Je ne serais pas étonnée s'il allait voir Salzar et lui plantait un revolver sur la tempe.

12

Il était plus de dix heures lorsque je passai devant les bureaux de Salzar sur Calle Ocho. C'était un bien joli bâtiment, dans un bien joli quartier. Et c'eût été une bien agréable journée, si seulement les choses avaient été différentes. Je devais pousser des tas de soupirs inconscients parce que Hooker posa sa main sur ma nuque.

J'avais l'impression que nous faisions constamment un pas en avant et deux en arrière, mais que Hooker et moi nous fichions de plus en plus dans le pétrin — l'avenir de Bill était on ne peut plus précaire et je ne savais que penser au sujet de Maria. J'espérais qu'elle avait *encore* un avenir.

Jusqu'à il y a une semaine, ma vie avait été si simple. Ni maladie grave, ni grosse catastrophe. Rien qui ne m'inquiétât. D'accord, j'avais connu deux, trois histoires d'amour avortées qui m'avaient fait souffrir avec parfois l'impression que je dérivais sans but, que je faisais du sur place. Mais je n'ai jamais eu à craindre pour ma vie, ni pour la mort prématurée d'une personne que j'aimais. Jusqu'à il y a une semaine, je n'avais jamais posé les yeux sur le canon d'un pistolet.

Maintenant, je sais ce que c'est de vivre la peur au ventre… et je m'en passerais bien. Je pourrais prendre un avion et rentrer chez moi, mais ça ne la ferait pas pour autant disparaître. J'imagine que ces sales types finiraient par me retrouver, où que j'aille. Et je ne pourrais pas me regarder en face, si je ne tirais pas Bill d'affaire. Son cerveau ne fonctionne pas souvent correctement, mais son cœur est toujours là où il faut.

Et il y a cette autre chose pour laquelle je me décarcasse. La boîte en fer-blanc. La vérité, c'est que je suis le genre de personne à vivre au jour le jour. Je ne véhicule pas de grandes ambitions héroïques. Jusqu'ici, j'ai toujours travaillé dur pour payer mon loyer et pour prendre des risques. Et même avec un meilleur job, j'imagine que mes aspirations resteraient humbles. Ce n'est pas comme si je voulais être une star du cinéma, une astronaute ou la reine d'Angleterre. J'aimerais juste trouver quelque chose d'un peu plus marrant, pas toujours, non, mais une fois de temps en temps, ce serait bien. Et Dieu sait que je n'ai jamais voulu sauver le monde. Voilà pourquoi je ne suis pas vraiment prête à endosser l'entière responsabilité du devenir de cette boîte en fer-blanc — qui pourrait très bien être une ogive. Et je ne suis *pas du tout* déterminée à ce qu'elle ne tombe pas entre de mauvaises mains.

— On a besoin d'aide, dis-je à Hooker. Ce n'est pas comme la fois où Bill a piqué le tonnelet de bière. C'est grave, et ça ne s'évaporera pas comme ça. Il nous faudrait quelqu'un avec des pouvoirs de police.

— J'en conviens, acquiesça-t-il. Quel genre d'aide devrions-nous demander ?

— Je ne sais pas. Qui s'occupe de déminage ?

— Là, je sèche. Je sais conduire, danser et même faire des œufs brouillés, mais je n'y connais pas grand-chose en déminage. J'imagine qu'on devrait commencer par le FBI.

Je fis trois fois le tour du pâté de maisons. Enfin, une place se libéra à une demi-rue de l'immeuble de Salzar, et j'y garai la Mini.

— Veux-tu contacter les autorités maintenant ? me demanda Hooker. Ou d'abord essayer de retrouver Bill ?

— D'abord Bill. Si possible.

Le trafic était fluide sur Calle Ocho à cette heure de la journée. Les voitures ralentissaient quand elles s'approchaient de la Mini, occupants yeux grands ouverts, puis les voitures accéléraient.

Hooker s'affala sur son siège.

— Visiblement, c'est la première fois que les gens voient une voiture criblée de balles.

Nous laissâmes passer une demi-heure. Pas de Bill en vue. Je ne pouvais pas le contacter. Il n'avait pas son portable sur lui. J'appelai Judey. Celui-ci n'avait pas de nouvelles.

— Nous devrions aller nous renseigner, suggéra Hooker. Essayer de savoir s'il est passé devant la réception.

Je grimaçai par inadvertance.

— Hé, ce serait marrant, dit-il.

— Tu n'as pas peur ?

— Tu veux que je te dise ? Mes « garçons » ont plein de fourmillements. Quand ce sera terminé, tu me devras une fière chandelle.

Nous descendîmes de voiture et parcourûmes la demi-rue qui nous séparait de l'entrée du bâtiment. Nous poussâmes les portes de verre, traversâmes le hall en direction de la réception.

— J'étais censée retrouver mon frère ici, dis-je au type derrière le comptoir.

— Bill Barnaby ?

Mon estomac entama une chute libre.

— Oui.

— Il est avec M. Salzar. Ils vous attendent.

Super. Je me tournai vers Hooker.

— Ils nous attendent.

Hooker avait reposé sa main sur ma nuque.

— Inutile que nous montions tous les deux. Pourquoi n'attendrais-tu pas ici ? Je sais que tu as besoin d'aller aux toilettes.

Je fis un signe de tête au type de la réception.

— Les toilettes ?

— Prenez le couloir à côté des ascenseurs. C'est à droite.

Hooker et moi nous dirigeâmes ensemble vers les ascenseurs.

— Sors d'ici, me dit-il. Fais comme si tu allais aux toilettes et trouve une sortie. Je t'appellerai sur ton portable lorsque Bill et moi serons sortis de l'immeuble. Si tu n'as pas de mes nouvelles dans dix minutes, va voir la police.

Je descendis le couloir et regardai autour de moi. Caméra de sécurité au bout de la galerie. J'entrai aux toilettes et respirai un bon coup. J'étais la seule aux W.-C. Ils se trouvaient au rez-de-chaussée. Il y avait une fenêtre à côté du lavabo, en verre dépoli. Je la déverrouillai et l'ouvris. Elle donnait sur une allée de service. Je passai par la fenêtre et atterris par terre. Je cherchai des caméras de surveillance. Juste une à l'autre bout du bâtiment au-dessus de l'entrée de derrière. Je partis dans la direction opposée.

Je coupai par une autre allée de service et contournai le pâté de maisons. Je ne voulais pas aller à la Mini. Hooker se trouvait dans le bâtiment depuis dix minutes et il n'avait toujours pas appelé. Fallait-il prévenir la police ? J'étais de nouveau sur Calle Ocho, sur le pas de porte d'un bâtiment en retrait de celui de Salzar. De là, j'apercevais le petit parking et l'entrée.

Un homme sortit de l'immeuble et entra dans l'une des deux Lincoln Town Cars garées sur le parking. La voiture démarra. Je courus et vis le véhicule descendre la rue transversale puis tourner dans l'allée de service. Je m'y ruai, me postai à l'angle et observai. La voiture s'arrêta devant l'entrée de derrière de l'immeuble de Salzar. Quelques instants plus tard, la porte s'ouvrit, et Bill et Hooker furent chargés dans la Town Car. Trois autres hommes les accompagnaient. Deux montèrent dans la voiture qui démarra aussitôt.

Il restait une chance infime que je puisse suivre la Town Car si je roulais assez vite. Pas le temps de retrouver la Mini. Je descendis la rue transversale à toute vitesse, tout en regardant par les vitres des voitures si personne n'avait laissé de clés sur le contact. J'en trouvai une presque immédiatement. Une Honda Civic à la portière ouverte, les clés pendantes, garée devant un petit restaurant qui faisait aussi fast-food et take-away. Un conducteur pressé et bien trop confiant.

Je me glissai derrière le volant, mis le contact et décampai. Lorsque j'arrivai à l'angle, la Town Car passa devant moi, en direction de l'ouest, sur la 17e Rue. Plusieurs voitures s'étaient intercalées entre nous le temps que je prenne le virage, mais j'avais la voiture bien en vue. La 17e était embouteillée. Nous avancions au ralenti. La Town Car se dirigea vers le nord.

Trois rues plus loin, j'aperçus un éclat de lumière dans mon rétroviseur. Les flics. Zut ! Respire un bon coup, me dis-je. Ne panique pas. Fais comme s'ils t'escortaient. Ça pourrait être une bonne chose, non ? Qu'ils te suivent et t'aident à faire descendre Bill et Hooker de la Town Car.

Je me trompais peut-être, mais j'avais l'impression qu'une deuxième voiture de flics suivait la première. Je vis la Lincoln traverser la 1re Rue. Alors que je m'approchais du carrefour, une troisième surgit, se gara en diagonale devant moi et m'empêcha d'aller plus loin.

Je descendis du véhicule. Quelqu'un me cria de mettre les mains sur la tête. Je m'exécutai, et me dirigeai vers la première voiture de flics.

— J'ai besoin d'aide, dis-je. Je suivais la Lincoln noire. Elle appartient à Luis Salzar, et il a kidnappé mon frère.

— C'est très original, répondit le policier. D'habitude, on nous sort juste des histoires de syndrome prémenstruel.

— C'est la vérité !

— Appelle une collègue par radio, demanda-t-il à son coéquipier. On va devoir la fouiller pour voir si elle a de la drogue.

Il me demanda de placer mes poignets dans mon dos et me menotta aussi sec.

— Vous faites une grossière erreur, dis-je.

Une larme ruissela sur ma joue. J'étais à bout.

— Allez, répondit le flic, je déteste ce couplet. (Il essuya ma larme du bout du doigt.) Jeune fille, vous ne devriez pas faire de trafic de drogue. Vous êtes très mignonne avec votre petite jupe rose et votre casquette. Vous n'avez nul besoin de vous droguer.

— Merci.

De toute évidence, j'étais une grosse nulle mais au moins, j'étais mignonne. J'essayais de me dire que c'était mieux que rien, mais ce n'était pas le moment.

L'une des voitures de flics s'en alla. Deux restèrent, leurs gyrophares en mouvement, et j'eus le sentiment qu'il y aurait une grosse affluence à l'hôpital pour troubles provoqués par lumières stroboscopiques. La circulation avançait doucement autour du cirque que faisait la police, conducteurs bouche bée devant mes menottes et les flics debout, mains sur leurs ceinturons, au cas où je tenterais de m'enfuir.

Quelques minutes plus tard, je réalisai qu'une nouvelle voiture de flics s'était pointée, genre véhicule banalisé, et qui se gara derrière les deux autres. Ses feux de direction clignotaient. Je n'arrivais pas à voir à l'intérieur, car trop loin et trop de lumière éblouissante sur le pare-brise. L'un des policiers en tenue parlait au conducteur, puis se tourna vers moi et me regarda. Il reporta son attention sur le conducteur et secoua la tête. La discussion se poursuivait. Le policier en tenue revint vers sa voiture et parla à la radio. À l'issue d'une conversation de cinq minutes, il regagna la voiture banalisée. Il n'avait pas l'air heureux.

— Que se passe-t-il ? demandai-je à l'un des flics.

— On dirait qu'un fédé fait jouer son rang hiérarchique, m'expliqua-t-il.

Après une nouvelle et brève conversation entre les deux protagonistes, la portière conducteur de la voiture banalisée s'ouvrit, un type en descendit et se dirigea vers moi. C'était Gominé.

Je me rapprochai instinctivement des flics.

— Tu es libérée, et sous ma garde, me dit Gominé.

— Pas question ! (Je me collai à un policier.) Je ne veux pas être libérée ! J'exige de rester en état d'arrestation !

— Pas mon problème, fit le flic en ouvrant mes menottes.

Gominé enveloppa sa main autour de mon bras et m'entraîna vers sa voiture.

— Tu la fermes et tu viens avec moi. La dernière chose dont on ait besoin, c'est que tu te fasses arrêter. Même si cela ne me dérangerait pas de te voir derrière les barreaux. Tu es vraiment casse-couilles.

— Qui êtes-vous ?

— Agent fédéral. De l'une de ces organisations à trois lettres. Je te le dirais bien, mais après, il faudrait que je te tue.

La seule chose plus flippante que d'avoir cru que ce bouffon travaillait pour Salzar, c'était de savoir qu'il était de mon côté.

— Vous n'êtes pas franchement compétents, tous les deux.

— Tu n'es pas franchement une citoyenne modèle.

— Tu plaisantes ? Je suis une bonne citoyenne. Et je me dis que je devrais peut-être te dénoncer à quelqu'un. Tu as tiré sur Hooker.

— Je l'ai anesthésié. Et, juste pour info, ton amie Felicia m'a tiré dessus alors que je n'avais pas dégainé d'arme. C'est quelque peu illégal.

— Je croyais que vous vouliez me tuer.

— Je t'ai demandé de t'écarter pour que je puisse te parler. Tu traduis ça par « tuer » ?

— Quand tu es venu me voir au Monty's, tu l'as bien dit.

— J'étais censé être infiltré. Tu ne vas jamais au cinéma ? Tu ne regardes jamais la télévision ?

— Tu as tiré de vrais coups de feu sur ma voiture hier soir.

— O.K., je le reconnais. Je me suis laissé emporter. Bordel, tu as failli m'écraser ! Tu t'attendais à quoi, que je te dise *merci* ?

— Tu as de la chance que je n'aie pas fait marche arrière pour terminer le boulot.

— À qui le dis-tu !

Gominé conduisait une berline. Il m'ouvrit la portière arrière, et Boiteux regarda par-dessus son épaule depuis le siège criblé de coups de feu.

— Regarde qui se joint à nous, lança Gominé à Boiteux. Démon Woman.

— C'est une mauvaise idée, répliqua Boiteux. Elle est folle à lier.

— Elle est tout ce que nous avons.

Gominé se glissa au volant, éteignit ses feux de direction et verrouilla les portières à distance.

— Je leur ai demandé de t'enlever les menottes, m'expliqua-t-il. J'apprécierais que tu n'essaies pas de sauter par une fenêtre ou de m'étrangler pendant que je conduis.

— Où allons-nous ?

— Déjeuner. Mes antidouleurs ne font plus effet et je ne peux pas continuer le ventre vide.

— Mon frère et Hooker…

— … iraient très bien si tu n'avais pas piqué de voiture. Nous surveillions Salzar quand tu as tout fait foirer… comme d'habitude. Tout ce qu'on a toujours voulu, c'est que tu te mêles de ce qui te regarde.

— Pourquoi ne pas me l'avoir dit ? Attends, je sais, parce que sinon, vous auriez dû me tuer.

Gominé me coula un regard dans le rétroviseur.

— Ouais. Ça m'semble plus une si mauvaise idée.

— Vous avez intérêt à être sympas avec moi, sinon je vous refiche un coup de pied au cul.

— Jeune fille, ça m'a humilié pour deux vies entières. Et ça fait très mal. Ce serait un véritable plaisir que tu donnes un coup de pied au cul de quelqu'un d'autre pendant un moment.

— Nous devons faire quelque chose pour Bill, Hooker et Maria.

— Nous ne pouvons pas tenter grand-chose pour l'instant. Nous avons perdu la Town Car. Je me suis fait coincer dans le barrage routier de la police, et donc je suis passé au Plan B en venant à ta rescousse.

Gominé stationna devant un drive-in et nous commandâmes un hamburger, des frites, et un milk-shake au chocolat pour moi. Gominé se contenta d'un hamburger et d'un soda light. Quant à Boiteux, il bouda sur le siège avant. Gominé se gara sur le parking du fast-food, et nous déjeunâmes sur fond de moteur tournant et d'air conditionné en marche.

— Voilà ce qui se passe, expliqua Gominé. Ton frère et toi avez fichu toute l'opération en l'air et, maintenant, il va falloir nous aider à rattraper le coup.

Je bus mon milk-shake à la paille en lui jetant un coup d'œil en biais dans le rétroviseur.

— Il y a des choses à propos de la Calflex que tu n'as pas besoin de savoir…

— Ça commence mal… dis-je.

Gominé avala deux pilules avec son soda.

— Où as-tu mal ? lui demandai-je.
— Côte fêlée.
— Désolée.
— Ouais. Prends la place de mon partenaire pour que je ne sois pas obligé de me retourner pour te voir. Se regarder dans le rétroviseur, ça commence à bien faire.
Boiteux descendit et me tint la portière. Son pied était toujours bandé et son genou encore dans son attelle. Son visage était un patchwork de coupures et de bleus. Et il était plié en deux.
— Tu as une côté fêlée, toi aussi ?
La ligne de la bouche de Boiteux était mince et serrée.
— Monte dans la voiture, O.K. ?
Gominé se fendit d'un grand sourire.
— C'est son dos. Il s'est déchiré un muscle quand il a essayé de descendre du lit pour t'étrangler.
Je continuais à aspirer mon milk-shake.
— Parle-moi de la Calflex.
— Salzar négocie une transaction foncière cubaine pour la Calflex. De l'immobilier de premier ordre qui sera utilisé pour une variété d'objectifs. La transaction se fait avec un membre du politburo cubain qui a de grandes aspirations.
— De grandes aspirations ?
— Il veut être roi.
— En suivant le cours normal des événements ?
— Non.
— Un coup d'État ?
— Possible. Il a besoin d'argent pour le coup.
— Qui serait fourni par la Calflex en échange du bien immobilier ?
— Ouais. Malheureusement, ce n'est pas un individu qui ferait un bon voisin. En plus de l'argent de la Calflex, il a exigé un élément qui lui donnerait une mainmise militaire. Salzar cherche cet élément sans grand succès, car cela nécessite du temps et des contacts. Lorsque

l'Agence a appris que Salzar se renseignait, nous sommes entrés en jeu. Nous avons passé toute l'année dernière à infiltrer son organisation.

— Une année entière de boulot foutue en l'air ! fit Boiteux depuis le siège arrière. Foutue en l'air par une blonde en jupe rose.

Gominé se servit de mes frites.

— Juste pour info, tu es géniale dans cette jupe.

— Quel est le rapport entre Salzar et la Calflex ? demandai-je à Gominé.

— Salzar *est* la Calflex. Tout le monde ne le sait pas. Sa société passe par des holdings puis revient à sa femme sous son nom de jeune fille. Si la transaction aboutit, non seulement Salzar acquerra des terres, mais il aura également un pouvoir politique considérable en coulisse. Voire un siège au politburo.

— Flippant.

— Un peu, oui ! C'est un impitoyable inadapté social. Et il ne s'améliore pas en vieillissant.

— Le rapport avec Maria ?

— Maria est arrivée à Miami voilà quatre ans. Juste un autre boat people rejeté sur le rivage. Seulement, il s'est avéré qu'elle était plus que cela, et elle a bipé sur l'écran radar de Salzar il y a quelques mois. Nous avions un homme à l'intérieur et, d'après lui, Salzar a lu un article sur Raffles dans le journal. Salzar a mené sa petite enquête à Little Havana et a découvert que Raffles était arrivée à Miami à la mort de sa mère. Puis il a appris qu'elle plongeait et possédait des cartes marines des eaux cubaines.

« Je ne crois pas que Salzar était certain de quoi que ce soit jusqu'à ce que Maria s'enfuie sur le bateau de Hooker avec ses cartes. Il a instinctivement senti qu'elle allait rejoindre le navire naufragé. Son hélicoptère a mis les bouchées doubles pour la retrouver. Et quelque part, il savait qu'il n'y avait pas que de l'or englouti. Notre complice infiltré a entendu Salzar parler de la boîte en fer-blanc qu'il savait avoir sombré avec l'or. L'or vaut des millions, mais c'est la boîte qu'il désire plus que tout. Avec l'aide des Russes, nous avons pu l'identifier. Et ce n'est pas joli joli. C'est exactement ce dont a besoin l'ami du politburo de Salzar.

— Pourquoi n'êtes-vous pas d'abord allés voir Maria pour récupérer la boîte en fer ?

— Nous voulions choper Salzar les mains sales. Jusqu'ici, il a veillé à ne pas se compromettre directement dans quoi que ce soit d'illégal. Et les rares fois où il fut impliqué, les gens qui auraient pu nous aider ont disparu. À jamais. Probablement coulés dans du béton à deux milles au large de Fisher Island. Convaincre Maria de nous aider à retrouver la boîte n'est qu'une partie du problème. Malheureusement, si nous ne coinçons pas Salzar, il va continuer à fureter et finira par trouver quelque chose.

— Ouais, et de toute façon, on a essayé et elle a refusé de coopérer, ajouta Boiteux.

« Eh bien, laissez-moi vous aider à ajouter des chefs d'accusation contre Salzar, songeai-je. Kidnapping, meurtre, attaque à main armée. »

— Nous avions un homme en place sur le bateau lorsque Maria a été amenée à bord. Nous aurions pu pincer Salzar sur un tas de chefs d'accusation et récupérer la boîte en fer, si seulement Maria était restée à bord. Ils ne l'auraient pas tuée tant que l'emplacement de l'épave n'avait pas été circonscrit, et la boîte, remontée à la surface. Nous avions une équipe prête à agir avant qu'il ne lui arrive quoi que ce soit de grave. Mais quand ton frère s'en est mêlé, tout est allé de mal en pis.

Je trouvais supercavalier de la part de Gominé d'avoir risqué la vie d'un civil pour son opération.

— Malheureusement, nous n'avons plus de complice à l'intérieur, et il y a quelque chose que je ne comprends pas, poursuivit Gominé. Maria et Bill ont remonté l'or à la surface ainsi que la boîte en fer. J'ai plongé sur le site de l'épave après votre départ. Il avait subi un grand nettoyage. Salzar a traqué Bill et Maria, a tiré sur Bill et a enlevé Maria. J'ai un rapport de police. Voici ce que je ne comprends pas. Pourquoi ont-ils enlevé Maria ? Pourquoi ne se sont-ils pas contentés de prendre l'or et la boîte ? Pourquoi ne pas tuer Bill et Maria sur-le-champ ? La réponse est évidente… c'est parce qu'ils n'avaient pas ce qu'ils voulaient. Donc, ils ont pris Maria. Et l'incitent à leur parler. Pourquoi ne vont-ils pas récupérer ce qu'ils recherchent ? Pourquoi ont-ils enlevé Bill et Hooker ?

— Je ne sais pas, dis-je. Pourquoi ?

— Parce qu'ils ont beau forcer Maria à parler, elle ne pourrait pas leur dire quelque chose qu'elle ne sait pas.

Je lançai à Gominé mon plus beau regard de blonde écervelée. Je ne lui faisais pas confiance. Et je n'allais pas lui dire quelque chose qu'*il* ignorait.

— J'imagine que tu ne sais rien là-dessus ? me demanda Gominé.

— Désolée. Je n'étais pas sur le pont lorsque Bill et Maria sont partis. Il y avait de l'eau dans le carburateur et j'essayais de faire redémarrer le *Joyeux Hooker* dans la salle des machines. C'est pourquoi ils ont tout transféré sur le Sunseeker. Ou, du moins, je pensais qu'ils avaient tout transféré.

Gominé me fixa un moment.

— Tu devrais collaborer, me conseilla-t-il. Nous pouvons t'aider.

— Qu'est-il arrivé à votre complice ?

— Disparu.

— Parlez-moi de la boîte.

— La boîte, ce n'est pas tes oignons.

— Je peux trouver toute seule. J'étais là quand ils l'ont remontée et je sais comment elle est. Je peux faire une recherche sur les marques sur le Net.

S'ensuivit un échange silencieux entre Gominé et Boiteux.

— D'abord, je vais te donner un cours d'histoire, déclara Gominé. Parce que si je me contente de te dire ce que contient la boîte, tu vas croire que j'ai vu trop de films catastrophe.

« Khrouchtchev a lancé l'opération Anadry en juin 1962 et s'est mis à envoyer des troupes et des armes à Cuba. Le déploiement militaire soviétique à Cuba, à l'automne 62, comprenait des missiles balistiques à moyenne portée, des systèmes de missiles sol-air, des missiles de défense côtière, des avions de chasse MiG, des bombardiers à moyenne portée et une artillerie de champ de bataille. En plus, il y avait quarante-deux mille Soviétiques sur l'île, qui faisaient fonctionner le matériel et formaient les Cubains.

« Les ogives sur place comprenaient des explosifs puissants conventionnels et nucléaires, et des munitions chimiques et à fragmentation, capables de pénétrer les États-Unis et de défendre Cuba.

« Khrouchtchev a décidé que cela ne suffisait pas. De fait, l'*Indigirka*, le cargo soviétique, a quitté l'Union soviétique le 15 septembre 1962 et est arrivé au port cubain de Mariel le 4 octobre. *L'Indigirka* transportait quarante-cinq ogives SS4 et SS5, trente-six ogives FKR, qui pesaient approximativement douze kilotonnes chacune, et vingt-huit ogives contenant un agent chimique nouvelle génération, le SovarK2.

« Kennedy est tombé nez à nez avec Khrouchtchev le 22 octobre et, en novembre, les Soviétiques se sont mis à retirer leurs armes stratégiques de Cuba. À ce jour, on estime que vingt-sept des ogives SovarK2 ont été retirées. La vingt-huitième fut sortie clandestinement du pays, avec une centaine de lingots d'or de la banque de Cuba, des heures après que Kennedy a mis en vigueur le blocus des navires soviétiques en route pour les ports cubains.

« D'après les services de renseignements, c'était une porte de sortie pour Castro, s'il devait quitter le pays. Il aurait de l'argent dont il se servirait comme monnaie d'échange. L'or et la boîte en fer de SovarK2 furent transmis en secret au grand-père de Maria pour qu'il les transporte éventuellement au Grand Cayman, d'où il gagnerait l'Amérique du Sud en avion.

— Nous ne savons pas ce qui s'est passé mais le bateau de pêche n'a jamais atteint la destination prévue.

— D'après l'histoire que j'ai entendue, le grand-père de Maria apportait de l'or *à* Cuba, dis-je à Gominé.

— Lorsque l'or et la boîte de SovarK2 ont disparu, Castro a lancé une recherche, mais c'était une couverture. Ça n'aurait pas nui à son image si jamais on apprenait qu'il avait l'intention de fuir en cas d'invasion. Quant à savoir si le grand-père de Maria était un contrebandier, c'est probablement vrai. Il y avait de l'argent à se faire sur le dos des Russes. En fait, l'information préalable qu'a eue Enrique Raffles cette nuit-là était peut-être l'histoire qui s'était propagée. Lorsque le camion est arrivé sur le dock avec l'or et le SovarK2, il est possible que Raffles n'ait pas été au courant jusqu'à la dernière minute, de ce que serait sa véritable mission.

— Et la boîte de SovarK2 ?

— C'est avant tout une bombe. Elle contient entre vingt et vingt-cinq kilos de SovarK2 liquide. Le SovarK2 est similaire au Sarin neurotoxique utilisé pendant la guerre du Golfe, mais le SovarK2 est bien plus puissant. Il a une durée de conservation illimitée et est extrêmement volatil. Il est incolore et inodore, tant sous sa forme liquide que gazeuse. L'absorption par la peau peut provoquer la mort en une ou deux minutes. Des doses mortelles respiratoires peuvent tuer en une ou deux minutes. Le liquide dans les yeux tue presque instantanément. Et autant espérer une dose mortelle de ce truc parce que la douleur, la souffrance et les lésions neurologiques permanentes te feront regretter de *ne pas* être mort.

« L'agent dans la boîte en question est dans une forme relativement stable, à moins que la boîte ne soit accidentellement transpercée ou délibérément mélangée à un engin pour la propager. Au bas mot, elle a la possibilité de délivrer six millions de doses mortelles. Si elle est disséminée au-dessus de Miami, il y aurait des dizaines de centaines de milliers de morts. Et dans le meilleur des cas, des millions seraient handicapés et l'on ne pourrait plus rien pour eux.

— Donc si Salzar met la main dessus et la transmet à son ami à Cuba, ils pourraient s'en servir pour nous convaincre d'accepter leur gouvernement ?

— Ou peut-être pour persuader Castro de se retirer et les laisser prendre le pouvoir.

— S'en serviront-ils vraiment ? Sont-ils fous à ce point ?

Gominé haussa les épaules.

— Difficile à dire. Leur intention de départ était que la boîte soit la charge utile d'une ogive, et qu'elle explose au-dessus d'une zone cible. Mais on peut mettre un mécanisme de dispersion sur le cylindre qui permettrait la dissémination d'une petite quantité et garder le reste en réserve. Cela ferait beaucoup de dégâts, et Salzar et son ami auraient encore des cartes à jouer.

L'idée de l'existence de ce truc me donna la chair de poule. Et réaliser qu'il était à bord du *Joyeux Hooker* me coupa le souffle.

— Voilà où nous en sommes, conclut Gominé. Nous devons absolument récupérer la boîte en fer avant Salzar. Et n'imagine pas une seconde que Hooker ne parlera pas. Salzar le fera parler.

— Et, au fait, j'imagine que tu ne sais rien d'une explosion qui a fait couler le *Flex* ?

Et moi, voilà où j'en étais, songeai-je. Je me trouvais avec deux types qui impressionnaient suffisamment la police pour qu'ils me libèrent sous leur garde mais ne me montraient aucune pièce d'identité. Ils pouvaient me raconter n'importe quoi. Comment démêler le vrai du faux? Traitez-moi de cynique, mais je n'avais aucune raison de leur faire confiance. Et aucune raison de les aimer.

— J'aimerais bien pouvoir vous aider, dis-je, mais je ne sais rien.

Nous étions de retour à Little Havana, et je tenais à instaurer une distance physique entre Boiteux, Gominé et moi. J'allais déplacer la boîte en fer. J'avais pris ma décision. Je ne savais pas comment au juste, mais je trouverais bien le moyen, et vite, avant que Salzar ne me coupe l'herbe sous le pied. Je ferais mon possible pour me renseigner sur Boiteux et Gominé. Entre-temps, je ferais cavalier seul.

— Je me sens stressée, dis-je à Gominé. J'ai mal au crâne. Tu pourrais peut-être me déposer à un hôtel.

— As-tu une préférence?

— Je me souviens d'un, sur Brickell. Le Fandango. Il a l'air bien.

— C'est cher, le Fandango, observa Gominé. Tu es sûre que tu n'as pas un lingot d'or planqué quelque part?

— J'ai la carte de crédit de Hooker.

J'abandonnai Gominé et Boiteux, et pénétrai dans le hall du Fandango. Le sol était en marbre noir ciré. Le toit en voûte, peint en blanc et bleu clair pour simuler un ciel et des nuages, s'élevait sur deux étages au-dessus de moi. Les colonnes étaient en marbre crème sculptée en palmiers montant du sol au plafond. Fred Astaire et Ginger Rogers auraient pu faire des claquettes dans le hall d'entrée et se sentir parfaitement chez eux. Comptoir d'enregistrement tout au bout. Bureau du gardien sur un côté. Canapés, fauteuils et plantes en pot étaient éparpillés de-ci, de-là, et disposés de sorte à former de petits salons privés.

Je trouvais que je m'en étais bien sortie dans la voiture. J'étais restée de marbre et n'avais pas trahi grande émotion mais, intérieurement, j'étais cassée. J'avais quitté la voiture avec le numéro de portable de Gominé et la promesse de l'appeler si jamais Salzar me contactait. Tête baissée, je me dirigeai vers un petit salon inoccupé dans la pièce.

Des centaines de milliers de morts à cause d'un gaz liquide dans l'air au-dessus d'une ville remplie de gosses et de chiots. C'était atroce et criminel. Mon plan de carrière n'était pas de sauver le monde, mais j'allais mettre cette boîte en fer-blanc en lieu sûr.

Je poussai un petit cri de surprise lorsque mon portable sonna.

— Mademoiselle Barnaby ?

— Oui.

— Vous manquez à la fête. Tout le monde est là… votre frère et votre petit ami. N'aimeriez-vous pas vous joindre à eux ?

— Qui êtes-vous ?

— Vous savez qui je suis. Et vous savez ce que je cherche, n'est-ce pas ?

— Monsieur Salzar.

— Je vous rendrai la vie très désagréable, à vous et à ceux que vous aimez, si je ne récupère pas ce que je veux. Jamais dans vos pires cauchemars vous ne pourrez imaginer combien votre vie sera insupportable. Vous comprenez ?

Je coupai et cherchai la carte de Chuck DeWolfe, le pilote d'hélicoptère, dans mon sac. Mes mains tremblaient et je ne la trouvais pas. Elle était là, quelque part. Je vidai son contenu sur mes genoux et passai tout au peigne fin. Je la dégotai enfin et tapai son numéro sur mon portable.

DeWolfe répondit à la troisième sonnerie.

— Salut ! dit-il, Chuck.

— Salut, répondis-je. C'est Barney. J'ai besoin d'aide.

13

Si j'avais décidé de me faire déposer au Fandango, c'était parce que j'étais passée devant bien des fois en voiture depuis mon arrivée à Miami et que, à plusieurs reprises, j'avais remarqué un hélicoptère atterrir et décoller du toit. Il me paraissait logique qu'il disposât d'une hélistation. Chuck DeWolfe confirma mon raisonnement.

Mon plan était basique : récupérer la boîte en fer avant tout le monde. Et réfléchir une fois qu'elle serait cachée en lieu sûr. Concevoir ce plan n'était pas difficile. C'était évident. Le bien de tous dépendait de cette boîte… celui de Bill, de Maria, de Hooker, du monde entier.

Je raccrochai et traversai le hall jusqu'à la boutique de l'hôtel. Mon cœur battait avec un bruit sourd et lancinant, que je m'efforçai d'ignorer. J'achetai un autre short pour changer le rose. Je retournai à mon fauteuil et appelai Rosa.

— Je pensais aux biens immobiliers de Salzar, lui dis-je. Certaines de ses transactions financières passent par des holdings, puis reviennent à sa femme sous son nom de jeune fille.

— Pigé ! fit Rosa. Je m'en occupe. Je vais fouiner pour le trouver et vérifier s'il possède d'autres propriétés.

— Ce qui m'intéresse particulièrement, c'est une propriété au nord de l'Orange Bowl Stadium.

C'était là que j'avais perdu la Town Car.

Une heure plus tard, j'allai à la piscine et m'assis à l'ombre, attendant. Quarante-cinq minutes plus tard, j'entendis les rotors de l'hélico qui approchait. Je gagnai rapidement l'ascenseur et montai sur le toit. J'en sortis juste au moment où il atterrissait.

Chuck était aux commandes. Il me sourit en me faisant signe de ne pas approcher. Un type était assis à ses côtés. Celui-ci sortit et courut vers moi alors que les pales ralentissaient.

Le type avait mon âge et me rappelait énormément Bill. Cheveux blond-roux et taches de rousseur. Tennis miteuses, short baggy rouge et blanc froissé, T-shirt délavé. Mince et musclé.

— J'ai un harnais, me cria-t-il. Je vais te sangler dedans.

Je retenais ma casquette des deux mains.

— Bien sûr, dis-je. Comme tu veux.

Quelques minutes plus tard, j'étais attachée dans un truc qui ressemblait à une ceinture de chasteté pour tout le corps. Le type tira sur les sangles, puis lorsqu'il fut assuré que tout était sécurisé, il passa un bras autour de mes épaules et me poussa en avant.

— Que le spectacle commence ! s'écria-t-il. Viens avec moi.

Nous nous accroupîmes pour courir vers l'hélicoptère et grimper dedans. On m'installa sur le siège à côté de Chuck qui me tendit un casque avec un micro. L'autre type s'assit derrière moi. Chuck emballa le moteur et, avant que je n'aie le temps de vomir, l'hélico décolla. C'est hallucinant ce que vous vous forcez à faire pour sauver le monde libre.

J'entendais Chuck parler dans les écouteurs.

— C'est Ryan, derrière toi, m'expliqua-t-il. Il va nous

aider. Nous avons besoin d'une troisième personne pour ce genre d'opération.

J'opinai d'un signe de tête. J'étais désorientée, luttai contre la panique, ne voulant pas passer pour une idiote devant ces deux hommes. Mes lèvres étaient figées et j'entendais des tas de bruits métalliques dans ma tête. Je me penchai en avant et mis ma tête entre mes jambes. Je sentis la main de Chuck sur mon dos.

— Respire, me dit-il. Ça ira mieux dès que l'on quittera la ville. Quand je survolerai l'eau, tu n'auras plus le vertige.

Je gardai la tête baissée et me concentrai. Je pensais à Bill gamin. Ça ne m'aida pas. Je pensais à Hooker. Ça allait mieux. Je le voyais nu. O.K., j'étais sur une bonne piste. C'était une image qui pourrait rivaliser avec ma panique de voler. Hooker tout nu se baladait dans ma tête, et je m'aperçus que nous survolions la haute mer et que Chuck avait raison pour mon vertige : il disparut dès que nous quittâmes Miami.

Je distinguai le récif en contrebas lorsque rasant les Keys, nous survolâmes des bateaux de plaisance et des bancs de poissons. Puis nous volâmes au-dessus de l'océan, en direction de Cuba, cap sur l'ouest de La Havane.

Mon estomac fit des embardées lorsque les trois îles apparurent devant nous. La botte, l'oiseau en vol et une troisième île qui ressemblait à un petit gâteau au glaçage vert clair.

— Nous y sommes, dit Chuck dans le casque. L'île est juste en face. C'est celle qui est en forme de botte. Je vais faire quelques survols pour m'assurer que la voie est libre.

Nous allâmes droit sur l'île et la survolâmes de suffisamment haut pour disposer d'une bonne vue d'ensemble.

— Pas de bateau à l'horizon, constata Chuck. C'est bon.

Il contourna l'île à plus basse altitude, puis suivit le courant en frôlant les cimes des arbres.

— O.K. Nous y sommes, Barney. Dis-moi où tu veux que je te dépose.

— Pardon ?

— C'est le plan, non ? Tu veux descendre chercher la boîte ?

— Oui, mais pas moi !

— Tu es tout ce que nous avons, ma belle, enchaîna Chuck. C'est pourquoi nous t'avons mise dans le harnais. Je dois piloter. Et Ryan est l'hélitreuilleur.

— Oh, bon Dieu !

— Tu as dit que c'était important. Et que nous devions récupérer rapidement la boîte, reprit Chuck. Question de vie ou de mort !

Je déglutis et hochai la tête.

— Alors, fais-le. Ryan va t'accrocher au câble. Ne bouge pas tant qu'il ne t'a rien dit. Il te descendra dans l'eau. C'est un pro. Il fait de la plongée-aventure et du sauvetage. Je ne ferai pas ma visite guidée touristique habituelle. Cet hélicoptère est conçu pour ce genre de chose. Nous allons te remettre un collier et un câble supplémentaire pour la boîte. Quand tu seras dans l'eau, je te donnerai du mou. Tu as dit que la boîte n'était qu'à quatre mètres et demi sous l'eau ?

— Oui. À l'embouchure de l'estuaire, en plein milieu.

— Tu n'auras pas une supervisibilité. Les pales vont agiter l'eau et faire bouillonner les dépôts. Ne perds pas de temps. Descends et essaie de trouver la boîte. Ryan va prendre ton casque et te mettre un scaphandre autonome infaillible. Tu auras une torche électrique à la taille. Dirige la lampe sur nous si tu veux que l'on te tracte, ou suis le câble à la surface. Une fois que tu auras sécurisé la boîte, nous te ferons remonter. Puis la boîte, quand tu seras à bord. Il n'y a pas un souffle de vent aujourd'hui. Ça devrait être du gâteau.

Voilà la vérité : j'étais morte de trouille. Je n'arrivais pas à croire que j'avais eu cette idée stupide. Et qu'en plus j'avais persuadé deux autres hommes d'être mes complices. L'expression *« tourne sept fois ta langue dans ta bouche... »* me vint à l'esprit.

Chuck me regarda.

— Est-ce que tu respires ?

— Non.

— Tu devras ne pas oublier de respirer. C'est difficile de ramener quelqu'un si c'est un poids mort.

Nous nous trouvions juste au-dessus du courant, à la lisière de la cime des arbres. Je regardai en bas et aperçus la boîte dans l'eau qui tourbillonnait.

Chuck souriait.

— Je la vois, dit-il. Du gâteau. Va voir Ryan et il t'habillera.

Je retournai voir Ryan à quatre pattes, il me fit m'asseoir par terre et commença à m'équiper.

— La question ne se pose même pas ! me dit-il. Essaie de t'éclater. Ce n'est pas tous les jours que tu as la chance de sauter d'un hélicoptère.

Je poussai un gémissement par mégarde.

Ryan était tout sourires.

— Tu vas superbien t'en tirer. Maintenant, je vais enlever ton casque et le remplacer par un masque intégral. Il faut juste que tu n'oublies pas de respirer. Quand je mettrai ton masque, tu fileras rapidement vers la porte. Tu vas sentir que je te tiens. Ne t'inquiète pas. Je vais bien m'occuper de toi. Reste le plus calme possible quand tu tomberas. Regarde en bas pour savoir quand tu arriveras dans l'eau. Continue à te focaliser sur elle et reste concentrée sur ton objectif.

Puis il ôta mon casque et fixa le masque sur mon visage. Je sentis sa main dans mon dos et je savais que j'étais censée me précipiter à la porte, mais j'étais paralysée. Mon cœur battait si fort qu'il faisait trembler tout mon corps. Je me tournai et agrippai le T-shirt de Ryan des deux mains. Et là, je parle de l'étreinte du condamné à mort, mes doigts labourant le tissu, le faisant sûrement saigner. Je faisais *non, non, non* de la tête et je baragouinais derrière le masque.

Ryan tapota la visière pour attirer mon attention. Il décrocha mes doigts de son T-shirt, et me poussa doucement dans une démarche de crabe vers la porte ouverte. Puis, je ne sais pas comment, mais je pendillai au bout du câble, et descendis lentement vers l'eau.

Je me souviens vaguement avoir hurlé, mes hurlements se perdant dans le bruissement de l'air dans mon masque et le vrombissement des pales de l'hélico. Je me balançai sous l'hélico, et une nouvelle vague de panique me fit suffoquer. J'essayai de faire apparaître Hooker nu, mais même ça n'aidait en rien ma santé mentale. Le carburateur inversé de l'hélico faisait gicler l'eau qui éclaboussait mon masque. Mon esprit était brouillé. Je ne réalisai pas immédiatement que mes pieds clapotaient dans l'eau. Ryan me tenait au niveau du courant, attendant que je me calme et que je lui fasse signe de me faire descendre plus bas.

J'entamai un dialogue intérieur. « O.K., Barney, c'est à toi de jouer. Reprends-toi, pour ne pas tout faire foirer une fois que tu seras sous l'eau. N'oublie pas de respirer. Concentre-toi. Va jusqu'au bout. »

Je fis signe à Ryan, qui se mit à lâcher plus de câble. J'avais de l'eau jusqu'aux genoux, à la taille, à la poitrine, puis au-dessus de ma tête. Re-panique. « Chasse-la, me dis-je. Fais confiance à Ryan. Fais ton boulot. » Je réalisai que je respirais sous l'eau et la panique devint gérable.

L'eau était trouble. Je m'éclairai de la lampe que j'avais au poignet mais ne vis pas la boîte. J'étais désorientée et rechignai à m'éloigner du point où ils m'avaient lâchée. Puis je distinguai un rayon laser vert fluorescent qui traversait l'eau devant moi. Ryan, qui pouvait voir la boîte d'en haut, tentait de me guider. Je suivis le rayon et trouvai la boîte. Elle n'était qu'à environ trois mètres; j'attachai le collier et m'assurai qu'il tenait bien. Puis je braquai ma torche sur Ryan qui me fit remonter.

Cette fois, le voyage était grisant. La peur avait disparu. Ou peut-être avais-je appris à l'apprécier. Quoi qu'il en soit, je souriais lorsque Ryan me fit passer la porte et ôta mon masque.

— Je l'ai fait ! dis-je. Je l'ai fait !

Ryan était tout sourires, lui aussi.

— Tu as été géniale ! cria-t-il.

Je m'assis à ma place et observai Ryan tirer la boîte hors de l'eau. Six millions de doses mortelles de SovarK2 se balançaient sous moi. Je fermai les yeux un moment, et ma main se posa instinctivement sur mon cœur. Je ne connaissais pas tous les détails techniques, mais j'imaginais que ce ne serait pas génial si la boîte tombait de si haut. Ryan la fit passer par la porte et la tira à l'intérieur. Son expression devint grave lorsqu'il avisa les marques. Il ne fallait pas être très imaginatif pour deviner que c'était une sorte de bombe. Il sécurisa la boîte au fond de l'aire de chargement, sans commentaire. Avant même que Ryan n'ait regagné sa place, Chuck souleva l'hélico, nos regards se croisèrent un instant, puis il déboîta et nous survolâmes l'océan, en direction de Key West.

Je louai une voiture et traversai la piste jusqu'à l'hélicoptère où m'attendaient Chuck et Ryan. Ils étaient assis, la porte ouverte, pieds pendants, gardant la boîte en fer. Je distinguai la bosse d'un revolver sur la hanche de Chuck, sous sa chemise à fleurs orange et pourpre.

— Tu portes toujours une arme ? lui demandai-je en descendant de voiture.

— Besoin pour les alligators, répondit-il.

Ils transférèrent la boîte dans le coffre de la voiture de location et reculèrent d'un pas.

— Fais attention, me dit Chuck.

Je les étreignis tous les deux, montai en voiture et quittai l'aéroport. J'empruntai South Roosevelt Boulevard jusqu'à la Route 1 et entamai mon périple à travers les Keys. Je jetai de temps en temps un œil dans le rétro pour m'assurer que je n'étais pas suivie. Je ne mis pas la radio afin de rester vigilante, car j'étais quasi sûre que je n'avais qu'un tout petit peu d'avance sur Salzar, Boiteux et Gominé.

Je n'avais pas eu de nouvelles de Hooker. Pas de messages sur mon portable. Pas d'appels manqués. Ce n'était pas bon signe. Cela signifiait que Hooker et Bill étaient toujours détenus… ou pire. La tristesse envahit mon cœur pour se répandre dans tout mon être. Ce n'était pas une émotion que je voulais étreindre. Mieux valait canaliser mon énergie émotionnelle dans des directions positives, me dis-je. Reste sur le qui-vive. Va jusqu'au bout. C'était mon mantra. *Va jusqu'au bout.*

C'était simple à formaliser. Pas aussi simple à réaliser. Sauver Bill, Hooker et Maria sans que la boîte tombe entre les mains des méchants. Et cela signifiait que je devais m'assurer que les gentils n'étaient pas également des méchants.

Le soleil était bas dans le ciel lorsque j'arrivai à Key Largo. Je me sentais particulièrement vulnérable dans les Keys. Une seule entrée et une seule sortie ne me laissaient pas beaucoup d'échappatoires. Flippant, lorsque vous voyagez avec une ogive extrêmement convoitée dans votre coffre. Je m'engageai sur le dernier pont et fus soulagée de me retrouver sur le continent.

Je portais les mêmes vêtements que ceux que j'avais pour plonger et j'avais hâte de les enlever. Lorsque j'approchai de Homestead, je fis un saut dans un Wal-Mart pour m'offrir une nouvelle tenue complète, tennis comprises. J'achetai à manger au snack-bar. Et un chargeur pour mon portable.

J'avais besoin d'un endroit où passer la nuit, de prendre une douche, et je pensais être plus en sécurité à Homestead qu'à Miami. Je choisis le premier motel venu. C'était une chaîne abordable. Je payai cash et donnai un faux nom. S'il fallait être parano, autant l'être jusqu'au bout. La boîte se trouvait dans le coffre de la voiture de location sur le parking. Je ne pouvais guère faire mieux.

Je pris une douche et enfilai mes nouveaux vêtements. J'allumai la télévision d'une pichenette et piochai dans la nourriture.

Mon téléphone sonna. C'était Rosa.

— J'ai une autre liste des biens de Salzar, mais il n'y a qu'une seule propriété au nord de l'Orange Bowl. Le quartier n'est pas grand.

Rosa m'indiqua l'adresse et je lui dis que je la recontacterais. Je fouillai dans mon sac et trouvai le numéro de portable de Gominé.

— Ouais ? dit-il.

— C'est Démon Woman.

S'ensuivit une courte pause. Je l'avais pris au dépourvu.

— Où es-tu ? me demanda-t-il.

— Au Fandango.

— Non, tu n'y es pas. Tu n'as jamais réservé de chambre.

— Et toi ?

— Coral Gables.

Ils avaient dû reprendre la filature de Salzar : celui-ci vivait à Coral Gables.

— As-tu du nouveau au sujet de Bill et de Hooker ? demandai-je.

— Pas vus.

— Je sais où ils sont.

O.K., c'était quelque peu exagéré. Je savais où ils

étaient *peut-être*. Mais j'avais besoin d'attirer l'attention de Gominé.

— Et… ? me demanda-t-il.

— Et je veux que tu ailles les chercher.

— As-tu planifié d'autres détails de ce sauvetage ?

— Je pensais que c'était ton rayon.

— Je ne suis pas un fédé-défonceur-de-porte-et-que-j'te-tire-dessus. Je suis plutôt un fédé-sournois-qui-*écoute*-aux-portes.

Facile à croire après ce que j'avais vu.

— Écoute, je me fiche de savoir comment tu t'y prends. Fais intervenir les marines, pour l'amour de Dieu. Fais-le, c'est tout.

— Très bien. Voilà la vérité : ça foutrait tout en l'air. Je suis après Salzar et je ne vais pas me griller en réorganisant un Waco bis[1] pour sauver ton frère.

— Voilà *ma* vérité. J'ai la bombe et je vais l'envoyer à Cuba par FedEx si tu ne m'aides pas.

Silence.

— Je ne te crois pas, dit Gominé.

— Je t'envoie une photo demain matin. Tu as un visiophone, hein ? Entre-temps, tu devrais réfléchir à une opération de sauvetage.

Et je coupai.

Puis, juste pour voir, je composai le numéro de Hooker et laissai sonner jusqu'à ce que sa messagerie prenne le relais. Je finis de manger, puis regardai la télévision. Je dormis tout habillée, me réveillant de temps en temps en sursaut. À cinq heures, je laissai tomber mes tentatives de sommeil et réglai ma note. Il faisait encore nuit et le

1. Tragédie survenue à Waco, Texas, en 1993 : D. Koresh, leader de la communauté des Davidiens, a vu sa résidence de Mont Carmel assiégée par le FBI, l'armée américaine et l'ATF pendant cinquante et un jours, pour possession illégale d'armes par la communauté, assaut dégénérant en véritable carnage et provoquant la mort de quatre-vingts personnes dont douze enfants. *(N.d.T.)*

parking était sinistre, éclairé par des halogènes noyés dans le brouillard. Je jetai un œil à la bombe dans le coffre et démarrai. J'estimai me trouver à moins d'une heure de Miami. Mon timing était bon. Je pourrais vérifier l'adresse que Rosa m'avait donnée juste quand il commencerait à faire jour.

Plus je m'en approchais, plus je me sentais déprimée. Les maisons ressemblaient à de sordides cellules en parpaing avec des fenêtres munies de barreaux et les murs extérieurs couverts de graffitis de gangs. Des ordures s'amassaient contre les immeubles et sur les bords de la route. Les jardins entourant les pavillons en stuc étaient arides ; la terre s'était tassée et fissurée à force de soleil.

L'adresse que m'avait donnée Rosa correspondait à de petits pavillons de stuc à des niveaux de décrépitude variés. Des planches clouées sécurisaient les fenêtres et les portes, empêchant les squatteurs et les toxicos d'entrer. Le feu n'avait laissé que les quatre murs d'une maison. Le toit s'était effondré dans la bâtisse au stuc encrassé de suie. Il restait quelques meubles carbonisés — un canapé et deux chaises — dans le petit jardin de devant.

Et, dans l'allée d'une des maisons, je vis un véhicule. Les fenêtres étaient condamnées, mais les planches sur la porte avaient été enlevées et jetées à terre.

Je passai deux fois en voiture devant le bâtiment, et je jure que j'ai senti battre le cœur de Hooker à ce moment. Aucune autre voiture dans la rue. Personne ne se hâtait de partir travailler. Les édifices en face avaient déjà été rasés. Il ne restait que des blocs de béton et de rares morceaux de tuyaux, rescapés de la démolition.

Aucune maison ne m'obstruant la vue, je pus me garer une rue plus loin et observer le pavillon occupé. J'avais verrouillé mes portières et m'étais tassée sur mon siège, tâchant d'être invisible. Je portais une casquette de baseball noire unie sous laquelle j'avais rentré mes cheveux, un T-shirt noir, un jean et des Converse noir et blanc. Pas particulièrement frais sous la chaleur de Miami, mais unisexe et pratique.

Quelques voitures étaient garées le long du trottoir et dans des allées, principalement des camionnettes toutes pourries et de vieilles bagnoles américaines rouillées. Ma voiture de location détonnait quelque peu, mais sans choquer pour autant.

À sept heures précises, une Camry métallisée descendit la rue et se rangea devant la maison occupée. Deux types en sortirent et se dirigèrent vers la porte d'entrée qui s'ouvrit pour les laisser passer. Cinq minutes plus tard, deux autres gars apparurent. L'un d'eux portait un sac-poubelle en plastique noir qu'il déposa dans le coffre de la Nissan Maxima stationnée dans l'allée, monta dedans avec son comparse et démarra.

Changement d'équipe.

Tout excitée, j'étais pratiquement sûre d'avoir retrouvé Hooker et Bill, et que ces deux types les gardaient. Je suivis la Maxima et restai en retrait lorsqu'elle s'engagea sur le parking d'un restaurant. Un des types descendit, sortit le sac du coffre et le déposa près d'une benne à ordures. Je continuai à les suivre quand ils quittèrent le parking, puis les perdis de vue lorsqu'ils tournèrent au sud sur la 17e Rue. Ils avaient pris la direction de Little Havana, où je ne comptais nullement me rendre.

Je retournai à la maison abandonnée et passai tout doucement devant, tentant de ne rien rater. Puis je revins au restaurant et me garai près de la benne à ordures. Barjo, moi ? Je voulais juste vérifier ce qu'ils avaient jeté. On ne sait jamais.

Je sondai le sac et trouvai une flopée de grosses bouteilles de soda en plastique et de cartons de pizza. J'examinai le dessus du carton : Pizza Time, une de ces chaînes qui se targuent de livrer à l'heure, sinon c'est gratuit. Les commandes étaient scotchées sur tous les couvercles des cartons. Ces types carburaient à la pizza et au soda. Et se faisaient livrer. Je trifouillai tous les cartons. L'équipe de jour avait commandé une grosse pizza aux poivrons verts, saucisses, oignons et fromage en supplément, accompagnée d'une grande bouteille de Dr Pepper. Hier, la commande était arrivée à midi, puis à dix-sept heures. L'équipe de nuit avait commandé à vingt-deux heures. Grosse pizza. Classique. Grande bouteille de Sprite.

Je m'emparai des cartons de l'équipe de jour et sortis du parking.

Je mis le cap vers l'est, cherchant un endroit sûr d'où appeler Gominé. Je trouvai un coin qui me plut sur North River Drive. C'était une église au parking désert, grand et partiellement visible depuis la route. Je me garai dans un coin éloigné.

Le portable de Gominé sonna cinq fois avant qu'il ne réponde.

— Mouais ? fit-il.

— Je te réveille ?

— Un peu.

— J'ai quelque chose à te montrer.

— J'espère que c'est toi toute nue.

— Rêve !

Il poussa un soupir.

— O.K., voyons ça.

Je descendis de voiture, allai à l'arrière et ouvris le coffre. J'orientai mon visiophone de sorte à avoir un maximum de lumière de début de matinée sur le coffre ouvert. Je braquai le téléphone sur la bombe.

— Putain ! s'exclama Gominé.

Je refermai le coffre et retournai dans la voiture.

— Je sais où ils détiennent Bill et Hooker, lui dis-je. Je veux que tu ailles les chercher.

— D'accord, mais tu dois d'abord me transférer la chose.

— Peux pas.

— Pourquoi ?

— Je ne te fais pas confiance.

— Tu crois que je reviendrai sur ma parole ?

— Ouais.

— Waouh, ça fait mal.

— Voilà ce qu'on va faire. Je ne suis pas si patriote. Ce que je veux vraiment, c'est emmener les deux hommes que j'aime dans un endroit sûr. Donc, si tu ne m'aides pas, je traiterai directement avec Salzar.

C'était un mensonge éhonté. Je faisais moins confiance à Salzar qu'à Gominé. Et je n'avais nullement l'intention de remettre une bombe chimique mortelle à d'éventuels terroristes.

— J'risque de te prendre au mot, Barney, fit Gominé.

— Tu ne vas pas m'aider ?

— Je t'aide. Mais pas comme toi tu le veux, c'est tout. Tu dois faire preuve d'un peu de patience sur ce coup-là. Et tu dois clairement me remettre cette chose. Je présume que tu as aussi l'or ?

Je coupai, sortis sur-le-champ du parking, traversai la Miami River et mis le cap sur l'ouest. Je ne pensais pas que l'on puisse voir grand-chose sur la photo, hormis le coffre et la bombe, mais je n'allais pas courir le risque de me faire choper parce que Gominé avait identifié un bout d'église.

Je trouvai un petit parking près d'une boulangerie derrière la 7e et me planquai entre deux autres voitures. Je me ruai dans le magasin pour m'acheter un grand sac de beignets et un grand café. Je les dégustai et appelai Judey.

— Je crois que j'ai trouvé Bill et Hooker, annonçai-je. Je suis presque sûre qu'ils sont détenus dans l'une de ces maisons condamnées sur Northwest. J'ai jeté un œil ce matin et apparemment deux mecs les gardent. Je n'ai rien pu déceler, car les ouvertures sont barricadées par des planches, mais deux types sont arrivés à sept heures pour remplacer deux autres.

— Laisse-moi deviner… tu veux délivrer Bill et Hooker ?

— Ouais.

— J'en suis. As-tu un plan ? Allons-nous jouer au S.W.A.T.[1] ? Que puis-je faire pour toi ?

Heureusement que je regarde beaucoup la télévision. Sans ça, je n'aurais rien eu à proposer. Parfois, je craignais de ne pas avoir une seule idée en tête qui ne soit pas déjà un cliché.

À presque midi, j'étais assise sur le parking du Pizza Time. Judey et Brian m'accompagnaient. Judey tenait une petite ampoule. Brian était en mode chien d'attaque, aux aguets derrière la vitre arrière.

— C'eût été bien plus simple si tu avais voulu un stimulateur d'érection, déclara Judey. *Tout le monde* en a. Heureusement, il se trouve que je connais un pharmacien qui bosse depuis le coffre de sa voiture. Évidemment, il travaille la nuit et, donc j'ai dû le réveiller, mais j'ai exactement ce qu'il nous faut. Et il m'a expliqué comment nous servir du contenu de cette ampoule. Cinq gouttes par morceau de pizza rendront celui qui l'a mangé inconscient en moins de cinq minutes et le feront dormir pour plus d'une heure. C'est la drogue de prédilection du violeur pressé.

Je composai le numéro de Pizza Time figurant sur le carton que j'avais piqué dans la benne à ordures.

— Je voudrais vérifier une commande de pizza, dis-je. À livrer au 9118 NW Seaboard.

— C'est une grande pizza, poivrons, oignons, saucisses, fromage ?

1. Special Weapons and Tactics : brigade d'élite de la police paramilitaire, spécialisée dans les opérations dangereuses. *(N.d.T.)*

— C'est bien ça. Je voudrais passer la chercher au lieu de me la faire livrer.

— Très bien. Dans cinq minutes.

Une femme passa devant la voiture avec un bâtard en laisse. Le chien avançait placidement à côté d'elle. Brian, devenu barjo sur la banquette arrière, faisait des bonds et donnait des coups de patte sur la vitre.

« *Ouarf, ouarf, ouarf !* »

Judey sortit un morceau de biscuit aux épices de sa poche.

— Si tu es un gentil toutou, je te donnerai un peu de biscuit, dit-il. C'est qui qui veut un biscuit ? C'est qui qui veut un biscuit ?

Brian arrêta de *ouarfer* et se mit au garde-à-vous, oreilles dressées, corps vibrant, totalement concentré sur le biscuit. Il écarquillait tellement les yeux qu'ils étaient ourlés de blanc et semblaient à deux doigts de sortir de sa tête.

Judey tendit le biscuit et le chien le happa. *Clac !* Le biscuit se brisa en mille miettes, et Brian redevint barjo, traquant les morceaux de biscuit.

— Il adore les biscuits aux épices, observa Judey.

Deux voitures de livraison de Pizza Time se trouvaient garées sur les emplacements réservés près de la porte de derrière : de vieilles Ford Escort repeintes en rose avec des palmiers bleu pastel et l'inscription PIZZA TIME imprimée en vert fluo.

— Je pourrais prendre une de ces voitures, confiai-je à Judey.

— Ça ne devrait pas te poser problème, rétorqua-t-il. Bill et toi volez des bagnoles depuis que vous avez dix ans.

— Pas voler. Emprunter. Et que des autos du garage.

Je démarrai la voiture de location et la garai sur l'emplacement près du véhicule de Pizza Time. J'entrai dans la pizzeria, et récupérai la commande. Je filai rejoindre

Judey ; nous soulevâmes très délicatement le couvercle et versâmes cinq gouttes soporifiques sur chaque part.

La portière conducteur de l'Escort n'était pas verrouillée. À l'aide de ma lime à ongles, je fis démarrer la voiture en moins de deux minutes.

— Comme tu es maligne ! s'écria Judey. Aucune voiture ne peut te résister !

— Merci, mais les tout derniers modèles sont impossibles à bidouiller. Heureusement que c'est une vieille Escort.

Je partis dans la bagnole de Pizza Time, Judey dans mon sillage dans la voiture de location.

14

Je passai une fois devant le pavillon condamné pour y jeter un œil. Rien n'avait changé. Même voiture le long du trottoir. Judey me suivait. Quand je fis mon deuxième tour de pâté de maisons, il resta en arrière et gara la voiture de location à l'endroit que j'avais libéré un peu plus tôt.

« Maintenant ou jamais », songeai-je. Je respirai profondément et engageai d'un coup sec la voiture de Pizza Time dans l'allée du pavillon. Je descendis, contournai le véhicule jusqu'à la portière passager et m'emparai de la commande. J'avançai vers la porte d'entrée d'un pas énergique et sonnai. Rien. Aucun écho. Super ! Je frappai aussi fort que possible. Toujours rien.

— Hé ! hurlai-je. Y a quelqu'un ?

Et je flanquai un violent coup de pied dans la porte.

J'entendis râler à l'intérieur. La porte s'ouvrit et un gros type baraqué en sueur me toisa.

— Quoi ? dit le type.

— Pizza.

— Vous êtes en retard.

— J'eusse été à l'heure si vous aviez ouvert la porte quand j'ai sonné. Vous devriez faire réparer cette sonnette. Que faites-vous là, d'ailleurs ? Toutes ces maisons ont l'air abandonnées.

— Je travaille pour le mec qui va faire construire ici. On fait des… recherches.

— Ça fait vingt dollars cinquante.

— Je vous donne cinquante-cinq parce que vous êtes mignonne.

Je lui souhaitai une bonne journée, remontai dans la voiture volée et m'en allai. Je rejoignis la 20e Rue nord-ouest, et vis des gyrophares clignoter derrière moi. *Zut !* Je me garai, descendis puis rejoignis la voiture de flics. Comme par hasard, c'était le policier qui m'avait arrêtée hier.

— Oh, non ! fit-il. Pas vous. Lâchez-moi un peu !

— Je suis en mission secrète.

— Bien sûr.

— Et derrière vous, c'est mon partenaire.

Judey était au point mort derrière la voiture de police, un sourire forcé sur le visage, avec Brian à son côté, pattes avant sur le tableau de bord, ses sourcils de schnauzer froncés de concentration, jaugeant le policier.

Le flic reposa les yeux sur Judey.

— Le gay avec le chien ? Vous vous fichez de moi ?

— Comment savez-vous qu'il est gay ?

— Je suis flic. Je sais ce genre de choses. Et le chien porte l'un de leurs colliers arc-en-ciel.

— Peut-être que c'est juste son chien qui est gay.

— Jeune fille, je ne veux pas entamer le débat.

— Écoutez, j'ai des choses à faire…

— Comme aller en prison ?

— Vous n'allez pas me forcer à appeler les types aux feux de direction bleu fluo, n'est-ce pas ?

— Scala et Martin ? Non ! Ne faites pas ça. Je les *déteste*.

— Non ? Pas possible ! J'ai fini avec la voiture. Et si je la laissais là, comme ça vous pourriez la ramener ?

— Bien. Super. Mais vous avez intérêt à arrêter de piquer des bagnoles dans mon secteur quand je suis en service. Volez-les la nuit. À Coral Gables ou à Miami Beach.

Je rejoignis Judey en courant, coinçai Brian sur la banquette arrière et attachai ma ceinture.

— Tu es trop *géniale* ! me lança Judey.

Un quart d'heure plus tard, nous étions de retour devant le pavillon abandonné. Moi tapie, invisible sur la banquette arrière, Judey au volant. Le plan était qu'il se gare derrière la Camry métallisée, se rende à la maison leur raconter qu'il était perdu et leur demander son chemin. Si personne ne répondait après qu'il aurait crié, martelé la porte et donné des coups de pied, c'est que nous avions le cul bordé de nouilles.

— Si je ne reviens pas, tu as promis de t'occuper de Brian, dit Judey.

Je posai les yeux sur Brian assis sur la banquette arrière. S'il y avait un Dieu au paradis, Judey reviendrait.

— Il est très intelligent, ajouta Judey. Si tu mélanges les lettres de son nom, ça donne *brain*[1].

Je gardai la tête baissée et écoutai Judey remonter l'allée jusqu'à la maison. Il frappa. Il hurla. Puis le silence. Je relevai brusquement la tête. Pas de Judey. Je regardai Brian.

— Où est-il ? demandai-je au chien.

Brian resta assis. Il avait l'air inquiet. Sûrement pas vraiment ravi à l'idée d'une éventuelle cohabitation avec moi.

Judey apparut derrière la maison et je laissai échapper un soupir de soulagement. Il contourna la bâtisse, cherchant sûrement une fenêtre ouverte, puis revint devant et me fit signe d'approcher.

1. Brain signifie « cerveau », « intelligence » en anglais. *(N.d.T.)*

Je bondis derrière le volant et rangeai la voiture de location dans l'allée.

— J'ai pu regarder par les fenêtres de derrière, m'expliqua-t-il. Il y a une bonne et une mauvaise nouvelle. La bonne, c'est que les deux malabars ont eu leur compte. La mauvaise, c'est qu'apparemment ils ont partagé leur pizza avec Bill et Hooker.

Je sortis un démonte-pneu du coffre.

Judey regardait par-dessus mon épaule.

— Qu'est-ce que c'est que ce truc dans le coffre ?

— Une bombe. Probablement une ogive, pour être plus précise.

— Je ne me serais pas attendu à moins. Toujours égale à toi-même.

Je me dépêchai de traverser le jardin avec le démonte-pneu, puis le coinçai entre le jambage et la porte, juste sous la poignée. Je mis tout mon poids dessus, le montant se fendit en éclats et la porte s'ouvrit d'un coup.

L'intérieur du pavillon était encore plus déprimant que l'extérieur. Il sentait le renfermé, empestait les sanitaires insalubres, le rassis et la pizza froide. Les meubles provenaient de la benne à ordures. Il faisait sombre.

Les hommes de Salzar étaient étendus à plat ventre par terre, tombés de leur chaise. Le carton de pizza vide était ouvert sur la table. Il ne restait que des traînées de sauce tomate et quelques morceaux de fromage.

Un petit couloir donnait dans le séjour, la salle à manger et le coin cuisine. Il y avait deux chambres et une petite salle de bains au bout du couloir. Les portes des chambres étaient ouvertes, Bill et Hooker menottés ensemble dans l'une d'elles. Ils étaient vautrés sur le lit, complètement dans le coaltar, un morceau de pizza à moitié mangé collé au dessus-de-lit en chenille jaune, à quelques centimètres de la main ouverte de Hooker.

— Hé, attends un peu, dis-je. Où est Maria ?

Nous inspectâmes la deuxième chambre et la salle de bains. En vain.

— Elle est sûrement détenue ailleurs, suggéra Judey.

Aucun de nous n'y croyait vraiment, mais, pour l'instant, c'était une bonne idée. À chaque jour suffit sa peine.

— Comment allons-nous sortir ces grands gaillards d'ici ? s'enquit Judey. Ils sont accrochés ensemble et, à eux deux, ils doivent bien peser cent soixante kilos. Et ensuite, on devra les faire passer par la porte.

Je courus à la cuisine chercher les clés des menottes dans les poches des gorilles. Je passai rapidement la maison en revue, sans les trouver. Je considérai de nouveau la porte de la chambre. Pas assez large pour les faire passer tous les deux.

— Nous allons devoir les mettre en sandwich.

Nous extirpâmes non sans mal Bill et Hooker du lit et les mîmes par terre, veillant à ne pas toucher les blessures par balle de mon frère. Nous ôtâmes le dessus-de-lit miteux du lit et le glissâmes sous Hooker. Puis nous posâmes Bill à plat ventre sur Hooker.

Judey et moi empoignâmes le tissu et tirâmes Bill et Hooker jusqu'à la porte de la chambre, dans le séjour puis dehors, jusqu'à la voiture de location, pour nous retrouver de nouveau coincés.

— Je crois que l'on devrait essayer de les asseoir à l'arrière, dis-je.

Les poussant, les tirant, nous réussîmes plus ou moins à les asseoir à l'arrière. Hooker était avachi dans la ceinture de sécurité, tête baissée, bavant, Bill vautré sur Hooker, ressemblant à Zombie Bahama.

Brian s'était rabattu sur le siège avant et jetait des coups d'œil furtifs à l'arrière, pas sûr d'apprécier ce qu'il voyait.

— Tu sais ce que l'on devrait faire ? lança Judey. On devrait prendre l'un des gorilles pour l'interroger et peut-être découvrir où ils détiennent Maria.

Nous retournâmes dans la maison pour nous emparer

du plus petit des deux hommes. Nous le traînâmes jusqu'à la voiture puis derrière, dans le coffre. Je l'ouvris et balançai le pneu de rechange. Maintenant, j'avais assez de place pour le gorille *et* l'ogive et je m'assurai qu'il n'y aurait pas de problème avec le gorille. Apparemment, rien n'allait exploser. Nous hissâmes à grand-peine l'homme dans le coffre et le fermâmes.

— Maintenant, il faut trouver un bon sex-shop qui vend des *gadgets*, décrétai-je. Les menottes ont une clé universelle. Je le sais à force de regarder *Cops*[1] à la télévision.

— J'adore cette émission, ajouta Judey.

Je traversai Miami River, mis le cap sur le sud vers la 17e Rue, puis m'engageai dans Little Havana. Quelques rues plus loin, je trouvai ce que je cherchais. Divertissements pour adultes. Je tournai dans le parking d'un petit centre commercial et me garai devant la boutique.

— Je ne veux pas acheter une paire de menottes hors de prix juste pour une clé, dis-je à Judey. Vois si tu peux en emprunter une.

Judey fila dans la boutique et, quelques minutes plus tard, ressortit en compagnie d'un type qui ressemblait à Ozzie Osbourne dans son mauvais jour.

— Waouh ! fit le gars en avisant Bill et Hooker. *Très space*.

Nous libérâmes leurs poignets et le mec retourna dans son sex-shop. La mort dans l'âme, Judey et moi tentâmes de réanimer Hooker et Bill. Hooker ouvrit un œil, me sourit et repartit au pays du sommeil paisible.

— Nous devrions faire bon usage de ces menottes, suggéra Judey.

Nous descendîmes de la voiture jusqu'au coffre en nous assurant que personne ne nous regardait. Nous l'ouvrîmes, puis, tournant le gorille jusqu'à ce qu'il ait les mains dans le dos, nous le menottâmes.

1. Émission de télé-réalité à grand succès de la Fox. *(N.d.T.)*

— Voilà qui est mieux, dit Judey. C'était un peu flippant de le savoir derrière avec l'ogive.

C'est bizarre à expliquer, mais je m'habituais à trimballer l'ogive partout avec moi. Je n'irais pas jusqu'à dire qu'elle me manquerait lorsque je m'en débarrasserais, mais je n'avais plus autant les boules de la savoir là, dans le coffre. C'était comme une sorte de… bagage.

Judey et moi remontâmes en voiture, préoccupés par l'état de Hooker et de Bill. Ils avaient l'air plutôt bien, respiration normale, bonne couleur. Cela ne compensait pas mon inquiétude. Quel soulagement quand ils reprendraient connaissance !

— J'apprécie ton aide, dis-je à Judey. Je devrais probablement te ramener chez toi avec Brian.

— Tu ne feras rien de tel. Je reste avec toi jusqu'à ce que ces vilains garçons se réveillent.

Nous restâmes donc devant le magasin porno à attendre que Hooker et Bill reviennent à eux.

— C'est exactement comme quand on était à l'école, observa Judey en souriant. On tirait toujours Bill d'affaire. Et, généralement, c'était avec de jeunes filles.

Parfois, plus les choses changeaient, plus elles restaient les mêmes.

Une heure plus tard, Hooker rouvrit un œil.

— J'ai loupé quelque chose ? demanda-t-il.

— Nous t'avons délivré, dis-je.

— La dernière chose dont je me souviens, c'est que je mangeais une pizza.

— Ouaip, répondis-je. J'ai fait le bon vieux numéro du viol-livraison de pizza.

— C'est quoi, cette grosse tache mouillée sur mon short ?

— De la bave.

— Ouf. (Il jeta un œil au-dehors.) Et on est garés devant une boutique de divertissements pour adultes ? Pourquoi ?

— Nous avions besoin d'une clé pour les menottes.

Bill ouvrit les yeux.

— Boutique pour adultes ? (Il porta ses mains à sa tête.) Waouh, putain de mal de crâne !

— Ta sœur a livré une pizza empoisonnée aux méchants, et nous l'avons mangée, expliqua Hooker.

— Je te l'avais pas dit ? Barney s'en tire toujours, dit Bill. Ça fait des années qu'elle me sauve.

— Pour moi, c'était moins une, répondit Hooker. Les choses commençaient à se gâter vraiment.

— Hooker chantait comme un candidat de *American Idol*[1], expliqua Bill. Ils l'ont ligoté à une chaise, frappé au visage et il leur a balancé tout ce qu'ils voulaient savoir.

— Ouais, acquiesça Hooker. Je leur ai dit que nous avions enterré la boîte à trois mètres dans la jungle, à deux cents mètres en amont. J'ai pensé que ça les occuperait. Bill était sûr que tu débarquerais avec les fusiliers marins et que tu nous sauverais.

— Les fusiliers marins étaient débordés, répliquai-je. Mais heureusement Judey était disponible.

— Je me suis dit qu'aujourd'hui Salzar découvrirait que je l'avais fait courir partout pour rien, et il ordonnerait à ses malabars de revenir me flanquer une dérouillée, reprit Hooker. Il veut cette boîte plus que tout.

— Elle est remplie d'une substance neurotoxique chimique, expliquai-je. SovarK2. On estime qu'elle contient près de six millions de doses mortelles. Si on la dispersait sous sa forme gazeuse au-dessus de Miami, elle tuerait des centaines de milliers de personnes. Il s'avère que Boiteux et Gominé travaillent pour l'une de ces agences gouvernementales à trois lettres, et ils essaient de récupérer la boîte et de choper Salzar.

— Je ne l'aurais jamais cru, lança Hooker.

1. Émission musicale de télé-réalité américaine, équivalent de notre Nouvelle Star. *(N.d.T.)*

— Moi non plus. Et je ne leur fais pas entièrement confiance. Je pourrais accepter leur aide, mais ils m'inquiètent.

— Je ne savais rien de tout cela, se plaignit Judey. Personne ne me dit rien.

— Quand Maria a plongé pour chercher l'or, elle a aussi trouvé une boîte en fer-blanc. Nous l'ignorions à l'époque, mais il s'avère que c'est une bombe chimique.

— La bombe que nous trimballons dans le coffre ? fit Judey.

Hooker me regarda.

— Dans le coffre ?

— J'avais peur que Salzar ne la trouve. Alors j'y suis retournée, je l'ai prise et elle est… dans le coffre.

— Ce coffre ? répéta Hooker.

— Vi.

— Tu te trimballes avec une bombe chimique dans ton coffre ?

— Vi.

— Je déteste changer de sujet, intervint Bill, mais ils détiennent encore Maria.

— Je ne sais pas où elle est, répondis-je. Nous avons fait toutes les propriétés de Salzar sans rien trouver. Pas de Maria et pas de lingots d'or.

Une voiture se gara à côté de nous et un type d'âge moyen, atteint de calvitie naissante, en sortit et pénétra dans le sex-shop.

— Je le connais ! s'écria Judey. C'est mon dentiste !

— Attends une minute, le coupa Hooker. Je veux revenir à la bombe dans le coffre. Comment as-tu fait pour la sortir de Cuba ?

— Chuck m'a aidée. Et son ami Ryan.

— Ils sont allés sur l'île en hélico, ont pris la bombe, l'ont rapportée et l'ont mise dans ton coffre ? fit Hooker.

— En gros, oui.

Je démarrai, sortis du parking, et m'engageai dans la

circulation. Je n'avais aucune idée de ce que nous allions faire mais apparemment, il était temps de bouger.

— Je sais peut-être où ils retiennent Maria, dit Bill. Quand ils nous ont fait partir du bureau de Salzar, la première fois, il y avait eu confusion à propos de l'endroit où nous irions. Ils parlaient d'un garage sur le Tamiami Trail.

Bill ne pétait pas la forme. Son visage était terreux et des cernes bleu foncé marquaient ses yeux. Du sang avait filtré sous le bandage autour de ses côtes et taché son T-shirt.

— Comment te sens-tu ? lui demandai-je.

— Bien.

— Tu as une sale tête.

— Mauvaise pizza.

— Voici ce que l'on va faire. Je te renvoie chez Judey. Si tu promets de rester couché, Hooker et moi allons chercher Maria.

— Ça ne suffit pas. Tu dois promettre de la *retrouver*. Et tu dois l'aider à faire sortir son père de Cuba.

— Je ferai de mon mieux.

Un bruit lourd et sourd et des hurlements étouffés provinrent du coffre.

— Le gorille est réveillé, observa Judey.

Je me tournai vers Bill et Hooker.

— J'ai failli oublier. J'ai un tueur également dans le coffre.

— Nous pensions que ça pourrait être utile d'interroger l'un des hommes de Salzar, ajouta Judey. Alors on l'a mis dans le coffre… avec la bombe.

— C'était l'idée de Judey, précisai-je. C'est un génie de la lutte contre la criminalité.

— Certains trouvent que je ressemble à Magnum, dit Judey. Vous trouvez que je ressemble à Magnum ? La bouche, peut-être, un peu ?

— Je suis réveillé, n'est-ce pas ? fit Hooker. C'est bien réel ?

15

Quand nous arrivâmes chez Judey, le type dans le coffre s'était calmé.

— À quoi ressemble Salzar ? s'enquit Judey. Je ne sais que ce que j'ai lu dans la presse.

— Il est sinistre, répondit Hooker. Obsédé par la boîte en fer. Obsédé par la prise de pouvoir à Cuba. Je crois qu'il a quelques cases de vide. À mon avis, ce qui, au départ, était sûrement une manœuvre politique intelligente s'est transformée en ultime cauchemar. L'heure de Castro approche et le politburo fait face à une ruée vers le pouvoir. Si Salzar ne fournit pas la boîte, j'imagine qu'il perdra sa place dans l'histoire.

— Il m'a passé un coup de fil hyperflippant, dis-je.

— Il a trouvé ton numéro sur mon portable. Il est devenu fou quand il a appris que tu t'étais échappée, m'expliqua Hooker.

L'après-midi touchait à sa fin. De gros nuages cotonneux s'amassaient dans le ciel et le vent se levait. C'eût été une belle journée pour aller à la plage ou faire du bateau. À quelques pâtés de maisons, les accros du soleil, presque nus, pliaient bagage, et les garçons de l'Ocean Drive prenaient leur service. Quant à moi, vêtue des mêmes sous-vêtements que la veille, je me trouvais dans un parking avec une bombe et un gorille dans mon coffre.

— O.K., ça roule, dit Judey. Montons Bill chez moi et chouchoutons-le. Et vous êtes les bienvenus, vous aussi. Je pourrai vous faire un café. Et j'ai un gâteau.

— Quelqu'un a une idée de ce que l'on va faire du gorille ? demandai-je.

— Il peut monter, lui aussi, proposa Judey. J'ai plein de chambres. Nous pourrions l'enfermer aux toilettes et avant mettre un CD de salsa et lui flanquer une bonne dérouillée.

— Ça m'a l'air cool, dit Bill.

Nous ouvrîmes le coffre pour sortir le gorille. Il avait les yeux fous et était en nage.

— C'est Dave, dit Hooker.

Et il lui flanqua un coup de poing au visage.

— Arrête ! cria Judey en serrant Brian contre sa poitrine. Je plaisantais à propos de la dérouillée. (Il mit sa main sur les yeux de son chien.) Ne regarde pas.

— Je lui devais bien ça, rétorqua Hooker.

Coureur Nascar de retour en piste.

Nous traînâmes Dave chez Judey, verrouillâmes la porte derrière nous et l'appuyâmes contre un mur.

— Nous devons savoir où est cachée Maria, dis-je à Dave.

— Va te faire foutre, fit Dave.

— Je peux le refrapper ? demanda Hooker.

— Non ! s'écria Judey. Il va saigner sur le tapis !

— C'est ta dernière chance, dis-je à Dave. Sinon…

— Sinon quoi ?

— Sinon, je lâche Brian sur toi, ajouta Judey.

Brian, ravi d'être de retour chez lui, courait en décrivant de petits cercles.

Ouarf, ouarf, ouarf, ouarf.

— Ouais, il me fait trop peur, railla Dave.

Judey sortit un biscuit aux épices de sa poche et le

tendit au niveau de sa taille. Brian se précipita, sauta en l'air et *clac* ! Le biscuit ne fut plus que poussière.

Hooker souriait.

— Laisse-moi faire, dit-il en baissant la fermeture du pantalon de Dave, qui glissa et tomba à ses pieds, faisant apparaître un slip kangourou blanc bien moulant.

Judey prit Brian sous un bras et s'approcha sur la pointe des pieds. De sa main libre, il fit tomber trois biscuits aux épices juste dans la poche du slip de Dave, les émietta un peu, histoire de diffuser une bonne odeur épicée, et s'assura que les miettes atterrissaient dans la poche du slip.

— *Raoufff!* fit Brian en observant les biscuits disparaître.

Judey avança le chien pour qu'il puisse bien sentir les biscuits. Et Brian se mit à saliver. Oreilles dressées et pattes battant l'air, il se tortillait et faisait du sur place, les yeux exorbités, et de la bave de schnauzer volait partout. « *Ouarf, ouarf, ouarf!* » Brian partait dans un délire de biscuits aux épices.

— O.K., maintenant je vais reposer Brian, prévint Judey.

— Bon sang, non ! cria Dave. Vous êtes zarbi, vous autres !

— Alors, et Maria ? dis-je. Où est-elle ?

— D'accord, répondit Dave. Je sais où elle est, mais éloignez ce chien de moi.

— Où est-elle ? répétai-je.

— Salzar possède un garage sur le Trail. C'est là que vous la trouverez.

— Elle est vivante ?

— Ouais, elle est vivante.

Son interrogatoire terminé, nous lui remontâmes son pantalon et l'enfermâmes aux toilettes.

— Hé ! dit-il. Vous ne pouvez pas me laisser comme

ça, les mains menottées dans le dos et des biscuits dans mon caleçon ! Et si je veux aller aux toilettes ?

Judey lui sourit.

— Braille un bon coup, mon grand, et je serai ravi de venir te donner un coup de main.

Nous fermâmes la porte sur Dave, et Judey roula les yeux.

— J'le toucherais pas, même avec un long bâton, dit Judey. Mais je n'ai pas pu résister à lui reficher la trouille. Maintenant, si vous voulez bien vous mettre à l'aise, je vais faire du café et nous pourrons nous asseoir et planifier l'opération sauvetage.

— Nous avons besoin d'aide, fis-je une fois installés. Il nous faut quelqu'un du gouvernement, quelqu'un de confiance.

— Je connais un type, lança Hooker.

Hooker appela son assistant et, quelques minutes plus tard, il obtint un numéro de téléphone, qu'il composa, tint les classiques propos d'usage, puis alla droit au but.

— J'ai trouvé quelque chose qui pourrait être dangereux, expliqua Hooker à la personne au bout du fil. Je veux le remettre aux autorités, mais je ne sais pas comment procéder. Je pense que le donner à la police locale n'est pas la marche à suivre. (La personne au bout du fil lui répondit.) Je ne veux pas entrer dans les détails sur un portable, poursuivit Hooker. Je pense que le gouvernement aimerait entrer en possession de cette chose qui est chimique de nature. Deux losers qui prétendent être des fédés m'ont fait des ouvertures.

— Scala et Martin, dis-je. Qui bossent à Miami.

Hooker répéta les noms à son contact.

— Et autre chose, reprit Hooker. Je veux faire sortir quelqu'un de prison à Cuba. Peut-être le racheter.

S'ensuivirent d'autres propos anodins et Hooker raccrocha.

— Il va me rappeler, dit Hooker.

— Il a un nom ?
— Richard Gil.
— Richard Gil le sénateur ?
— Ouais. C'est vraiment un chic type.
— Et un fan de la Nascar ?
— Aussi.
— Faisons une liste de tout ce que nous devons accomplir, suggéra Judey. Il nous faut délivrer Maria, récupérer l'or, nous en servir pour faire sortir le père de Maria de Cuba et remettre la bombe aux autorités.
— Ce serait bien si nous pouvions neutraliser Salzar, dit Hooker.
— Neutraliser ? fit Judey. Tu veux dire, lui flanquer une déculottée ?
— Coureur Nascar ne flanque pas de déculottée, répondit Hooker. Coureur Nascar désapprouve les déculottées. Neutraliser, c'est bien plus ambitieux.
Brian gémissait devant les toilettes et reniflait sous la porte. Il voulait des biscuits.
— Maintenant, faisons le point sur nos informations, reprit Judey. Nous savons où se trouve le garage sur le Tamiami Trail, à quoi il ressemble de l'intérieur et qu'il y a toujours quatre types postés là-bas. Nous savons qu'ils ont mis l'or en caisses, prêt à être expédié à Cuba.
— Et que l'hélicoptère peut atterrir sur le parking derrière le garage, ajouta Bill.
— Je pense que mon sénateur peut nous aider à faciliter les choses, comme troquer un vieux Cubain contre une montagne d'or, dit Hooker, et qu'il peut coordonner cela en récupérant la boîte. Ce qu'il ne pourra probablement pas faire, c'est ramasser les marchandises. À nous de le faire. Puis de les leur livrer.
— Je ne veux pas être exclu, protesta Bill.
— Tu as une tête de déterré, rétorquai-je.
— Je peux faire avec.
Vers six heures, nous avions réussi à élaborer un plan,

certes un peu ridicule sur le papier, comme tout droit sorti d'un mauvais film. Mais c'était le mieux que nous puissions faire, tant que nous n'avions pas de nouvelles du sénateur.

Le téléphone sonna à sept heures et demie et Hooker répondit. C'était le sénateur Gil. Hooker prenait des notes pendant qu'il parlait. Son visage était tout tendu quand il raccrocha.

— Tout est O.K., dit-il. Tout sera en place demain matin à dix heures. (Il se tourna vers moi.) Ça a un peu coupé le sifflet au coureur Nascar.

Et que dire de nous !

— D'après Gil, Gominé et Boiteux font partie d'un détachement spécial d'une agence combinée qui tient à l'œil les ventes d'armes internationales et ce depuis trois ans. Il n'en sait pas plus sur eux. Avant ça, ils étaient à l'ATF[1], à scribouiller dans les bureaux. Gil les envoie pour qu'ils nous donnent un coup de main. Il s'est dit qu'une puissance de feu supplémentaire ne nous ferait pas de mal.

Ce qui déclencha une alarme mentale en moi.

— Ils viennent ici ?

— Ouais. Ça pose problème ?

— Je ne sais pas, il y a un truc que je ne sens pas chez ces types. Peut-être que l'on devrait s'occuper de la bombe.

— Zut ! s'écria Hooker. Nous l'avons laissée dans le coffre. Je l'avais complètement oubliée.

Nous ressortîmes en troupeau prendre l'ascenseur, direction le garage. Judey s'était muni d'une couverture pour empaqueter la bombe et la remonter sans se faire remarquer.

1. *Bureau of Alcohol, Tobacco and Firearms.* Sa mission est de protéger la société du crime, de la violence, de réguler l'industrie des armes à feu et des explosifs, le trafic et la contrebande de cigarettes, d'alcool, etc. *(N.d.T.)*

Hooker ouvrit le coffre.

— Elle a disparu ! s'exclama-t-il.

Nous eûmes tous le souffle coupé.

Il me fit un clin d'œil.

— Cool. J'plaisante.

Humour du coureur Nascar.

Hooker se débattit pour sortir la bombe du coffre, nous l'enveloppâmes dans la couverture et Hooker se dirigea vers l'ascenseur.

— C'est comme transporter une pastèque géante de trente-cinq kilos, dit-il. Appuyez sur le bouton. Barney serait déçue si j'attrapais une hernie. Elle a des projets pour moi.

Bill gratifia Hooker d'un grand sourire.

Nous gagnâmes l'appartement et Judey passa devant, en éclaireur.

— Rangez-la dans mon armoire. Elle y sera en sécurité. Non, attendez, pas sur mes mocassins Gucci. Juste là, à côté de mes chaussures de soirée Armani.

Nous refermâmes la porte du placard sur la bombe au moment où la sonnette retentissait. Gominé et Boiteux.

Judey les épia par le judas.

— Ils n'ont pas l'air joyeux, me murmura-t-il. On dirait qu'ils se sont cognés à un camion… et pas qu'une fois.

— Dur d'être un agent fédéral, j'imagine, dis-je.

Il leur ouvrit la porte, et je les présentai à Judey et à Bill.

— Alors comme ça, messieurs, vous êtes des *agents*, dit Judey en mimant des guillemets du bout des doigts lorsqu'il prononça « *agents* ». Ça doit être vachement excitant.

— Si vous le dites… fit Boiteux. J'attends la retraite avec impatience. Je ne sais pas pourquoi… Pour un foutu salaire de misère.

— Oui, mais votre boulot doit être enrichissant.

— Très enrichissant. Un an qu'on est assis sur le cul à épier Salzar, à essayer de le coincer, puis un politicien appelle notre boss et on nous ordonne de se mettre aux ordres d'un pilote Nascar.

— Faut suivre le mouvement, ajouta Gominé en jetant un regard prudent à Hooker.

— Je n'ai pas beaucoup d'ordres, répondit Hooker. Je propose que l'on se retrouve tous en bas dans le garage demain matin à neuf heures et l'on avisera.

— Du gâteau, quelqu'un ? proposa Judey. J'ai un gâteau pour le café.

— Des choses à faire, répondit Gominé.

Et Gominé et Boiteux de s'en aller.

— Je sors chercher des crabes cailloux, annonça Hooker. Je n'ai pas pu en manger la dernière fois. (Il passa un bras sur mes épaules.) Allez, Barney, je t'emmène faire un tour.

Je le suivis dans le couloir puis dans l'ascenseur.

— Étant donné que tu as décidé de partir à cinq heures et que tu as demandé à Gominé et à Boiteux de se pointer à neuf, j'en déduis que tu ne leur fais pas non plus confiance, n'est-ce pas ?

— Effectivement. (Il me jeta les clés quand nous arrivâmes devant la voiture.) Tu conduis, et j'irai y faire un saut.

Comme à l'accoutumée, il n'y avait pas de places de parking libres devant chez Joe's. Je stationnai en double file et Hooker fila au trot. Quel beau gosse ! songeai-je. Hooker semblait toujours détendu… comme si bouger ne lui demandait aucun effort, et toutes les parties de son corps étaient parfaitement synchrones. Il avait une jolie démarche. Et je pariais que son coup de reins n'était pas mal non plus. Sacrebleu ! Qu'est-ce que je viens de dire !? Bon, d'accord, la vérité, c'est que je nourris pas mal de pensées érotiques, ces derniers temps. Je suis en manque de sexe. Ma vie amoureuse est un désert aride. Et voilà que je me retrouve coincée dans une aventure avec un mec sexy. Certes, c'est une espèce de tombeur, mais un tombeur sympa. À mon avis, son cœur est là où il faut. Et le reste aussi. Mince alors, voilà que je recommence !

Je ne prêtais pas réellement attention à ce qui se passait autour de moi. J'observai Hooker par les grandes fenêtres de la partie take-away. Il faisait la queue, les mains dans les poches, ses fesses bien moulées dans son short.

Aussi, quand j'avisai Face de Vomi, il était déjà trop tard. Il ouvrit la portière de la voiture de location, tendit le bras, détacha ma ceinture et me tira d'un coup sec hors du véhicule. Il me jeta à l'arrière d'une Town Car, s'assit à mes côtés et, avant que je ne puisse hurler, donner des coups de pied, la Town Car avait démarré.

Personne ne prononça la moindre parole. Pas de musique à la radio. Un chauffeur. Et j'étais encadrée par deux hommes. Tout le monde regardait droit devant soi. Bien que, à vrai dire, je ne pusse voir qu'un seul des yeux de Face de Vomi, le faux. Je ne savais pas où se dirigeait son autre œil. Nous traversâmes le pont pour Miami et prîmes la Route 1 en direction du sud. Quand nous arrivâmes à Coral Gables, le chauffeur quitta la Route 1 pour emprunter une voie qui longeait Biscayne Bay, une route de service, qui donnait dans une petite marina. Il n'y avait pas d'autres voitures sur la chaussée. Nous nous arrêtâmes avant d'arriver à l'entrée de la marina et je réalisai que des lumières brillaient dans le rétroviseur. Un véhicule avait surgi derrière nous.

Vomi ouvrit sa portière et me tira dehors. Des phares clignotaient sur les deux voitures. Et je constatai que la seconde était une limousine noire extralongue. Six places.

Je croyais que j'allais mourir. J'avais la poitrine serrée, et des haut-le-cœur. À part ça, pas grand-chose. Pas de larmes, pas de diarrhée, pas d'évanouissement. Peut-être que les filles ayant grandi dans un garage à Baltimore ne sont pas vraiment fragiles. On apprend beaucoup de toutes ces pièces qui sont recyclées. Donnant au moindre bout de métal de la valeur. Peut-être était-ce ma religion ? Réincarnation en dépôt de ferrailleur ? L'âme, en carburateur remonté ?

On me conduisit à la limousine, Vomi ouvrit la portière arrière et l'on me poussa à l'intérieur. Deux banquettes se faisaient face. Luis Salzar et un homme du même âge en occupaient une. Je pouvais clairement discerner leurs visages à la faveur de la lumière ambiante. Tous deux étaient vêtus de costumes d'été hors de prix, de chemises blanches, et de cravates conventionnelles. Leurs pantalons au pli impeccable et leurs chaussures rutilantes complétaient le tableau.

— Comme on se retrouve ! fit Salzar. Asseyez-vous, je vous en prie.

Et il me désigna d'un geste la banquette en face de lui, où se tenait Maria qui paraissait dans un état second.

— Vous m'avez causé des désagréments, me dit Salzar. Peut-être puis-je rectifier cela maintenant.

Des désagréments. Je supposai qu'il parlait de son bateau qui avait sombré dans un incendie, sans être auréolé de gloire. En plus, il y avait la boîte en fer-blanc.

— Je crois que vous connaissez déjà Mlle Raffles.

Je jetai un œil à Maria. Ses cheveux étaient sales, dégagés de son visage pâle et attachés dans sa nuque avec un élastique. Ses yeux, ourlés de cernes foncés, étaient légèrement enfoncés. Son expression n'était que rage, pure et simple. Ses mains étaient menottées dans son dos, probablement pour l'empêcher d'arracher les yeux de la tête de Salzar. Elle me reconnut à peine. Elle concentrait sur Salzar toute la haine qu'il lui inspirait.

— Porc ! lui lança-t-elle.

— Elle est en colère contre moi, expliqua-t-il. Elle vient d'apprendre des nouvelles désagréables sur son père et son grand-père.

— Vous avez tué mon grand-père, dit-elle. Et vous avez fait emprisonner mon père.

Salzar se fendit d'un petit sourire de cinglé.

— Exact. Mais ce n'était pas une grande perte. La mort de votre grand-père était un non-événement. Malheureusement mon or et mon SovarK2 ont disparu avec votre bon à rien de grand-père. Et votre crétin de père a préféré se faire passer à tabac plutôt que de divulguer l'emplacement de l'épave.

Maria cracha sur Salzar, mais sans l'atteindre.

— Laissez-moi terminer mes présentations, poursuivit Salzar en reportant son attention sur moi. Voici Marcos Torres, mon très bon ami et futur président du Conseil d'État et du Conseil des ministres de Cuba. Vous détenez quelque chose qui m'appartient… à moi et à Marcos. Voudriez-vous bien me dire où nous pourrons la récupérer ?

Je gardai le silence.

— J'espérais que Mlle Raffles vous encouragerait à coopérer.

Ni Mlle Raffles ni moi ne répondîmes.

— Très bien, reprit Salzar. Ce n'est qu'une question de temps. Et devoir soutirer une information à une femme est toujours bien plus gratifiant. De plus, j'ai des hommes à qui vous plairez beaucoup. (Il se tourna vers Maria.) Que pensez-vous de mes hommes ?

Maria continuait à le fusiller du regard.

— Vous avez tué le grand-père de Maria ? demandai-je à Salzar.

— C'était mon partenaire il y a des années à Cuba. J'ai changé de nom quand je suis arrivé dans ce pays. J'ai effacé mon passé. Maintenant je vais le revendiquer. À Cuba, j'étais un officier gouvernemental, attaché au Conseil des ministres. C'était un bon poste, mais pas particulièrement bien payé, donc parfois, lorsque l'occasion se présentait, j'arrondissais mes fins de mois. Le grand-père de Maria et moi-même avions instauré une entreprise audacieuse, très rentable, bien qu'éphémère.

— Contrebande ?

Encore l'un de ses demi-sourires de dément.

— Oui, mais c'était de femmes dont nous faisions la contrebande. Les marins russes voulaient des femmes, et nous leur en fournissions. Nous les faisions passer par le bateau de pêche. Le grand-père de Maria et moi étions des maquereaux.

Sur quoi, il glapit de rire.

Maria continuait à le foudroyer du regard.

— Lorsque le blocus a été levé, et que Castro a voulu garder une poire pour la soif, notre bateau de pêche constituait le choix idéal, poursuivit-il. J'étais un conseiller de confiance, et le bateau n'éveillerait pas les soupçons. Malheureusement, le grand-père de Maria et moi avions des divergences d'opinions. Il estimait que nous devions obéir aux ordres. Et moi, que nous devions prendre l'argent et le SovarK2 et ne jamais revenir sur le passé. Marcos était le partenaire silencieux, le partenaire dont Enrique ne savait rien, le véritable cerveau de notre plan. Même à l'époque, Marcos avait un penchant pour le pouvoir, hein, Marcos ?

Peu de lumière brillait dans les yeux de Marcos. Ils étaient rivés froidement sur moi. Et il me vint à l'esprit que Marcos était probablement plus fou encore que Salzar.

— Enrique et moi nous disputions sur le petit bateau de pêche, sans prêter attention à la navigation et, quelque part, nous avons heurté un récif, poursuivit Salzar. Comme le bateau s'est mis à prendre l'eau, j'ai tiré sur le grand-père de Maria, le laissant pour mort. Puis, à bord du petit canot miteux que nous trimballions, j'ai regardé le bateau couler. Je savais exactement où nous nous trouvions. Un sauvetage eût été facile. Mais mon associé, malgré sa blessure, a réussi à éloigner le bateau du récif, m'abandonnant. Je ne sais pas comment il a fait ça. Vous imaginez ? J'étais dans ce truc miteux et je voyais le bateau s'éloigner tranquillement !

— Vous avez dû vous sentir vraiment bête, observai-je.

Salzar plissa les yeux et je crus qu'il allait me frapper, mais il se maîtrisa et enchaîna :

— Nous avons cherché ce bateau des années sans le trouver. Qui aurait cru qu'il irait si loin, vers La Havane ! C'est dans ces eaux que j'ai concentré mes recherches.

— Vous me dégoûtez ! lança Maria.

Et elle lui cracha de nouveau dessus. Cette fois, elle atteignit d'emblée sa chaussure parfaitement cirée.

Salzar tendit brusquement le bras et frappa Maria au menton avec son poing. Sa tête dodelina dans un bruit sec, et un petit filet de sang suinta au coin de sa bouche.

Maria était tellement concentrée sur sa haine à l'égard de Salzar que je n'étais même pas sûre qu'elle avait senti son coup.

— Où en étions-nous ? fit-il en se réinstallant sur la banquette et en me gratifiant de son sourire froid, lèvres pincées. Ah oui, l'or et le SovarK2. N'est-ce pas intéressant qu'ils me reviennent après tout ce temps ? Certes, je n'ai pas le SovarK2 en ma possession, mais ce n'est qu'une simple formalité. (Il se pencha vers moi.) Où se trouve-t-il ?

— Euh… je ne sais pas, dis-je.

Salzar frappa sur la vitre en verre teinté et Vomi ouvrit la portière.

— Mlle Barnaby et Mlle Raffles vont au garage, annonça Salzar à Vomi.

Je plantai mon regard sur Maria et elle secoua la tête, presque imperceptiblement. Aller au garage n'était pas souhaitable.

Les mains menottées dans le dos, nous fûmes transférées dans la Town Car. Un type conduisait. Et il y avait

Vomi. Apparemment, il avait une tout autre opinion du garage, à voir sa hâte d'y aller.

Une fois que nous fûmes sur le Trail, il n'y eut pas grand-chose à voir de nuit. Beaucoup de noir. De temps à autre, des rectangles de lumière provenant d'une maison. Quelques phares de voitures en route pour Miami, ou des points au sud. Maria ne disait rien. Elle avait perdu son énergie rageuse et était effondrée sur son siège, plus petite que dans mes souvenirs.

Difficile de garder la notion du temps lorsque vous ne pouvez pas regarder l'heure, mais je devinais que nous avions dû rouler entre trente et quarante minutes avant de ralentir et d'emprunter un chemin en terre. Après six cents mètres environ, nous arrivâmes à destination. On me fit sortir de la limousine, et je restai debout un moment à regarder autour de moi. Je me trouvais dans un grand champ de terre battue derrière lequel s'élevait de l'herbe haute et des marais. Au milieu du champ était tapi un grand bâtiment en parpaing, au toit de métal ondulé. L'hélicoptère du *Flex* stationnait derrière la bâtisse. Un gros hélicoptère, type militaire, était garé à côté de celui du *Flex*. Quelques voitures stationnaient devant le bâtiment, non loin de l'endroit où je me trouvais. Une seule lumière brillait au-dessus d'une porte. Un tas de bestioles voltigeaient follement dans la lumière. Mauvais présage, songeai-je. Quatre latrines portables se tenaient au loin d'un côté. Un mauvais présage qui se précisait.

Le bâtiment pouvait contenir quelque huit véhicules à dix-huit roues. Un seul se trouvait derrière le bâtiment. Le sol était en béton coulé, maculé de gouttes d'huile, de liquide de refroidissement, et autres salissures qui s'accumulent quand il est question de voitures et de camions. De plus, je vis d'autres taches que je préférai ne pas identifier.

La bâtisse ne comportait pas de fenêtres. Un immense ventilateur, faisant office d'aérateur, vrombissait sur le mur opposé. L'éclairage au plafond était fluorescent, l'air humide et métallique. La porte coupe-feu paraissait ultra-résistante, ainsi que les deux portes de garage à l'autre extrémité. Ce n'était pas un petit garage de mécano, mais un garage d'entreposage, renforcé pour faire office de bunker.

Une caisse en bois se trouvait sur un chariot élévateur. L'or était prêt à s'en aller. Un ensemble de chaises disparates avaient été rassemblées autour d'une table rectangulaire en bois éraflé. Il restait une seule canette de coca sur la table. Un petit téléviseur branché à une prise murale trônait sur une chaise pliante. Une cuisine de fortune, composée d'un réfrigérateur rouillé, d'une cafetière et d'une plaque chauffante, occupait tout un coin derrière la table.

Dave nous avait confié que quatre types gardaient Maria dans le garage. Ce soir, ils étaient vingt. Les hommes travaillaient, nettoyaient le garage, transportaient des caisses de revolvers, de grosses quantités de biens de consommation qui avaient sûrement dû être détournés, et plusieurs classeurs en métal dans le dix-huit roues. Dave nous avait dit que Salzar possédait une petite armée d'hommes dévoués, que presque tous étaient des immigrés clandestins que Marcos Torres avait triés sur le volet et amenés un par un sur le Flex. De toute évidence, c'était une partie de l'armée.

Je ne vis aucune pièce cloisonnée. Pas de toilettes. Pas de bureau. Un banc de bois avait été placé plus ou moins au milieu du sol. Long et étroit, il comportait de lourds anneaux de métal vissés au siège.

Maria et moi fûmes menottées au banc.

— Qu'est-on censés faire d'elles ? demanda l'un des hommes.

— Rien, dit Vomi. Salzar veut qu'on les laisse tranquilles jusqu'à son arrivée.

Au bout de plusieurs heures, mes fesses étaient

engourdies et j'avais mal au dos. Dieu merci, je n'avais pas à utiliser les latrines. Mes deux poignets enchaînés m'empêchaient de m'allonger. Voilà que je comprenais mieux les yeux creux et les cernes foncés de Maria. Elle était exténuée.

Personne ne s'approcha de Maria ni de moi. Je ne m'en plaignais pas. Seulement Face de Vomi, de temps à autre. Il nous regardait, bavait un peu et repartait. Des heures passèrent. Parfois, la porte s'ouvrait sur quelqu'un qui se rendait aux latrines, et je regardais dehors afin de voir si le ciel s'illuminait. Je m'assoupis très brièvement, la tête entre les jambes. Lorsque je me réveillai, les hommes travaillaient encore, mais le garage était presque vidé de toutes ses marchandises.

Un autre coup de klaxon retentit derrière la fenêtre ouverte du garage. La limousine entra, suivie d'une SUV. Derrière la porte ouverte, le ciel était encore sombre, mais je me dis que ce devait être presque l'aube. Je jetai un œil à Maria.

— Je suis désolée, dit-elle. Tout cela est de ma faute.

Je savais que Hooker avait un plan et des plus simples. Débouler dans le garage en roulant des mécaniques et écraser tous ceux qui s'y trouvaient. Il ne pourrait pas se faire aider par les pouvoirs de police ou militaires. Trop de voies hiérarchiques à bousculer, trop de procédures. Le plan de Hooker consitait à faire appel à quelques copains. C'était avant que je ne me fasse capturer, avant que Boiteux et Gominé ne me trahissent. Ça ne pouvait qu'être eux. Le sénateur Gil leur avait donné l'adresse qu'ils avaient communiquée à Salzar. Sinon je ne vois pas comment Salzar aurait pu nous suivre, Hooker et moi, depuis chez Judey, dont l'existence était ignorée de tous.

Salzar et Torres descendirent de la limousine et traversèrent le garage. Ils s'arrêtèrent pour dire quelques mots à Vomi, puis s'approchèrent de moi.

— Êtes-vous prête à parler ? me demanda Salzar.

Je gardai le silence.

— Personne ne va venir vous délivrer, poursuivit-il. Nous savons tout sur votre plan et nous serons partis depuis longtemps avant que quiconque n'arrive ici pour vous sauver. Et tout ce qu'ils trouveront, ce sera un garage vide.

— Laissez-moi deviner. Scala et Martin ?

— Bravo. Je suis impressionné. Ils étaient mécontents de la tournure que prenait leur vie, et ont décidé qu'un de mes lingots d'or ne leur ferait pas de mal. Naturellement, au final, ils se feront buter.

— Alors comme ça, les loups se mangent entre eux, hein ?

Du doigt, Salzar fit signe d'approcher à Vomi.

— Nous devons persuader Mlle Barnaby de nous parler, déclara-t-il.

Vomi posa les yeux sur moi.

— Avec plaisir.

Je me dis alors que ce serait le bon moment pour que Hooker se pointe. Encore que je ne fusse pas sûre du résultat, étant donné le nombre d'hommes armés dans le garage.

J'entendis un roulement de tonnerre au loin, et je compris que cela commençait.

Salzar l'entendit lui aussi.

— Une tempête, dit-il à Vomi. Assure-toi que les hélicoptères sont sécurisés.

« Ce n'est pas une tempête, songeai-je. C'est la Nascar. »

Deux hommes se ruèrent vers la porte pour sécuriser les hélicoptères. Ils ouvrirent et restèrent momentanément abasourdis. Ils la refermèrent bruyamment, puis hurlèrent quelque chose en espagnol à Salzar.

Je regardai Maria.

— Ils disent que nous sommes attaqués, murmura-t-elle.

Puis, ce fut le chaos. Des bruits de pas et des cris

au-dessus de nos têtes, sur le toit en tôle ondulée. Les hommes de Salzar tirèrent des salves au plafond, juste pour les voir ricocher sur le métal avant de s'enfoncer dans le sol en béton. Il se produisit quelques bruits sourds sur le toit puis celui, reconnaissable entre mille, de chalumeaux à l'œuvre. Dave nous avait dit que les portes étaient inviolables. Hooker savait que le toit était vulnérable. Surtout depuis qu'il avait accès à un camion-magasin en métal. La Nascar faisait de la carrosserie sur place. Je ne pouvais pas savoir combien de gars se trouvaient sur le toit mais, apparemment, ils étaient nombreux. Lorsque Hooker avait lancé son appel à l'aide, après avoir élaboré le plan, il ne savait pas au juste ce qu'il pourrait obtenir. Nous savions qu'il réunirait rapidement ses potes de Homestead, mais là, j'avais l'impression que tous les pilotes de la Nascar se trouvaient au-dessus de ma tête.

Salzar hurlait des ordres tant en anglais qu'en espagnol, tentant d'organiser ses hommes. Torres et lui se trouvaient à la porte latérale qui donnait sur l'hélistation en terre battue. Face de Vomi, devant moi, tripotait mes menottes. « Tu pars avec eux ! » hurla-t-il par-dessus le bruit et la confusion. Il me détacha de mes chaînes et me tira brusquement pour que je me lève. Je me braquai et refusai de bouger. Il me secoua de nouveau et je relâchai tous les muscles de mon corps, tombant à terre. Je n'allais pas lui faciliter la tâche. Hooker était sur le toit ; il tentait d'entrer. Il fallait juste que je gagne du temps. Je distinguais la trace qu'avait découpée le chalumeau dans le métal. Ils étaient presque passés. Une deuxième équipe s'activait à l'autre bout du bâtiment.

Face de Vomi me fit me relever, me souleva comme si j'étais un sac de farine et se rua vers la porte avec moi. S'ensuivit un bruit de plaque de métal se fendant, puis un grand fracas. Face de Vomi se retourna pour regarder et je constatai qu'un gros morceau de toit s'était écrasé par terre. Les chalumeaux découpaient toujours au-dessus de nos têtes. Le deuxième morceau n'allait pas tarder à suivre. Des cordes passèrent à travers le trou dans le toit et des types armés de revolvers glissèrent le long des cordes. Je fus momentanément désorientée lorsque je crus que les hommes portaient l'uniforme du S.W.A.T. Où Hooker avait-il dégoté une telle escouade ? Puis je réalisai qu'ils étaient en pantalon de cuir. Hooker avait recruté un club de bikers. Le deuxième morceau du toit s'écroula et Hooker descendit avec.

Face de Vomi s'éloigna du chaos dans le garage et traversa la salve de coups de feu en courant pour rejoindre le gros hélicoptère militaire. Une poignée d'hommes de Salzar défendaient la piste d'atterrissage. Les pales de l'hélico prenaient de la vitesse, projetant de la terre dans l'obscurité précédant l'aube. Salzar était déjà à bord. Torres se trouvait à la porte de l'hélico avec un conseiller. Ils m'attendaient. J'étais leur otage, leur dernière chance de récupérer la boîte en fer.

Vomi m'avait traînée jusqu'à la porte, tâchant de me refourguer à Torres et à son conseiller, mais je bloquai le bord de la porte ouverte avec mes pieds. J'entendis Vomi pousser une espèce de grognement et soupirer dans mon oreille, puis il me relâcha et tomba sur le dos dans un grand bruit. J'enfonçai mes doigts dans la veste hors de prix de Torres, le poussai violemment à l'aide de mes jambes et le projetai hors de l'hélico. Nous fûmes tous deux propulsés en l'air avant de heurter durement le sol, Torres sur moi. J'étais assommée et tout aussi dégoûtée. Avoir Torres vautré sur moi équivalait à sentir des araignées et des sangsues dans mes cheveux. Je l'envoyai valdinguer et me remis non sans mal debout.

Salzar hurla à l'hélico de décoller et l'oiseau s'envola.

Du sol, une salve de coups de feu visa l'hélicoptère en partance. Je protégeai mes yeux de la terre qui volait dans tous les sens mais, même à travers la poussière, je parvins à distinguer les flammes qui jaillirent du train d'atterrissage de l'hélico. Celui-ci voltigea sur place l'espace de quelques battements de cœur avant de redescendre en vrille comme une toupie aéroportée. Il remonta, replongea, puis s'écrasa dans les marais. Deux explosions s'ensuivirent et du feu jaillit haut dans le ciel, avant de s'abattre dans le bourbier.

Hooker surgit derrière moi. Il me prit dans ses bras et m'étreignit bien fort.

— Tu vas bien ? cria-t-il d'une voix perçante.

— Juste à bout de souffle.

— J'avais peur que tu ne sois morte. C'eût été horrible. J'aurais pleuré devant tous ces types.

— On ne pleure pas quand on est un coureur Nascar ?

— Oh que non ! Nous sommes des hommes virils.

Puis il m'embrassa, me roula même une pelle, sa main sur mes fesses.

— Ta main est posée sur mes fesses, lui dis-je lorsqu'il eut terminé de m'embrasser.

— Tu es sûre ?

— Enfin, *une* main est sur mes fesses.

— Ça doit être la mienne, alors.

Je poussai Face de Vomi d'un coup de pied et le fis rouler sur le ventre. Il avait dix flèches dans le dos, assez grosses pour anéantir un orignal. Torres en avait trois dans la poitrine.

— Je vois que tu t'es servi des flèches anesthésiantes dont nous avions parlé, dis-je à Hooker. De vrais tireurs d'élite.

— Chérie, c'est ça, la Nascar. Nous sommes des buveurs de bière, des coureurs de jupons et des péquenauds fous du volant. *Et nous savons tirer.*

Quelqu'un alluma une lampe dans le garage et l'extérieur fut inondé de lumière, me permettant de voir pour la première fois l'opération dans toute sa splendeur. J'avais compté que Salzar avait vingt-trois hommes. Visiblement,

Hooker en avait soixante. Voire plus. Difficile à dire au vu de l'effervescence.

La Nascar utilise de gros semi-remorques pour transporter ses voitures et son équipement. L'un des camions à dix-huit roues de Hooker était garé derrière les portes du garage. Son camion habituel se trouvait à côté du gros dix-huit roues. Une flopée de Harley et une demi-douzaine de gros pick-up customisés stationnaient au même endroit. Trois bruits me donnaient systématiquement la chair de poule : un pilote Nascar emballant son moteur, une Porsche bien réglée et une Harley aux pots d'échappement Python. Les Harley sur le parking étaient complètement débridées, Python compris. Pas étonnant que cela eût produit un bruit de tonnerre quand ils s'étaient pointés. Un deuxième camion servant à transporter les automobiles et un troisième d'une autre écurie de courses reculaient au bord du bâtiment. Des hommes descendaient les chalumeaux du toit, puis les chargeaient dans les camions.

La puanteur du kérosène brûlant flottait dans l'air. La terre retombait sur la piste d'atterrissage et la frénésie de l'attaque n'était plus qu'une confusion ordonnée.

— C'est terminé, déclara Hooker. Salzar est mort, et nous avons Torres. Nous lâchons les hommes de Salzar dans les marécages. Je leur souhaite bien du plaisir. À l'exception de Face de Vomi. Nous avons des projets pour lui et Torres.

Hooker et moi retournâmes dans le garage et observâmes Bill rapprocher le chariot élévateur d'une camionnette de location. Il chargea les caisses d'or dans la camionnette et s'éloigna de la palette. Hooker et moi verrouillâmes les portières de la camionnette. Puis Bill contourna le bâtiment, et nous installâmes Face de Vomi et Torres, toujours dans les vapes, sur le chariot élévateur, avant de les larguer dans une caisse sur le camion de Hooker. Bill recula avec le chariot et monta pour aider Hooker à clouer la caisse.

Le marché qu'avait conclu le sénateur Gil avec son contact à Cuba était d'échanger Juan Raffles contre l'or ou Salzar. À nous de décider. Le contact cubain du sénateur avait fait savoir que Cuba considérait Salzar comme un ennemi du gouvernement, et ce dernier serait ravi de l'échanger contre Juan. J'imaginais même que le contact cubain serait encore plus ravi lorsqu'il ouvrirait la caisse et trouverait Marcos Torres. Une sorte de Noël avant l'heure. Un piranha politique de moins dont devrait se préoccuper Castro. Celui-ci ouvrirait la caisse en pleine nuit à La Havane et se débarrasserait peut-être de son contenu. Pas mon problème.

Nous déposâmes délicatement la boîte de fer-blanc toujours enveloppée dans la couverture de Judey à côté de la caisse contenant Face de Vomi et Torres.

Judey jouait les mères nourricières avec Maria. Il l'avait fait asseoir sur une chaise, boire du café, manger une barre de céréales. J'allai m'installer avec eux et me servis une tasse de café.

— Tu vas bien ? demandai-je à Maria.

— Pas de préjudices permanents. Sagesse de l'âge.

— Nous avons pris des dispositions pour ton père.

— Judey me l'a dit, fit-elle d'un ton doux.

Les yeux de Maria s'embuèrent, mais elle ne pleura pas. On ne pouvait en dire autant de moi. Par un trop-plein d'émotions, j'étais à deux doigts de m'effondrer à la moindre provocation. Je descendis mon café d'un trait et avalai une barre de céréales sans même m'en rendre compte. Je contemplai l'emballage vide dans ma main.

— Qu'est-ce ? demandai-je à Judey.

— Barre de céréales. Tu l'as mangée.

Les portes du garage étaient ouvertes et je voyais les motards s'en aller. Les coureurs Nascar restèrent pour aider à nettoyer, récurer, ramasser les flèches qui avaient manqué leur cible et les douilles usées des vraies balles. La police ne tarderait pas à réagir, attirée par la fumée qui continuait à s'élever en volutes de l'hélicoptère écrasé. Nous tenions à être partis avant qu'elle n'arrive.

La voiture publicitaire de Hooker avait été descendue du camion pour faire de la place à la caisse contenant Torres et Face de Vomi.

— Je suis venu dans le camion, me dit-il, mais nous pouvons repartir dans la voiture de pub.

— O.K., acquiesçai-je, mais je conduis.

— Tu es dingue ? Je ne te laisserai pas piloter ma voiture. Tu conduis comme une folle.

— Je ne conduis *pas* comme une folle. Et je dois absolument le faire parce que je viens de vivre une expérience hypertraumatisante.

— *Je* dois me mettre au volant parce que je t'ai sauvée. Je suis un coureur Nascar.

— Si tu veux arriver à tes fins avec moi, laisse-moi conduire.

Hooker ressemblait quelque peu à Brian lorsqu'on le tentait avec un biscuit aux épices.

— Vraiment ? Tout ce que j'ai à faire, c'est te laisser le volant ?

— Ouaip.

Il me prit dans ses bras.

— J'arriverais à mes fins de toute façon, même si je ne te laissais pas conduire, pas vrai ?

Je lui souris.

— Ouaip.

— Voilà ce qu'on va faire, poursuivit-il. Tu vas conduire mais tu devras être prudente. Ne joue pas les cow-boys. C'est une voiture de course. Elle ne se pilote pas comme une voiture normale.

— Vraiment ?

— As-tu déjà vu l'intérieur de ce genre de voiture ?

Je me hissai par la fenêtre et mis le contact d'une pichenette. *Chauffeur, fais chauffer ton moteur.*

— Monte, dis-je. Je crois que je saurai me débrouiller.

Le camion de Hooker démarra en premier, suivi de Hooker et de moi dans la voiture publicitaire. Venaient ensuite Bill et Maria au volant de la camionnette transportant l'or. Puis Judey et le chef d'équipe de Hooker, dans un pick-up. Tous les autres étaient déjà en route. Le soleil pointait à l'horizon. Non loin du garage déserté, des panaches de fumée ondulaient dans les marécages. Jusque-là, rien ne montrait que la police locale enquêtait. Peut-être des hélicoptères s'écrasaient-ils habituellement dans la région, et qu'ils ne pouvaient les déblayer qu'une fois par semaine.

Nous nous dirigions tous vers la base militaire de Homestead où nous procéderions à l'échange. L'avion qui ramenait le père de Maria sur le sol américain reconduirait Torres et Face de Vomi à Cuba. L'armée prendrait possession de l'ogive, et espérons que le SovarK2 irait au paradis des bombes. Juan Raffles rentrerait chez lui avec Maria… et l'or aussi.

Nous nous trouvions quasiment à l'embranchement de la Route 997 lorsqu'une Crown Vic bleue nous dépassa à toute allure. Gominé et Boiteux. En retard pour la fête.

Je fis brusquement faire demi-tour à la voiture de Hooker, négociai un virage et appuyai sur le champignon.

— Oh non, fit Hooker. Et c'est reparti.

Je rattrapai Gominé et Boiteux et déboîtai pour les doubler. Jetant un coup d'œil sur le côté, je vis l'horreur gagner leurs visages lorsqu'ils fixèrent la voiture publicitaire et nous reconnurent.

— Tout est une question de timing et de positionnement, lançai-je.

Puis je fis faire une embardée à la voiture, fonçai sur la Crown Vic et la fis sortir de la route. Elle valdingua, tomba dans l'eau dans un grand *plouf* et atterrit dans les marécages.

— Chérie, me dit Hooker. Il faut que l'on parle. J'ai l'impression de t'avoir déjà vue faire ce genre de chose.

ÉPILOGUE

Hooker faisait griller des côtes de porc sur le barbecue de son bateau. Il portait son short de vente de charité habituel et son T-shirt de pub pour huile de graissage tout déchiré. Son nez rose pelait. Ses yeux étaient cachés derrière ses Oakley. Il paraissait heureux. Je ne suis pas du genre à me lancer des fleurs, mais je pense que je n'y étais pas totalement étrangère.

Judey, installé dans la chaise de pêche au gros, observait Hooker. Brian dansait sur place, concentré sur les côtes. Bill, Maria et Juan Raffles se prélassaient dans des transats. En fait, Bill et Maria partageaient la même chaise longue. C'en était presque embarrassant, mais bon, c'était mon frère, Buffalo Bill. Todd flânait sur le bastingage en compagnie de Rosa et de Felicia.

Nous fêtions le fait que nous étions bien vivants, ainsi que le nouveau bateau de deux millions de dollars de Bill et de Maria, amarré à la cale voisine. Et nous fêtions aussi la liberté de Juan.

— Cigares pour tout le monde, lança Rosa. C'est moi qui les ai roulés.

J'en pris un et l'allumai.

Hooker me sourit.

— Chérie, c'est très Nascar !

— Occasion exceptionnelle, rétorquai-je.

— Tu es *tellement* craquante, me dit Judey. Regarde-toi, avec ta toute nouvelle jupette rose et tes adorables cheveux blonds. Qui croirait que tu fumes le cigare et que tu révises des carburateurs ?

Hooker se balançait sur ses talons, son cigare coincé entre ses dents.

— Ouais, eh bien, Mécano girl va assurer comme une bête dans mon écurie.

Au-dessus de nos têtes, le ciel était d'un bleu étincelant. Le soleil brûlant de Miami réchauffait les cœurs, les esprits, et tout le reste. Une brise de fin d'après-midi agitait les palmiers et faisait doucement clapoter l'eau de Biscayne Bay sur la coque du bateau. La vie était belle en Floride. Bien sûr, j'allais remettre mon bleu de mécano, mais la vérité, c'est que j'étais folle de joie. J'avais hâte de travailler sur l'équipement de Hooker. J'avais vu son châssis : supermignon.